국역 구활자본 오백년기담
(國譯舊活字本五百年奇譚)

최상의 지음 / 김동욱 옮김

보고사

《오백년기담(五百年奇譚)》에 대하여

《오백년기담》은 동주(東洲) 최상의(崔相宜, 1865-?)가 조선시대의 야사 혹은 야담을 국한문혼용체로 저술한 야담집으로, 1913년 경향각서포(京鄕各書舖), 박문서관(博文書館), 광학서포(廣學書舖), 개유서관(皆有書館) 등에서 이른바 구활자본으로 초판이 발행되었다. 그 뒤 1916년에 광학서포에서 재판을 발행하였고, 그 이후로도 개유서관·신구서림(1920), 박문서관(1923) 등에서 5판까지 지속적으로 출간이 되었다.

경향각서포 명의로 발행된 초판본에는 저자인 최상의가 쓴 서문 2쪽에 목차가 16쪽에 걸쳐 있고, 본문은 156쪽이다. 본문은 매쪽 12행이며, 매행 32자로 이루어져 있다.

이들 활판본과는 달리 국문으로 필사한 《五百년 긔담 全》이 장서각에 소장되어 있다. 표제에 '전(全)'이라고 한 것으로 보아 활판본에서 발췌하여 필사한 것 같지는 않고, 초고본이었을 가능성이 있다. 이 필사본이 현재까지는 유일본이고, 저자의 출신지인 경상북도 청도의 방언을 여실히 보여주고 있다는 것이 그 근거다.

《오백년기담》은 1923년에 일본의 자유토구사(自由討究社)에서 《주영편 오백년기담 운영전(晝永編 五百年奇譚 雲英傳)》이라는 표제의 일역판이 출간되었고, 1926년에는 같은 곳에서 《오백년기담 조선세시기(五百年奇譚 朝鮮歲時記)》라는 표제로 일역판이 출간되기도 하였다.

활판본 《오백년기담》에는 모두 180화의 이야기가 실려 있고, 장서각 소장 국문필사본에는 32편의 이야기가 활판본의 국한문혼용체와는 다른 국문체로 필사되어 있다. 활판본 《오백년기담》에 실려 있는 180편의 이야기 제목은 다음과 같다.

제1화 문래(文萊)
제2화 무학해몽(無學解夢)
제3화 설중매(雪中梅)
제4화 삼인봉(三印峯)
제5화 왕심(枉尋)
제6화 벌리(伐李)
제7화 함흥차사(咸興差使)
제8화 자마풍간(子馬諷諫)
제9화 위맹성참(僞盟成讖)
제10화 대목위주(大木爲柱)
제11화 효령대군고피(孝寧大君鼓皮)
제12화 왕형불형(王兄佛兄)
제13화 언언시시(言言是是)
제14화 침인연(沉印淵)
제15화 공당문답(公堂問答)
제16화 송도계원(松都契員)
제17화 자미경유수(紫微經柳宿)
제18화 장원백(壯元栢)
제19화 청의만수(靑衣挽袖)
제20화 주출아후(珠出鵝後)
제21화 분귀위매(粉鬼爲媒)
제22화 압각흥폐(鴨脚興廢)
제23화 비치추지(飛鴟墜紙)
제24화 소춘풍(笑春風)
제25화 약과위병(藥果爲病)
제26화 종침교(琮沉橋)
제27화 전화위복(轉禍爲福)
제28화 작소사제(鵲巢賜第)
제29화 전귀주복귀불(田歸主福歸佛)
제30화 상가승무노인곡(喪歌僧舞老人哭)
제31화 녹사자상공서(錄事子相公婿)

제148화 사생유명(死生由命)
제149화 춘의춘화(春意春畫)
제150화 앵성(鶯聲)
제151화 이승(異僧)
제152화 창의결북(氅衣缺北)
제153화 신어(新魚)
제154화 출문(秫文)
제155화 마진인(馬眞人)
제156화 천마(天馬)
제157화 빙성(氷城)
제158화 괘총(掛銃)
제159화 척화법곡(斥和法曲)
제160화 청자장(靑字障)
제161화 불체발(不剃髮)
제162화 인면박(人面雹)
제163화 의춘금(宜春金)
제164화 사저(四姐)
제165화 해사노(解事奴)
제166화 이수담식(以手啖食)
제167화 아추양화(牙墜釀禍)
제168화 피낭고재(皮囊告災)
제169화 삼색도화(三色桃花)
제170화 묵상(墨相)
제171화 유손초립(劉孫草笠)
제172화 인첩포적(因妾捕賊)
제173화 이덕보은(以德報恩)
제174화 형벌불가무(刑罰不可無)
제175화 명암(鳴岩)
제176화 이모취서(以貌取婿)
제177화 초룡주장(草龍珠帳)
제178화 흉즉길(凶則吉)
제179화 이승고소원(尼僧固所願)
제180화 벌지멱지(罰紙覓紙)

참고로 장서각본 국문필사본에 실려 있는 32편의 이야기 제목은 다음과 같다.

제1화 무학의 해몽(無學의 解夢)
제2화 셜중매(雪中梅)
제3화 삼인봉(三印峯)
제4화 왕심(枉尋)
제5화 함흥차사(咸興差使)
제6화 마아지 잇난 말을 가지고 거가 들리심을 간한다(子馬諷諫)
제7화 그짓 맹셔가 참 징거가 되앗[었]다(僞盟成讖)

제8화 큰 나모로 지동을 셰우고(大木爲柱)
제9화 말말 올코 올타(言言是是)
제10화 침인연(沉印淵)
제11화 공자와 당자로 문답(公堂問答)
제12화 자미셩이 류슉을 지내다(紫微星經柳宿)
제13화 청의가 소매를 만유(靑衣挽袖)
제14화 분 바른 귀신이 즁매가 됨(粉鬼爲媒)
제15화 약 과실이 병이 되얏다(藥果爲病)
제16화 종침교(琮沉橋)
제17화 밧튼 본쥬에 돌이고 복은 부차에계 돌이라(田歸主 福歸佛)
제18화 샹인은 노래하고 녀승은 츔츄고 로인은 통곡하다(喪歌僧舞老人哭)
제19화 여덜 재래가 현몽(八鼈現夢)
제20화 곡셩을 들고 간사함을 안다(聞哭知奸)
제21화 오날 젼약에난 밥 두어 슐 더 쥬라(今夕飯數匙加給)
제22화 져을 불어셔 도적을 해산(吹笛散盜)
제23화 힌 고기가 믹기를 탐야(白魚貪餌)
제24화 송도의 삼절(松都三絕)
제25화 나셔 안다(生知)
제26화 아홉 단 옴기고 열 번 쟝례(九遷十葬)
제27화 태죵의 비(太宗雨)
제28화 란이탕(亂離湯)
제29화 네 머리가 보배가 됨(汝頭爲寶)
제30화 관곽을 취하야 방패를 만드다(取棺作楯)
제31화 긔이하게 만냄(奇遇)
제32화 길한 사람이 길한 땅을 만냄(吉人逢吉地)

《오백년기담》을 저술한 최상의는 경주 최씨로, 27세 때인 1891년(고종28)에 진사시에 급제하였고, 20세기 초반까지 관료

생활을 하며 저술활동을 한 것으로 보인다. 그가 집필한 〈이조 오백년 야화집(李朝五百年夜話集)〉이 1949년에 발간된 《건국공론》 제5권1호에 실려 있다고 하나 현재로서는 그 잡지를 구해 보기가 어렵다. 《오백년기담》과 유사한 자료이거나 《오백년기담》에서 발췌한 자료를 소개한 것으로 짐작된다.

국한문혼용체인 《오백년기담》은 1962년 저자의 손자인 철학자 최재희(崔載喜, 1914-1984)에 의해서 국역되어 신태양사에서 《한국야담전집(韓國野談全集)》 제15권의 일부로 출간되었으나 오랜 시간이 흘러 지금은 구해 보기 어려운 책이 되었다. 1979년에는 이필룡(李弼龍)이 장서각 소장 국문필사본(32화본)을 저본으로 한자어에 한자를 병기하고 간략한 주석을 가하여 「고전을 통해 본 전설, 역주 오백년긔담」이라는 제목으로 월간 《도서관》지에 네 차례에 걸쳐 연재한 사례가 있으나 이 또한 현재는 구해 보기 어려운 자료다.

【참고문헌】

장경남 외, 「일제강점기에 간행된 야담집에 대하여」, 『우리문학연구』34, 우리문학회, 2011.
최상의 지음, 김동욱 풀어 옮김, 『교역 장서각본 오백년기담』, 보고사, 2011.

일러두기

1. 이 책의 국역 대본은 역자 소장 경향각서포 간 《五百年奇譚》(1913)이다.
2. 원문의 제목은 국역문에 적절하게 다시 붙였다.
3. 국역문은 가능한 한 평이하게 풀어썼다.
4. 국역문에서 설명이 필요한 말에는 주석을 달아 설명하였다.
5. 대화는 " "로 묶고, 대화 속의 대화, 생각이나 강조 부분, 문서의 내용 등은 ' '로 묶었다.

차 례

《오백년기담》 서문

무릇 사람의 상정이 장엄한 것은 꺼리고 해학은 기뻐하는 까닭으로, 경전을 읽으면 싫증이 나고 소설을 보면 피곤함을 잊는다. 경전은 백 번을 읽어도 잊기가 쉬우나, 소설은 한 번만 보아도 문득 기억한다. 이는 실로 생명을 가진 사람들의 일반적인 사례다.

남을 잘 교화하는 사람은 반드시 교화하는 대상의 감정을 유리한 방향으로 이끄는 것이니, 이것이 예로부터 소설을 창작한 까닭이다.

오늘날 소설계의 면목이 나날이 새로워져서 훌륭한 작품이 나오면 나올수록 더욱 기이하여, 부녀자들이 우화를 통해 가르침과 깨달음을 얻고, 사회를 골계로 풍자해서 개량하기도 하니, 그 뜻이 참으로 아름답고도 훌륭하다.

그러나 어리석은 내가 가만히 생각해보니, 다른 나라의 인명과 지명을 빌려오고 근거 없는 사적을 날조하는 것이 어찌 이 땅의 고유한 실제 사적을 서술하는 것과 같겠는가. 대개 이 땅의 사적은 이 땅에 사는 사람들에게 가장 피부로 느껴지기 쉬울 뿐만 아니라, 비록 더러 법도에 벗어난 이야기라도 훗날 자세히 살피고 검토하여 증거로 삼는 데 필요한 곳이 있을 것이다.

눈 내리는 밤 서재에서 화로를 끼고 앉아 잠이 오지 않을 즈음에 아이들이 교과 복습을 마치고 옛날 위인들의 사적을 들려달라고 청하였다. 이에 우리 조선 5백년의 패사와 전기 가운데 가장 기이하고 놀랄 만하며 즐길 만하여 소설과 유사한 것들을 매일 밤마다 한두 편씩 이야기해주고 그 자리에서 필요한 부분을 뽑아 적게 하였다. 책 읽기에 알맞은 비 오는 날과 밤 시간과 겨울을 나자 드디어 한 권의 책이 이루어졌다. 벗들이 지나다가 보고 책으로 찍어 내기를 요청하므로 이 책을 출간하는 연유를 기록하여 책머리에 적는다.

대정2년(1913) 4월 일 구술자 씀.

제1화 물레의 유래

세상에서 목화솜에서 실을 자아내는 기계를 물레라고 일컫는데, 그것은 문래[1]라는 사람이 그 기계를 처음으로 만들었기 때문이다. 문래는 강성군 문익점[2]의 손자다. 우리나라에는 옛날에 목화솜이 없었는데, 고려 공민왕 때에 강성군 문익점이 중국 원나라에 사신으로 들어가서 면화를 보고 그 씨앗을 가져다가 붓대 속에 몰래 감추어 수색을 면하고 돌아왔다. 이로부터 우리나라에 목화솜이 생기게 되었다.

---

1) 문래(文萊) : 조선조 태조 때의 문신. 자는 자봉(子蓬), 호는 이곡(理谷), 본관은 남평(南平), 문익점(文益漸)의 손자. 시호(諡號)는 정혜(靖惠).

2) 문익점(文益漸, 1329-1398) : 고려말의 문신. 첫 이름은 익첨(益瞻), 자는 일신(日新), 호는 삼우당(三憂堂), 본관은 남평(南平), 강성현(江城縣 : 지금의 경상남도 산청) 출생. 문숙선(文淑宣)의 아들. 조선조 태종 때 강성군(江城君)에 추증, 시호는 충선(忠宣).

제2화 무학의 해몽

태조대왕[1]께서 아직 보위에 오르시기 전 함경도 안변 땅에 계실 때였다. 어느 날 밤 꿈에 집집마다 키우는 닭들이 일시에 우는 가운데 다 쓰러져 가는 집에 들어가 서까래 세 개를 짊어지고 나오니, 꽃이 날리고 거울이 떨어져 깨지는 것이었다. 문득 놀라 잠에서 깨어나니 곁에 한 노파가 있었다. 꿈의 조짐을 물으려 하니, 노파가 말리면서 말하였다.

"말씀하시지 마옵소서. 대장부의 일은 여자의 알 바가 아니옵니다. 서쪽으로 가시면 설봉산 토굴 속에 도승이 있을 것이니, 가셔서 그 도승에게 물으시옵소서."

대왕께서 즉시 찾아가 예를 갖추고 물으니, 그 도승이 치하하였다.

"닭이 우는 소리는 '고귀위(高貴位)!'라고 하니, 곧 높고 귀한

---

1) 태조(太祖) : 조선조 태조인 이성계(李成桂, 1335-1408). 재위 1392-1398. 자는 중결(仲潔), 호는 송헌(松軒), 본관은 전주(全州), 이자춘(李子春)의 아들. 즉위 후 이름을 단(旦), 자를 군진(君晋)이라 고침. 시호는 지인계운성문신무대왕(至仁啓運聖文神武大王). 능은 양주(楊州)에 있는 건원릉(健元陵).

지위를 말함이요, '서까래 셋'은 한 등에 서까래 셋을 가로 지셨으니, 임금 왕(王)자이옵니다. 이는 지극히 높고 귀한 꿈이니 왕위에 즉위하실 꿈이옵니다."

또 꽃이 날리고 거울이 떨어져 깨진 일을 물으니, 도승은 시 한 수를 읊는 것이었다.

> 꽃이 날려 떨어지면 열매가 맺힐 것이요,
> 거울이 떨어져 깨지면 어찌 소리가 나지 않으랴.
> 花飛終有實 鏡墜豈無聲

대왕께서 크게 기뻐하셨다. 등극하신 후에 그 도승을 위해 그곳에 석왕사를 창건하셨는데, 그 도승이 바로 무학 대사[2]였다.

2) 무학(無學) : 고려 말 조선 초기의 승려인 자초(自超, 1327-1405)의 호. 속세의 성은 박씨(朴氏), 박인일(朴仁一)의 아들. 조선 개국 후 왕사(王師)가 됨.

제3화 기생 설중매

태조대왕 등극 초에 조정의 재상과 신하들에게 잔치를 베푸시니, 그 자리에 모인 이들은 모두 이전의 왕조인 고려의 재상을 지내다가 새 왕조에서도 벼슬하는 사람들이었다. 잔치에 참석한 기생 가운데 설중매는 재주와 용모가 빼어났고, 음란하고 방탕한 것을 즐기기로 유명하였다.

한 정승이 취하여 희롱하기를,

“듣자니 너는 동쪽 집에서 아침을 먹고, 저녁에는 서쪽 집에서 잔다더구나. 나와 잠자리를 함께 함이 어떠할꼬?”

하니, 설중매가 대답하기를,

“밥 먹는 데 따로, 잠자는 데 따로인 천한 몸으로 왕씨도 섬기고 이씨도 섬기는 대감을 모시면 어찌 마땅치 않겠사옵니까?”

하자, 그 정승은 얼굴을 붉히며 고개를 숙이고 아무 말도 하지 못하였다.

제4화 삼인봉의 유래

태조대왕 개국 초에 도읍지로 정할 땅을 구하기 위해 경기·해서[1]·관서[2] 3도의 방백[3]에게 왕명을 내려 무학 대사를 찾게 하였다. 3도의 방백들이 함께 무학 대사를 찾아 나서서 황해도 곡산에 이르러 들으니, 고달산에 있는 암자에 한 승려가 홀로 거처한다고 하는 것이었다. 세 방백들은 따라온 사람들을 동구 밖에 남겨두고 골짜기로 들어가서 각기 지니고 온 방백의 관인을 소나무 가지에 걸어놓고 짚신을 신고 걸어서 암자에 이르러 물었다.

"스님은 무엇 때문에 이곳에 거처하시오?"

"저 삼인봉 때문에 이곳에서 지내고 있지요."

"어느 봉우리가 삼인봉이오?"

"이곳에 암자를 짓고 있으면 마땅히 세 분 방백께서 찾아오셔서 관인을 나뭇가지에 걸어 놓으실 것이니, 이것이 삼인봉이

---

1) 해서(海西) : 조선시대 황해도(黃海道)를 달리 이르던 말.

2) 관서(關西) : 조선시대 평안도(平安道)를 달리 이르던 말.

3) 방백(方伯) : 조선시대 각 도의 지방장관인 감사(監司) 또는 관찰사(觀察使)를 달리 이르던 말.

라는 증거가 아니겠습니까?"

세 방백이 그 승려의 손을 잡고 말하기를,

"이 스님이 틀림없이 무학 대사일 것이오."

하고 더불어 돌아갔다.

대왕께서 크게 기뻐하시며 무학 대사를 불러 보시고 도읍지로 정할 땅을 물으셨다.

제5화 왕십리의 유래

무학 대사가 태조를 위하여 한양에 도읍지를 정하는데, 산이 첩첩한데다 골짜기가 험하고 좁아 마음에 드는 곳이 없었다. 이에 삼각산[1]에 올라 산세를 따라 남쪽으로 가다가 목멱산[2] 맨 끝 기슭에 이르니 들판이 광활하고 시야가 탁 트여서 참으로 도읍지가 될 만한 땅이었다. 마음속으로 흐뭇해하며 말하기를,

"이제야 왕업을 세울 궁궐터를 찾았구나!"

하고 길가에 앉아 쉬려고 하였다.

때마침 한 노인이 소를 타고 지나가다가 소에게 채찍질을 하며 꾸짖기를,

"이 놈의 소, 어리석기가 무학과 같구나. 바른 길을 버리고 옳지 못한 길을 찾다니!"

하는 것이었다.

무학 대사는 그 노인이 예사로운 사람이 아님을 알아차리고

---

1) 삼각산(三角山) : 북한산(北漢山). 서울 북쪽에 있는 진산(鎭山). 백운(白雲)·인수(仁壽)·국망(國望)의 세 봉이 있어 삼각산(三角山)이라고 함.

2) 목멱산(木覓山) : 서울 남산(南山)의 본디 이름.

엎드려 절을 올린 뒤 가르침을 청하였다. 노인은 채찍을 들어 한 쪽을 가리키며,

"여기서 저쪽으로 십 리를 더 가게나."

하고는 홀연 보이지 않았다.

무학 대사가 드디어 백악산[3] 아래에 궁궐터를 정하였다.

지금 경성[4]에서 동남쪽으로 십 리가량 되는 곳에 왕십리[5]라고 하는 동네가 있는데, 바로 무학 대사가 처음에 잘못 찾아갔던 곳인 까닭에 그런 지명을 짓게 되었던 것이다.

---

3) 백악산(白岳山) : 북악산(北岳山). 서울 경복궁(景福宮) 북쪽에 있는 산.

4) 경성(京城) : 일제강점기 때 서울을 이르던 말.

5) 왕십리(往十里) : 서울시 성동구(城東區)에 있는 동네.

제6화 번동의 유래

오늘날 경성의 동북쪽 모퉁이에 있는 혜화문[1]으로 밖으로 십여 리를 나가면 번리[2]라고 일컫는 지명이 있는데, 그 본디 이름은 벌리(伐李)였다.

고려 때 《서운관비기》[3]에 이르기를,

'이씨가 도읍을 세울 한양'

이라고 하는 예언이 있었던 까닭에, 고려 충숙왕이 한양에 남경부를 세우고 이씨 성을 가진 사람을 부윤으로 삼았다. 그리고 삼각산 아래 오얏나무를 많이 심어 무성해지면 즉시 잘라내서 땅의 기운을 눌렀는데, 그로 인하여 그곳의 지명을 '오얏을 치다[벌리(伐李)]'라고 일컬었다.

---

1) 혜화문(惠化門) : 서울 동소문의 정식 이름. 조선 중종 6년(1511)에 홍화문을 고친 것으로, 순조 16년(1816)에 중수하였으나 1930년에 일제가 헐어 버렸음.

2) 오늘날의 서울시 강북구(江北區) 번동(樊洞).

3) 서운관 비기(書雲觀秘記) : 고려시대에 천문·역수(曆數)·측후(測候)·각루(刻漏) 따위의 일을 맡아보던 관아인 서운관의 비밀기록.

조선왕조가 도읍을 정한 뒤에 '벌리'와 비슷한 음을 취하여 '번리(樊里)'라고 개칭하였다.

제7화 함흥차사의 유래

태종대왕[1]은 태조대왕의 다섯 째 왕자로 첫째 왕비 한씨가 낳으셨다. 태조대왕께서 조선왕조를 창업하실 때 태종께서 가장 큰 공을 세우셨는데, 대업을 이루신 후에 두 번째 왕비인 강씨가 낳으신 방석[2]을 세자로 봉하셨다. 그러자 간신 정도전[3] 등이 방석에게 붙어 태종을 모해하려고 하므로, 태종께서 군사를 움직여 정도전 등을 주살하시고 방석을 세자 자리에서

1) 태종(太宗) : 조선조 제3대 임금. 재위 1400-1418. 이름은 방원(芳遠, 1367-1422). 자는 유덕(遺德), 본관은 전주(全州). 태조의 다섯째 아들. 어머니는 신의왕후(神懿王后) 한씨(韓氏), 비는 민제(閔霽)의 딸 원경왕후(元敬王后). 능은 광주(廣州)에 있는 헌릉(獻陵).

2) 이방석(李芳碩, 1382-1398) : 조선조 태조의 여덟 번째 왕자인 의안대군(宜安大君). 본관은 전주(全州), 어머니는 신덕왕후 강씨(神德王后康氏). 1392년 세자로 책봉되었으나 1398년 제1차 왕자의 난으로 정도전 등과 함께 피살됨. 1406년(태종6) 8월 소도(昭悼)의 시호를 받음. 묘는 경기도 광주(廣州)에 있음.

3) 정도전(鄭道傳, 1342-1398) : 조선조의 개국 공신. 자는 종지(宗之), 호는 삼봉(三峰), 본관은 봉화(奉化), 정운경(鄭云敬)의 아들. 태조7년(1398년) 제1차 왕자의 난 때 방석(芳碩)을 옹호하고 정실 소생의 왕자들을 죽이려 하였다는 혐의로 참수됨. 시호는 문헌(文憲).

폐하여 내쫓으셨다.

이에 태조대왕께서 크게 노하시어 둘째 왕자인 정종[4]에게 보위를 물려주시고 한밤중에 함경도 함흥의 옛 집으로 말을 달려가서 그곳에 머무셨다. 태종이 문안하는 사신을 보내 돌아오실 것을 청하면 그때마다 문득 활을 쏘아 사신을 죽이시니, 사신으로 간 사람이 한 사람도 살아서 돌아온 자가 없었다. 이 때문에 속담에 가서 돌아오지 않는 사람을 함흥차사라고 이르게 되었다.

---

4) 정종(定宗) : 조선조 제2대 임금. 재위 1398-1400. 자는 광원(光遠), 처음 이름은 방과(芳果), 이름은 경(曔, 1357-1419), 본관은 전주(全州), 태조의 둘째 아들. 어머니는 신의왕후(神懿王后) 한씨(韓氏), 비는 정안왕후(定安王后) 김씨. 능은 경기도 개풍군 흥교면 흥교리에 있는 후릉(厚陵).

제8화 함흥차사 박순

태조대왕께서 함흥에 머물러 계시므로 태종이 사신을 보내면 대왕께서는 문득 활을 당긴 채 만나시는 까닭에 감히 서울로 돌아가시자는 뜻을 아뢸 사람이 없었다.

판부사[1] 박순[2]이 자청하여 사신으로 떠났다. 함흥에 들어가서는 사신의 수레를 버리고 망아지가 딸린 어미 말을 손수 이끌고 가다가 행재소[3]가 멀리 보이는 곳에서 짐짓 망아지를 나무에 묶어 두고는 어미 말을 타고 갔다. 어미 말은 망아지를 돌아보고 울부짖으면서 어정거리느라 앞으로 나아가지를 못하였다.

겨우 어미 말을 몰고 나아가 태조를 뵈니, 대왕께서는 괴이하게 여기시며 물었다.

---

1) 판부사(判府事) : 조선 초기 승추부의 종1품 벼슬인 판승추부사(判承樞府事)를 달리 이르던 말.

2) 박순(朴淳, ?-1402) : 고려 말 조선 초의 문신. 본관은 음성(陰城), 박문길(朴文吉)의 아들. 시호는 충민(忠愍).

3) 행재소(行在所) : 임금이 궁을 떠나 멀리 나들이할 때 머무르던 곳.

"말이 무슨 까닭으로 저처럼 울부짖는가?"

박순이 대답하기를,

"오는 길에 방해가 되어 망아지를 묶어 두었더니 어미 말이 차마 떨어지지 못하여 그러한가 하옵니다."

하였다. 대왕께서는 그 말을 들으시고 슬픈 표정을 지으시는 것이었다. 박순이 엎드려 울며 한양으로 돌아가실 것을 아뢰니, 대왕께서 비로소 허락하셨다.

박순은 명을 받들고 즉시 하직 인사를 올렸다. 박순이 물러나자, 행재소에 있던 신하들이 박순을 죽여야 한다고 극력 청하였다.

대왕께서는 한참 뒤에야 중관[4]에게 칼을 주어 보내시며 당부하셨다.

"만일 용흥강[5]을 이미 건넜거든 더 이상 쫓지 말라."

박순은 가는 도중에 병을 얻어 지체하다가 겨우 용흥강에 이르러 배에 오르기는 하였으나 미처 강을 건너지는 못하였다. 중관이 드디어 박순의 허리를 베고 말았다.

당시 어떤 이가 시를 짓기를,

'반신은 강 속에, 반신은 배 안에 있었네.'

라고 하였다.

---

4) 중관(中官) : 고려·조선 시대 내시부(內侍府)의 관원을 두루 이르던 말.

5) 용흥강(龍興江) : 함경남도 고원군 운곡면의 각고산(角高山, 1,038m) 남쪽에서 발원하여 영흥평야를 관류하며 송전만(松田灣)으로 흘러드는 강.

제9화 예언이 되고 만 거짓 맹세

성석린[1]은 태조대왕께서 아직 즉위하시기 전의 옛 친구였다. 그가 태종의 명을 받들고 태조의 마음을 기어이 돌리려고 함흥을 찾아갔다. 그는 베옷에 백마를 타고 여느 나그네처럼 지나갔다.

태조대왕께서는 멀리서 그를 바라보시고 몹시 기뻐하시며 즉시 불러 보셨다.

성석린은 부자간의 인륜을 실정에 따라 융통성 있게 잘 처리하여 가는 도리에 대해 조용히 말씀드렸다. 태조대왕께서는 얼굴빛이 변하며 물으셨다.

"너도 또한 네 임금을 위해 부드러운 말로 나를 달래려 하느냐?"

성석린은,

"그렇지 않사옵니다. 만일 그러하오면 신의 자손이 반드시

---

1) 성석린(成石璘, 1338-1423) : 조선조 태종 때의 문신. 자는 자수(自修), 호는 독곡(獨谷), 본관은 창녕(昌寧), 성여완(成汝完)의 아들. 태종 즉위 후 창녕부원군(昌寧府院君)에 봉해짐. 시호는 문경(文景).

눈을 잃고 소경이 될 것이옵니다."
하고 대답하였다.

대왕께서는 그의 말을 믿으시고 드디어 한양으로 돌아가실 뜻을 결정하셨다.

그 뒤에 성석린의 맏아들 성지도[2]와 둘째 아들 성발도[3]가 과연 시력을 잃었고, 장손인 창산군 성귀수[4]와 증손까지도 모두 선천적인 소경이 되고 말았다.

---

2) 성지도(成志道, ?-?) : 조선조 태종 때의 문신. 본관은 창녕(昌寧), 성석린(成石璘)의 아들.

3) 성발도(成發道, ?-1418) : 조선조 태종 때의 무신. 본관은 창녕(昌寧), 성석린의 아들.

4) 성귀수(成龜壽, ?-?) : 조선조 세종 때의 문신. 본관은 창녕(昌寧), 성지도(成志道)의 아들, 창산군(昌山君)에 봉해짐.

제10화 모든 것이 천운

태조대왕께서 함흥으로부터 한양으로 돌아오실 때에 태종이 나가 맞으려 교외에 장막을 성대하게 설치하였다. 당시 정승인 하륜[1] 등이 아뢰기를,

“상왕 마마의 노기가 아직도 다 풀리지 않으셨으니, 모든 일을 미리 염려하지 아니할 수가 없사옵니다. 차일을 치는 높은 기둥은 마땅히 큰 나무를 써야 할 것이옵니다.”

하고는 열 아름이나 되는 큰 나무로 기둥을 세웠다.

태조대왕과 태종이 만나실 때, 태종이 의식을 치를 때의 복장인 면류관[2]에 관복을 입고 나아갔다. 태조대왕께서 멀리서 바라보시고 노기가 치솟아 차고 계시던 붉은 활에 흰 깃털이 박힌 화살을 장전하여 발사하셨다.

---

1) 하륜(河崙, 1347-1416) : 조선조 태종 때의 문신. 자는 대림(大臨), 호는 호정(浩亭), 본관은 진주(晉州), 하윤린(河允麟)의 아들. 시호는 문충(文忠).

2) 면류관(冕旒冠) : 제왕(帝王)의 정복(正服)에 갖추어 쓰던 관. 거죽은 검고 속은 붉으며, 위에는 긴 사각형의 판이 있고 판의 앞에는 오채(五彩)의 구슬 꿰미를 늘어뜨린 것으로, 국가의 대제(大祭) 때나 왕의 즉위 때 썼음.

그러자 태종은 당황하여 급히 높이 세운 기둥 뒤로 피해 기대섰다. 화살은 기둥에 명중되었다.

태조대왕께서는 웃음과 더불어 노기를 푸시며,

"천운이구나!"

하시고 이에 옥새[3]를 주시며,

"네가 바라는 바가 이것일 테니 가지고 가거라."

하셨다.

태종은 절을 올리고 옥새를 받았다.

드디어 잔치를 베풀 때에 하륜 등이 또 몰래 태종에게 아뢰기를,

"상왕 마마의 장수를 비는 술잔을 올리실 때에 술잔을 내시에게 주어 올리게 하시고 손수 올리지 마소서."

하였다. 태종이 그 말에 따라 내시에게 술잔을 올리게 하니, 태조대왕께서는 다 마신 뒤에 소매 속에서 철여의[4]를 찾아내서 자리 옆에 놓으시며,

"모두가 천운이로다!"

하셨다.

---

3) 옥새(玉璽) : 국새(國璽). 국권의 상징으로 국가적 문서에 사용하던 임금의 도장.

4) 철여의(鐵如意) : 쇠로 만든 여의(如意)를 말함. 여의는 효자손처럼 생긴 불구(佛具)의 하나로, 뼈·대나무·뿔·쇠 따위로 만듦.

제11화 효령대군의 북 가죽

태종대왕 즉위 초에 첫째 왕자 양녕대군[1]을 세자로 책봉하셨으나, 항상 셋째 왕자인 충녕대군[2]을 사랑하셨다. 양녕대군은 부왕의 뜻을 알아차리고 거짓 미친 체하며 스스로 방탕하게 구니, 태종대왕이 더욱 노하시어 장차 폐하고자 하셨다.

둘째 왕자인 효령대군[3]이 가만히 생각해보니, 만일 형인 양녕대군이 폐출되면 순서로 보아 자신이 마땅히 세자로 책립될 것이었다. 이에 깊이 몸가짐을 삼가고 스스로 조심하며 매일 책상 앞에 꿇어앉아서 글을 읽었다.

---

1) 양녕대군(讓寧大君, 1394-1462) : 조선조 태종의 장남. 이름은 제(禔), 자는 후백(厚伯), 어머니는 원경왕후(元敬王后) 민씨(閔氏). 시호는 강정(剛靖).

2) 충녕대군(忠寧大君, 1397-1450) : 조선조 제4대 임금인 세종(世宗)의 왕자 때의 봉호(封號). 재위 1418-1450. 태종의 셋째아들. 이름은 도(祹), 자는 원정(元正), 어머니는 원경왕후 민씨, 비(妃)는 심온(沈溫)의 딸 소헌왕후(昭憲王后). 시호는 장헌(莊憲), 능은 영릉(英陵).

3) 효령대군(孝寧大君, 1396-1486) : 조선조 태종의 둘째 아들. 이름은 보(補), 자는 선숙(善叔), 어머니는 원경왕후(元敬王后) 민씨(閔氏). 시호는 정효(靖孝).

하루는 양녕대군이 지나가다가 발길질을 하며 말하기를,

"어리석구나, 효령이여! 너는 충녕에게 임금의 덕이 있어 부왕께서 마음에 두고 계심을 알지 못하느냐?"

하였다. 그 말을 들은 효령대군은 비로소 크게 깨달아 드디어 글공부를 그만두고 뛰쳐나가 산사에 이르러 종일토록 두 손으로 북을 두드렸다. 그리하여 북의 가죽이 모두 후줄근하게 늘어지고 말았다.

이런 연유로 오늘날 속담에 부드럽고 질긴 물건을 일컬어 '효령대군의 북 가죽'이라고 하게 되었다.

제12화 임금님의 형 부처님의 형

양녕대군이 비록 거짓으로 미친 체하여 왕위를 세종대왕께 양보하였으나 타고난 자질이 활달하고, 또 능히 때를 따라 재능이나 학식을 숨겨서 감추니 사람들이 태백[1]에 견주기도 하였다.

그의 아우인 효령대군이 일찍이 불공드리는 모임을 결성하고 양녕대군을 초대하였다. 양녕대군은 몰래 토끼와 여우 등을 사냥하고 술 단지까지 갖추어 가지고 갔다.

효령대군이 부처님 앞에 절을 올리며 머리를 조아릴 즈음에, 양녕대군은 그 곁으로 다가가 구운 고기를 베어 물고 술을 마셨다. 그러자 효령대군은 정색하며,

"형님, 오늘만은 술과 고기를 금하소서."

하자, 양녕대군은 웃으며,

---

1) 태백(泰伯) : 중국 주(周)나라 태왕(太王)의 맏아들. 태왕이 그의 아우 계력(季歷)의 아들인 문왕(文王)에게 성덕(聖德)이 있음을 알고는 왕위를 계력에게 전하려 하자, 왕위를 아우 계력에게 양보하고서 형월(荊越)지방으로 피하여 은둔하였음.

"나는 평생에 두터운 복을 받았구나. 살아서는 임금님의 형이 되고 죽어서는 부처님의 형이 될 것인데, 그 밖에 또 무엇을 구하려고 푸성귀 따위나 먹으며 고생을 사서 하겠느냐?"
하였다.

오늘날 남대문의 편액에 숭례문(崇禮門)이라고 쓴 세 글자가 양녕대군의 친필이다. 글자의 획이 크고 힘차며 거침없고 산뜻하여, 양녕대군의 사람됨을 짐작해볼 수 있을 것이다.

제13화 네 말도 옳다

우리 풍속에 시비를 가리지 않는 사람을 보면 반드시 말하기를,

"황희[1] 정승이 아닌가?"

한다.

황희는 조선조의 이름난 재상이었다. 큰일에 임하여 큰 의혹을 결단할 때는 옳고 그름을 따져 직접 꾸짖고 곡직을 그 자리에서 가리되, 평소 집에 있을 때에는 담담하여 사소한 일에 얽매지 않고 기쁨과 노여움의 감정을 얼굴에 나타내지 않았다.

어느 날 비복들이 서로 싸우다가 한 계집종이 황공을 찾아와 하소연하자,

"네 말이 옳구나."

하였다. 다른 계집종 하나가 와서 하소연하자 또 이르기를,

"네 말이 옳다."

---

1) 황희(黃喜, 1363-1452) : 조선조 세종 때의 문신. 처음 이름은 수로(壽老), 자는 구부(懼夫), 호는 방촌(厖村), 본관은 장수(長水), 황군서(黃君瑞)의 아들. 시호는 익성(翼成).

하자, 부인이 곁에 있다가 웃으며,

"대감께선 몹시도 몽롱하시구려. 반드시 하나가 옳으면 하나는 그를 텐데, 어째서 입락[2]이 없으시옵니까?"

하였다. 그러자 황공은,

"부인의 말도 또한 옳구려."

하였다.

2) 입락(立落) : 과거에 급제하거나 낙제하는 일. 나아가 시험 따위의 합격과 낙제를 이름. 또는 옳음과 그름.

제14화 침인연*의 유래

조선조의 어진 재상을 논하면 누구나 황희와 맹사성[1]을 으뜸으로 꼽는다. 맹사성의 성품은 깨끗하고 간고[2]하였다.

맹공이 일찍이 충청도 온양[3]에 계신 부모님을 뵈러 왕래할 때에는 하인을 단출하게 거느린 채 소를 타고 다녔다.

경기도의 양성[4] 현감과 진위[5] 현감이 맹공이 내려온다는 말을 듣고 장호원[6]에서 기다리고 있었다. 맹공이 소를 타고 지나가는 것을 보고 하인들이 소리쳐 통행을 금하였다.

"어떤 둔한 백성이기에 당돌하게 관의 행차 앞에 얼찡거리

---

* 침인연(沉印淵) : 관인(官印)을 빠뜨린 연못.

1) 맹사성(孟思誠, 1360-1438) : 조선조 세종 때의 문신. 자는 자명(自明), 호는 고불(古佛), 본관은 신창(新昌), 맹희도(孟希道)의 아들. 시호는 문정(文貞).

2) 간고(簡古) : 간결하면서도 예스러움.

3) 온양(溫陽) : 오늘날의 충청남도 아산시(牙山市) 지역의 옛 이름.

4) 양성(陽城) : 경기도 안성시(安城市)에 있는 고을.

5) 진위(振威) : 경기도 평택시(平澤市)에 있는 고을.

6) 장호원(長好院) : 경기도 이천시(利川市)에 있는 고을.

느냐?"

그러자 맹공은,

"온양 사는 맹 고불이 제 소를 제가 타고 가노라."

하였다. 두 현감은 놀랍고 두려워 달아나다가 언덕 아래의 깊은 못에 관인을 빠뜨리고 말았다. 그런 연고로 후세 사람들이 그 연못을 침인연이라고 불렀다.

제15화 공당문답

조선왕조 초기의 이름난 재상인 맹사성이 온양의 시골집으로부터 조정으로 돌아올 때였다. 도중에서 비를 만나 경기도 용인에 있는 주막집에 들어가니, 많은 하인과 말을 거느린 한 사람이 먼저 들어와 다락 위에 자리 잡고 있었다.

맹공이 간편한 행색으로 들어가 한 모퉁이에 앉으니, 그는 예사로운 나그네로 알고 불러 담소를 나누었다. 또한 장난삼아 '공'자와 '당'자로 묻고 대답하는 말의 끝을 삼자고 하였다.

맹공이 묻기를,

"무엇 때문에 상경하는공?"

하자 그는,

"벼슬을 구하려 상경한당."

하였다.

"무슨 벼슬인공?"

"녹사[1] 취재[2]당."

---

1) 녹사(錄事) : 조선시대 의정부(議政府)나 중추원(中樞院)의 서리(胥吏).

"내가 차제[3]해줄공?"

"우습다. 아니당 아니당."

며칠 뒤 맹공이 의정부에 앉아 있는데, 그가 취재하러 들어와 인사를 하였다. 맹공이,

"그 간에 어떠하였는공?"

하자, 그는 그제야 누구인 줄을 깨닫고 문득 대답하기를,

"죽여지이당."

하였다. 그 자리에 있던 사람들이 놀라 괴이하게 여기므로, 맹공이 자초지종을 말해주었다. 여러 재상들이 껄껄 웃으며 드디어 그를 녹사로 삼았다.

후세 사람들이 그것을 일컬어 공당 문답이라고 하였다.

---

2) 취재(取才) : 재주를 시험하여 관리를 뽑는 일.

3) 차제(差除) : 벼슬에 임명하는 일.

제16화 송도계원의 유래

세조[1] 때의 공신인 한명회[2]가 젊은 시절에는 낙척불우[3]하다가 40세에 비로소 경기도 개성부에 있는 경덕궁[4] 궁직[5] 벼슬을 하게 되었다.

때마침 명절이 되어 개성부에 함께 있던 동료들이 만월대[6]에서 잔치를 베풀었다. 주흥이 무르익자 그들은 서로 언약하기를,

"우리들은 서울 출신으로 옛 도읍지에 벼슬을 하러 왔으니 마땅히 계를 모아 영구히 친목을 다지세."

---

1) 세조(世祖) : 조선조 제7대 임금. 재위 1455-1468. 이름은 유(王柔, 1417-1468), 자는 수지(粹之), 세종의 둘째 아들. 어머니는 소헌왕후(昭憲王后) 심씨(沈氏), 비는 윤번(尹璠)의 딸 정희왕후(貞熹王后). 시호는 혜장(惠莊).

2) 한명회(韓明澮, 1415-1487) : 조선조 성종 때의 문신. 자는 자준(子濬), 호는 압구정(狎鷗亭), 본관은 청주(淸州), 한상질(韓尙質)의 손자, 한기(韓起)의 아들. 상당부원군(上黨府院君)에 봉해짐. 시호는 충성(忠成).

3) 낙척불우(落拓不遇) : 때를 만나지 못하여 어려운 환경에 빠짐.

4) 경덕궁(敬德宮) : 조선 태조 이성계(李成桂)가 왕위에 오르기 전에 살던 개성의 사저(私邸).

5) 궁직(宮職) : 궁궐을 지키는 직책.

6) 만월대(滿月臺) : 경기도 개성시 송악산(松嶽山)에 있는 고려시대의 궁궐터.

하는 것이었다. 한명회도 그 계의 계원이 되기를 원하였으나 그들은 깔보고 업신여기며 허락하지 않았다.

이듬해에 한공이 세조를 도와 으뜸 공신이 되자, 당시에 계를 맺었던 사람들이 비로소 무안해하고 후회하였다.

그런 까닭으로 세상에서 세력을 믿고 남을 깔보는 사람을 송도계원이라고 일컬었다.

제17화 천문관측에 능한 추보관*

세조대왕이 등극하기 전 수양대군으로 있을 때였다. 나이 14세 때에 어느 기생집에서 자는데, 한밤중에 그녀의 기둥서방이 찾아왔다. 대군은 깜짝 놀라 일어나서 뒷벽을 차고 나가 두어 길이나 되는 담을 뛰어 넘었다. 그러자 기둥서방도 담을 뛰어 넘어 쫓아오는 것이었다.

대군이 1리가량을 달아나다가 보니 길옆에 속이 빈 버드나무 고목이 있었다. 드디어 그 속으로 들어가서 숨자, 기둥서방은 대군의 종적을 잃고는 탄식을 하며 돌아갔다.

잠시 후에 나이가 들어 보이는 한 어른이 버드나무 옆의 조그마한 집에서 문을 열고 나와 소변을 보다가 하늘의 별자리를 쳐다보고 중얼거리기를,

"자미성[1]이 유성[2]의 별자리를 지나다니 괴이하구나."

---

* 추보관(推步官) : 조선시대 관상감(觀象監)에서 천문을 관측하던 관리.

1) 자미성(紫微星) : 북극성(北極星)을 달리 이르는 말로, 제왕(帝王)을 상징하는 별임.

2) 유성(柳星) : 28수(宿) 가운데 24번째 별로 남방7사(南方七舍)의 세 번

하고는 한참 뒤에 도로 집으로 들어갔다.

대군이 기이하게 여겨 다음날 그 집을 찾아가 보니, 그는 관상감[3]의 추보관이었다.

대군이 왕위에 등극한 뒤에 그를 찾으니 이미 죽은 뒤였으므로 그의 아들에게 후한 선물을 내려주었다.

째 별.

3) 관상감(觀象監) : 조선시대 천문(天文), 지리(地理), 역수(曆數), 점주(占籌), 측후(測候), 각루(刻漏) 등의 일을 관장하던 관아.

제18화 장원백의 유래

세종대왕께서 장차 과거를 시행하려 할 때였다. 꿈에 한 마리의 용이 성균관 서쪽 뜰에 있는 잣나무에 서리고 있는 것이었다. 잠에서 깨어나신 대왕은 기이하게 여겨져 궁노로 하여금 몰래 가서 보고 오라고 하였다.

궁노가 가서 보니, 한 선비가 잣나무 아래에서 전대[1]를 베고 잣나무 가지에 발을 걸친 채 자고 있었다.

과거의 급제자를 알리는 방이 나붙었는데, 최항[2]이라는 선비가 장원급제의 명단에 올라 있었다. 그의 생김새를 살펴보니 바로 잣나무 아래에서 잠자던 사람이었다.

이때부터 그 잣나무를 '장원급제자의 잣나무[장원백(壯元柏)]'라고 일컬었다.

---

1) 전대(纏帶) : 돈이나 물건을 넣어 허리에 매거나 어깨에 두르기 편하도록 만든 자루. 주로 무명이나 베로 폭이 좁고 길게 만드는데 양 끝은 트고 중간을 막음.

2) 최항(崔恒, 1409-1474) : 조선조 성종 때의 문신. 자는 정보(貞父), 호는 태허정(太虛亭), 본관은 삭녕(朔寧), 최사유(崔士柔)의 아들. 세조 즉위 후 영성군(寧城君)에 봉해짐. 시호는 문정(文靖).

제19화 청의동자와 신숙주*

세조 때의 공신인 신숙주가 젊은 시절 경복궁에서 열리는 정시[1]에 응시하려고 갈 때였다. 새벽빛이 희미한 가운데 거대한 물건 하나가 입을 벌리고 대궐 문에 가로 앉아 있는데, 모든 과거 응시생들이 그 입으로 들어가는 것이었다.

신숙주는 놀라서 눈을 휘둥그렇게 뜨고 뒤로 물러서며 자세히 보니, 문득 청의를 입은 한 동자가 신숙주의 소매를 당기며 물었다.

"공은 거대한 물건이 입을 벌리고 있는 것을 보셨습니까? 이는 나의 조화로, 괴이한 형상을 일부러 만들어 공을 머물러 서게 한 것입니다."

그 말을 듣고 신숙주가 물었다.

"너는 무슨 물건이냐?"

---

* 신숙주(申叔舟, 1417-1475) : 조선조 성종 때의 문신. 자는 범옹(泛翁), 호는 보한재(保閑齋), 본관은 고령(高靈), 신장(申檣)의 아들. 시호는 문충(文忠).

1) 정시(庭試) : 조선시대 나라에 경사가 있을 때 대궐 안에서 보이던 과거.

"나는 사람인데, 공을 보니 크게 귀해질 상이기에 평생을 함께 지내고자 합니다."

하고 드디어 신숙주를 따라 집으로 갔다. 다른 사람의 눈에는 청의동자가 보이지 않고, 오직 신숙주하고만 기거동작을 함께 하며 그 곁을 떠나지 않았다.

남은 밥을 나누어주면 먹는 소리는 들렸으나 그릇은 비지 아니하였다.

청의동자는 신숙주 집안의 길흉과 과거시험장에서의 득실을 미리 알려주었다.

신숙주가 일본에 통신사로 갈 때에 청의동자로 하여금 먼저 바다와 육지의 노정을 살피게 하여 무사히 갔다가 돌아오게 되었다. 그런 까닭에 그 후로 사신들은 매번 그 길을 따라 갔다.

신숙주가 임종할 때에 청의동자도 따라서 사라지려 하니, 신숙주는 자손들에게 유언을 남겨 청의동자의 제사를 별도로 차리라고 하였다. 그런 까닭에 경기도 양주에 사는 그의 종손은 지금까지도 신숙주의 기일이 되면 한 상을 따로 차려서 청의동자의 제사를 지낸다고 한다.

제20화 거위 꽁무니에서 나온 진주

세종대왕 때 문형[1]을 지낸 윤회[2]가 젊은 시절에 고향으로 돌아가다가 날이 저물어 주막집에 들었으나, 주인은 방이 없다며 투숙을 허락하지 않았다. 어쩔 수가 없어 마당가에 앉아 쉬고 있는데, 주인집 아이가 큰 진주 하나를 가지고 오다가 마당에 떨어뜨렸다. 그러자 곁에 있던 흰 거위가 그만 삼켜버리고 말았다.

이윽고 주인이 진주를 찾다가 찾지 못하자, 윤공이 훔쳐 가지지 않았을까 의심하여 결박을 하고 말하기를,

"날이 밝으면 관가에 고발하겠소."

하였다. 윤공은 변명하지 않고 다만,

"저 거위도 내 곁에 묶어 두시오."

1) 문형(文衡) : 조선시대 홍문관(弘文館)과 예문관(藝文館)의 정2품 으뜸벼슬인 대제학(大提學)을 달리 이르던 말.

2) 윤회(尹淮, 1380-1436) : 조선조 세종 때의 문신. 자는 청경(淸卿), 호는 청향당(淸香堂)·학천(鶴川), 본관은 무송(茂松), 윤소종(尹紹宗)의 아들. 시호는 문도(文度).

하였다.

이튿날 아침에 진주가 거위의 꽁무니에서 똥과 함께 나오자, 주인은 부끄럽게 여겨 사죄하며 물었다.

"어째서 어제 사실을 말하지 않았소?"

"어제 말하면 주인이 반드시 거위의 배를 갈라 진주를 찾으려 하겠기에, 내가 욕을 참으며 아침이 되기를 기다렸소."

윤회는 문장이 세상의 으뜸이었고, 주량도 커서 당시 사람들이 말하기를,

"문성[3]과 주성[4]이 정기를 모아 인간으로 태어났다."

고 하였다고 한다.

---

3) 문성(文星) : 문운(文運)을 주관하는 별.

4) 주성(酒星) : 술에 관한 일을 맡고 있다는 별.

제21화 화장한 귀신의 중매

세조 때에 병조판서[1]를 지낸 남이[2]는 의산위 남휘[3]의 아들이자 태종대왕의 외손이었다. 날래고 용감하기가 남달리 뛰어났다.

소년 시절 그가 길거리에서 노닐다가 보니, 나이 어린 계집종이 푸른 보자기로 싼 작은 상자를 머리에 이고 가는데, 보자기 위에 분을 바른 여자귀신이 앉아 있는 것이었다.

남이는 마음속으로 괴이하게 여기며 그 뒤를 따라가 보니, 계집종이 어느 재상 댁으로 들어가더니 잠시 후에 울부짖는 곡성이 들려왔다. 그 연고를 물어보니 주인집의 작은 아기씨가

---

1) 병조판서(兵曹判書) : 조선시대 육조(六曹)의 하나인 병조의 정2품 으뜸 벼슬.

2) 남이(南怡, 1441-1468) : 조선조 세조 때의 무신. 본관은 의령(宜寧), 의산군(宜山君) 남휘(南暉)의 아들, 태종의 외손. 27세 때 병조 판서가 됨. 시호는 충무(忠武).

3) 남휘(南暉, ?-1454) : 조선조 태종의 부마. 호는 구당(龜堂), 본관은 의령(宜寧), 남경문(南景文)의 아들. 태종의 넷째딸 정선공주(貞善公主)와 혼인, 의산군(宜山君)에 봉해졌음. 시호는 소간(昭簡).

갑자기 죽었다고 하는 것이었다. 남이가,

"내가 들어가 보면 살릴 수 있을 것이오."

하니, 그 집에서 믿지 않다가 한참이 지난 뒤에 들어오라고 허락하였다.

남이가 들어가 보니, 분 바른 귀신이 낭자의 가슴을 타고 앉아 있다가 그를 보고 즉시 달아났다. 그러자 낭자가 일어나 앉았다. 남이가 나가자 다시 죽고, 남이가 다시 들어가니 도로 살아났다. 남이가 묻기를,

"계집종이 이고 가던 상자에 무슨 물건이 있었는가?"

"홍시를 가지고 왔사온데 아기씨가 먼저 드시고 바로 기절하였습니다."

남이는 분 바른 귀신을 본 이야기를 다 해주고 사악한 기운을 다스리는 약으로 치료하여 살렸다.

그 낭자는 바로 좌의정 권람[4]의 넷째 딸이었다. 권람이 남이와 정혼하고자 하여 점쟁이에게 점을 치게 하니 점쟁이는,

"이 사람이 반드시 크게 귀하게 되겠으나 다만 횡사를 면하기 어려울 것이니 정혼은 하지 마옵소서."

하는 것이었다. 그 딸의 운명을 점치게 하니 점쟁이는,

"따님의 운명이 매우 짧아 신랑보다 먼저 죽겠습니다. 복은

---

4) 권람(權擥, 1416-1465) : 조선조 세조 때의 문신. 자는 정경(正卿), 호는 소한당(所閑堂). 본관은 안동(安東). 권근(權近)의 손자, 권제(權踶)의 아들. 길창부원군(吉昌府院君)에 봉해짐. 시호는 익평(翼平).

신랑과 함께 누리고, 화는 보지 않겠으니 정혼을 해도 좋겠습니다."

하였다. 권람이 드디어 남이를 사위로 삼았다.

그 뒤 남이는 17세에 무과에 급제하여 이시애[5]를 토벌하고 건주[6]의 오랑캐를 정벌할 때 선봉으로 역전하여 일등의 군공을 세우고 병조판서 벼슬에 임명되었다.

일찍이 남이가 북벌할 때에 다음과 같은 시 한 편을 지었다.

백두산의 돌은 칼을 갈아 다 없애고,
두만강의 물결은 말이 마셔 다하게 하리라.
남아 20세에 나라를 평정하지 못한다면,
후세에 그 누가 대장부라고 일컬을 것인가.
白頭山石磨刀盡 豆滿江波飮馬無
男兒二十未平國 後世誰稱大丈夫

예종[7] 때에 간신 유자광[8]이 남이의 재능을 시기하여 '평국'

---

5) 이시애(李施愛, ?-1467) : 조선조 세조 때의 반란자. 본관은 길주(吉州), 이인화(李仁和)의 아들.

6) 건주(建州) : 발해시대의 62주(州) 중의 하나로 솔빈부(率賓府)에 속함. 그 위치에 대해서는 현재의 흑룡강성(黑龍江省) 동녕현(東寧縣) 부근으로 보는 설과, 동녕현 또는 소련 연해주의 수찬시(지금의 파르치잔스크)로 보는 설과, 흑룡강성 동녕현에 있는 대성자(大城子)로 보는 설 등이 있음.

7) 예종(睿宗, 1450-1469) : 조선조 제8대 임금. 재위 1468-1469. 이름은 황(晃). 자는 명조(明照), 초자(初字)는 평보(平甫), 본관은 전주(全州), 세조의 제2왕자. 어머니는 파평부원군 윤번(尹璠)의 딸 정희왕후(貞熹王后).

의 평(平)자를 득(得)자로 고쳐서 모반으로 모함하여 죽였는데, 당시 남이의 나이는 28세였고, 그의 아내는 두어 해 전에 먼저 죽었다.

비는 영의정 한명회(韓明澮)의 딸 장순왕후(章順王后), 계비는 우의정 한백륜(韓伯倫)의 딸 안순왕후(安順王后). 시호는 양도(襄悼), 능은 고양(高陽)의 창릉(昌陵).

8) 유자광(柳子光, ?-1512) : 조선조 연산군 때의 간신. 자는 우복(于復), 본관은 영광(靈光), 유규(柳規)의 서자.

제22화 죽었다가 되살아난 은행나무

무릇 여항[1]의 노래가 비록 예사로운 아이들이 부르는 것이나 가끔 딱 들어맞는 일이 있으니 그 또한 우연은 아니다.

옛날 순흥[2] 관아의 동쪽에 압각수[3]가 있었는데, 수백 년이나 된 고목이었다.

단종[4] 계갑년간[5]에 아무 이유가 없이 말라 죽었는데, 얼마 지나지 않아 금성대군[6]이 이 고을로 유배를 와서 영남지방의

---

1) 여항(閭巷) : 여염(閭閻). 백성의 살림집이 많이 모여 있는 곳.

2) 순흥(順興) : 경상북도 영주(榮州) 지역의 옛 지명.

3) 압각수(鴨脚樹) : 은행(銀杏)나무.

4) 단종(端宗, 1441-1457) : 조선조 제6대 임금. 재위 1452-1455. 이름은 홍위(弘暐), 문종의 아들, 어머니는 현덕왕후 권씨, 비는 정순왕후(定順王后) 송씨(宋氏). 1457년 숙부인 수양대군(首陽大君)에게 왕위를 빼앗기고 노산군(魯山君)으로 강봉(降封), 강원도 영월(寧越)에 유배되었다가 피살됨. 숙종24년(1698년) 복위됨. 능은 영월에 있는 장릉(莊陵).

5) 계갑년간(癸甲年間) : 1453(단종1)년 계유년과 1454(단종2)년 갑술년 사이.

6) 금성대군(錦城大君, 1426-1457) : 조선조 세종의 여섯 째 아들. 이름은 유(瑜), 어머니는 소헌왕후 심씨(昭憲王后 沈氏). 1433년(세종15) 금성대군에 봉해지고, 1437년 참찬 최사강(崔士康)의 딸과 혼인했으며, 그 해 태조의 일곱 째 아들인 이방번(李芳蕃)의 후사로 출계(出系)하였음. 수양대군이 왕

인사들과 더불어 노산군[7]의 복위를 도모하다가 일이 발각되어 화를 당하고, 이로 인하여 순흥은 도호부[8]가 혁파[9]되었다. 당시 민간의 동요에 이르기를,

> 은행나무 다시 살면 순흥이 복읍되고,
> 순흥이 복읍되면 노산군도 복위되리.
> 鴨脚復生順興復 順興復魯山復位

라 하였다. 그로부터 230여 년이 지난 뒤 순흥 관아 동쪽의 은행나무가 홀연 되살아나 자라고, 오래지 않아 순흥도호부가 다시 설치[10]되었으며, 단종이 복위되었으니, 그 동요가 과연 들어맞은 것이다.

위에 즉위한 뒤 순흥에 유배되어 부사 이보흠(李甫欽)과 함께 모의해 고을 군사와 향리를 모으고 도내의 사족들에게 격문을 돌려서 의병을 일으켜 단종 복위를 계획하였으나 거사 전에 관노의 고발로 실패로 돌아가 반역죄로 처형 당하였음. 1739년(영조15) 정민(貞愍)이라는 시호가 내려졌고, 순흥의 성인단(成仁壇)에 제향됨.

7) 노산군(魯山君) : 1457년 숙부인 수양대군(首陽大君)에게 왕위를 빼앗긴 단종의 강등된 봉호(封號).

8) 도호부(都護府) : 고려·조선시대 군(郡) 위에 둔 지방 관아.

9) 혁파(革罷) : 묵은 기구, 제도, 법령 따위를 없앰.

10) 1683(숙종9)년에 순흥도호부가 다시 설치되었음.

제23화 솔개가 떨어뜨린 쪽지

성종대왕[1]께서는 타고난 자질이 영무[2]하시고 위엄과 덕망을 겸비하셔서 짧은 사이에 인물을 전도[3]하시는 수단이 매우 민활하셨다.

하루는 후원에서 산보하시는데 우연히 날아가던 솔개가 종이쪽지 하나를 물고 있다가 어전에 떨어뜨리는 것이었다. 자세히 살펴보시니, 바닷가 고을의 수령이 좌승지[4]에게 선물하는 품목을 적은 것이었다.

성종대왕께서는 그 종이를 소매 속에 넣으시고 경연[5]에 들

1) 성종(成宗, 1457-1494) : 조선조 제9대 임금. 재위1469-1494. 이름은 혈(娎). 세조의 손자, 추존왕 덕종의 아들. 어머니는 소혜왕후(昭惠王后) 한씨. 비는 공혜왕후(恭惠王后) 한씨, 계비는 정현왕후(貞顯王后) 윤씨. 시호는 강정(康靖), 능은 광주(廣州)의 선릉(宣陵).

2) 영무(英武) : 영특하고 용맹스러움.

3) 전도(顚倒) : 위와 아래를 바꾸어서 거꾸로 한다는 뜻으로, 다른 사람을 속속들이 알아본다는 말임.

4) 좌승지(左承旨) : 호방 승지(戶房承旨). 조선시대 중추원이나 승정원에 속하여 왕명의 출납을 맡아 보던 정3품 벼슬.

5) 경연(經筵) : 경악(經幄). 경유(經帷). 조선시대 임금이 학문이나 기술을

어가셔서 여섯 승지를 불러 조용히 말씀하시기를,

“만일 지방의 수령이 경들에게 음식물을 보내면 예의를 돌보지 않고 편안한 마음으로 그것을 받을 수 있겠는가?”

하고 물으셨다. 여러 승지들은,

“어찌 감히 받겠사옵니까?”

하고 마치 한입에서 나온 듯이 같은 말로 대답하였다.

좌승지 한 사람만이 피석[6]하여 엎드려서 아뢰기를,

“신은 그렇지 않사옵니다. 90세의 노모가 있사온데, 일전에 평소 친하게 지내던 지방 수령 한 사람이 해산물을 보내주어 신이 받았사옵니다.”

하였다.

성종대왕께서는 웃으시며 소매에서 품목을 적은 종이쪽지를 꺼내 보여주시며 말씀하셨다.

“경은 옛날의 유직[7]이라 이를 만하도다.”

강론·연마하고 더불어 신하들과 국정을 협의하던 일. 또는 그런 자리.

6) 피석(避席) : 피좌(避座). 공경의 뜻을 나타내기 위하여 웃어른을 모시던 자리에서 일어남.

7) 유직(遺直) : 옛 성현의 유풍이 있는 정직한 사람.

제24화 영흥 명기 소춘풍

성종대왕께서 여러 신하들에게 잔치를 베푸셨을 때 소춘풍이라는 기생으로 하여금 술을 권하게 하셨다. 소춘풍은 본디 함경도 영흥 출신의 명기였다.

그녀는 황금 술잔에 술을 부어 영의정[1] 앞에 이르러 노래하기를,

"순임금[2]은 비록 계시지만 감히 척언[3]을 못함이오. 고요[4]와 같은 분은 진정으로 저의 좋은 짝이로다."

하였다.

이때 무신으로 관직과 녹봉이 높고 현직 병조판서였던 사람

1) 영의정(領議政) : 조선시대 의정부의 정1품 으뜸 벼슬.

2) 순(舜) : 중국 고대의 임금. 성은 우(虞)·유우(有虞). 이름은 중화(重華). 요 임금의 뒤를 이어 천하를 잘 다스려 태평성대를 이루었다고 함. 여기서는 성종을 빗대어 말한 것임.

3) 척언(斥言) : 손가락질 하여 말함. 남을 배척하는 말.

4) 고요(皐陶) : 중국 고대 순(舜)임금의 신하로, 구관(九官)의 한 사람임. 법을 세우고 형벌을 제정하였으며, 옥(獄)을 만들었다고 함. 여기서는 영의정을 빗대어 말한 것임.

이 생각하기를,

‘다음 술잔은 반드시 내게로 오리라.’

하고 있는데, 그녀는 잔을 들어 이조판서[5]로 문형[6]을 겸한 사람 앞으로 다가가 노래하기를,

“박고통금[7]하시고 명철하신 군자를 어찌 멀리 버려두고 무부의 무지함을 취하리오?”

하였다. 병조판서가 감의[8]를 품자, 그녀는 다시 술을 부어 병조판서에게 다가가 말하기를,

“먼저 한 말은 농담이옵니다. 문무가 일체인데 무신인들 어찌 따르지 않겠사옵니까?”

하였다. 그러자 이조판서가 웃으며 물었다.

“그러면 나는 버리려느냐?”

그녀는 몸가짐을 바로하고 이조판서에게 또 술을 부어 올리며,

“제나라는 대국이요, 초나라도 대국이라. 작고 작은 등나라가 제초 두 나라 사이에 끼었으니, 누구는 섬기고 누구는 섬기지 않겠어요? 제나라도 섬기고 초나라도 섬김이 진실로 좋은 일이지요.”

---

5) 이조판서(吏曹判書) : 조선시대 육조(六曹) 가운데 이조(吏曹)의 정2품 으뜸 벼슬.

6) 문형(文衡) : 조선시대 홍문관(弘文館), 예문관(藝文館)의 정2품 으뜸 벼슬인 대제학(大提學)을 달리 이르던 말.

7) 박고통금(博古通今) : 옛일에도 밝고 시무(時務)에도 능통함.

8) 감의(憾意) : 언짢게 여기는 마음.

하는 것이었다.

성종대왕께서 크게 칭찬하셨다. 이 일로 말미암아 소춘풍이 라는 이름이 온 나라에 알려졌다.

제25화 병이 된 약과

성종대왕께서 어느 날 밤 변복을 하시고 동촌을 지나시니, 어느 조그만 집에서 글 읽은 소리가 들려왔다. 문을 열고 곧장 들어가시니, 주인이 놀라 일어나 자리로 맞으며 묻기를,

"어디서 오시는 손님이기에 이런 한밤중에 오셨습니까?"

하였다. 대왕께서는,

"우연히 지나가다가 글 읽는 소리를 듣고 찾아왔소."

하시고 이어 그가 읽던 경전의 뜻을 물으시니, 그는 마치 물이 흐르듯 거침없이 대답하는 것이었다.

또 사초[1]를 청해 보시니 낱낱이 명작이었다. 대왕께서,

"이만한 재주를 지니고도 아직까지 과거에 급제하지 못한 것은 과거를 담당하는 시관의 책임이오."

하자 그가 대답하였다.

"운수가 사나워서 그런 것인데 어찌 시관을 원망하겠습니까?"

"내일 임시로 시행하는 별과가 있다던데, 힘써 응시해 보는

---

1) 사초(私草) : 사고(私稿). 개인이 사사롭게 작성한 원고.

게 어떻겠소?"
하시고 동행한 사람이 가지고 있던 약과를 내어주시니, 그는 몇 번이고 거듭 고맙다고 하였다.

대왕께서는 환궁하시어 이튿날 과거를 베푸시고, 시제를 그 선비의 사초에서 보신 것으로 출제하셨다.

오래지 않아 그의 글이 들어오자 대왕께서는 크게 칭찬하시고 장원으로 뽑으셨다.

마침내 방을 내걸고 급제자를 불렀으나 그 선비가 아니었다. 대왕께서는 의아하여 물으셨다.

"이 글을 네가 지은 것이냐?"

"그 글은 소신의 스승이 지은 것이옵니다. 소신의 스승은 어젯밤 우연히 관격[2]이 되어 과거에 응시하러 오지 못하는 까닭에 소신이 스승의 사초를 얻어 와서 써 바쳤나이다."

이는 대개 하사하신 약과를 굶주렸던 창자에 너무 많이 먹고 병이 생긴 것이었다. 대왕께서는 그 선비의 운수가 사나운 것을 불쌍히 여기시어 음사[3]를 특별히 내려주셨다.

---

2) 관격(關格) : 먹은 음식이 갑자기 체하여 가슴 속이 막히고 위로는 계속 토하며 아래로는 대소변이 통하지 않는 위급한 증상.

3) 음사(蔭仕) : 음관(蔭官). 음직(蔭職). 과거를 거치지 아니하고 조상의 공덕에 의하여 맡은 벼슬.

제26화 허종이 낙마한 다리

성종대왕 즉위 초에 왕비 한씨[1])가 훙[2])하시고, 후궁 윤씨[3])가 원자[4])인 연산군[5])을 낳았다. 이에 윤씨를 책립하여 왕비를 삼았는데, 윤씨가 여러 후궁들을 질투하고 시기하였고, 대왕께도 불손하게 굴었다.

대왕께서 크게 노하셔서 폐출하시고 장차 사약을 내려 죽이시려고 여러 신하들을 불러 대궐에서 회의를 열었다. 이때 천

---

1) 한씨(韓氏) : 조선조 제9대 성종의 왕비인 공혜왕후(恭惠王后, 1456-1474). 본관은 청주(清州), 영의정 한명회(韓明澮) 의 딸. 1467년(세조13)에 가례를 올렸고, 1469년 성종이 즉위하자 왕비에 책봉되었음.

2) 훙(薨) : 중세시대 왕이나 제후의 죽음을 일컫던 말. 신분에 따라 죽음에 다섯 가지 등급이 있었으니, 천자(天子)는 붕(崩), 제후(諸侯)는 훙(薨), 대부(大夫)는 졸(卒), 선비는 불록(不祿), 서인(庶人)은 사(死)라 하였음.

3) 윤씨(尹氏) : 조선조 제9대 성종의 계비이자, 연산군의 어머니인 폐비 윤씨(廢妃尹氏,1445-1482). 판봉상시사 윤기무(尹起畝)의 딸로, 1479년 폐위됨.

4) 원자(元子) : 아직 왕세자에 책봉되지 아니한 임금의 맏아들.

5) 연산군(燕山君, 1476-1506) : 조선조 제10대 임금. 재위 1494-1506. 이름은 융, 성종의 맏아들, 어머니는 폐비(廢妃) 윤씨(尹氏), 비는 승선(承善)의 딸 신씨(愼氏). 1506년 중종반정(中宗反正)으로 폐위되어 강화(江華)의 교동(喬桐)으로 유배되어 곧 죽음.

위[6]가 진첩[7]하시므로 감히 이의를 말하는 신하가 없었다.

영의정 허종[8]이 이른 아침에 대궐 회의에 참석하러 가다가 누이의 집에 들렀더니 누이는,

"남의 집 하인이 집주인의 명을 거스르지 못하여 안주인을 함께 죽이면 후일 그 아들을 섬길 때에 화환[9]이 없을까?"

하는 것이었다.

그 말에 허종은 크게 깨달은 바가 있어서 가다가 돌다리에 이르렀을 때 짐짓 말에서 떨어져 발을 다쳤다고 핑계를 대고 회의에 불참하였다.

그 후에 성종대왕께서 승하하시고 연산군이 즉위하여 어머니를 위해 복수할 때에 당시 회의에 참석한 사람들을 모두 죽였으나, 허종만 홀로 화를 면하였다.

후세 사람들은 허종이 낙상하였던 다리를 종침교라고 불렀는데, 지금 사직동[10]에 있는 돌다리가 바로 그것이다.

---

6) 천위(天威) : 왕의 위엄.

7) 진첩(震疊) : 존귀한 사람이 몹시 성을 내어 그치지 아니함.

8) 허종(許琮, 1434-1494) : 조선조 성종 때의 문신. 자는 종경(宗卿)·종지(宗之), 호는 상우당(尙友堂), 본관은 양천(陽川), 허공(許珙)의 후손, 허손(許蓀)의 아들. 시호는 충정(忠貞).

9) 화환(禍患) : 재앙(災殃)과 환난(患難)을 아울러 이르는 말.

10) 사직동(社稷洞) : 서울시 종로구에 있는 동네.

제27화 호환 덕에 화를 면한 유순

성종대왕 때 윤비를 폐하고 사약을 내릴 때에 입직하고 있던 승지 유순[1]이 사약 그릇을 받들고 가는 직책을 맡게 되었는데, 그날 새벽에 경기도 포천에 있는 시골집에서 급히 하인이 와서 알리기를, 호랑이가 그의 부인을 채갔다는 것이었다.

유순은 대왕께 그 사실을 아뢰고 급히 떠났으므로, 그의 동료인 이세좌[2]가 사약 받드는 일을 대신하게 되었다.

유순이 포천에 이르러 보니, 부인이 과연 호랑이 등에 업혀 가다가 도중에 나뭇가지에 매달려 호환에서 벗어나 돌아와 있으므로 크게 기뻐하였다.

---

1) 유순(柳洵, 1441-1517) : 조선조 중종 때의 문신. 자는 희명(希明), 호는 노포당(老圃堂), 본관은 문화(文化), 상의중추원사(商議中樞院事) 유원지(柳原之)의 증손, 한성부판관 유종(柳淙)의 손자, 세마 유사공(柳思恭)의 아들. 시호는 문희(文僖).

2) 이세좌(李世佐, 1445-1504) : 조선조 연산군 때의 문신. 자는 맹언(孟彦), 호는 한원(漢原), 본관은 광주(廣州), 이극감(李克堪)의 아들. 광양군(廣陽君)에 봉해짐.

그 뒤 연산군 갑자년(1504)에 이세좌 부자는 모두 살육을 당하였고, 유순은 화를 면하여 중종반정 이후 재상이 되었다.

제28화 까치집이 있는 나무

성종대왕께서 일찍이 변복을 하고 다니시다가 보니, 어떤 한 사람이 까치집을 지은 나무를 베어다가 대문 앞에 심는 것이었다. 그 까닭을 물으시니, 그가 대답하였다.

"대문 앞에 심은 나무에 까치가 집을 지으면 과거에 급제한다는 속설이 있는데, 저희 집 대문 앞에는 나무가 없는 까닭에 이 나무를 대신 심은 것입니다."

대왕께서는 환궁하셔서 과거를 베푸시고 '까치집이 있는 나무[鵲巢樹]'라고 출제하시어 그 사람이 급제하도록 하셨다.

제29화 밭은 주인에게 복은 부처에게

옛날 어느 한 사람이 절에 전답을 많이 시주하였다. 그 뒤 자손들이 가난해져서 그 전답을 반환해달라고 하자, 그 절의 승려와 소송이 벌어져 몇 해가 지나도 해결이 되지 않았다.

그 일은 당시의 임금이신 성종대왕에게까지 알려졌다. 대왕께서는 친히 판결하시기를,

"부처님께 전답을 시주한 것은 복을 구하고자 함이었는데, 부처님이 영검이 없으셔서 자손이 빈천하게 되었으니, 전답은 본 주인에게 돌려주고 복은 부처님께 돌려보내야 할 것이다."

하셨다.

제30화 머리털 베어 차린 시아버지 환갑잔치

성종대왕께서 일찍이 변복을 하시고 남산 아래를 지나가실 때였다. 산 밑의 조그마한 집에서 백발노인이 술을 마주하여 통곡하고, 한 상주와 한 여승이 그 앞에서 노래하고 춤을 추는 것이었다.

대왕께서 괴이하게 여기시어 그 집에 들어가셔서 물으니 노인이 대답하기를,

"상주는 내 자식이요, 여인은 며느리지요. 오늘 이 늙은이의 회갑을 맞았는데 집안 형편이 가난하므로 며느리가 그 머리털을 잘라 팔아서 약간의 술과 안주를 내게 차려 주었답니다. 내가 그 정경을 보매 슬픔을 금할 수가 없어 절로 눈물이 흐르더군요. 그러자 그 아이들이 나를 위로하려고 저렇게 노래하고 춤을 추는 겁니다."

하는 것이었다.

궁궐로 돌아오신 대왕께서는 과거를 베푸시고, '상주는 노래

하고 스님은 춤을 추는데, 노인은 통곡하다[상가승무노인곡(喪歌僧舞老人哭)]'라고 출제하시어 급제하게 해주시고, 그 아들과 며느리는 효자효부로 포상하셨다.

제31화 정승의 사위가 된 녹사의 아들

윤효손[1]은 성종 때의 명신이었다. 그가 어렸을 적에 그의 부친인 윤처관[2]은 의정부의 녹사가 되어 아침 일찍 정승 댁 문 앞에 가서 명함을 바쳤다. 문지기는 대감마님이 주무신다며 거절하므로, 날이 저물도록 기다리다가 배고프고 지쳐서 집으로 돌아갔다. 그는 아들인 효손에게 이르기를,

"나는 재주가 없어서 이토록 치욕을 당하였으니, 너는 모름지기 부지런히 공부를 하거라."

하였다. 효손은 부친의 명함 끝에 다음과 같은 절구 한 수를 썼다.

대감의 단잠에 아침 해 높이 떴고,

---

1) 윤효손(尹孝孫, 1431-1503) : 조선조 연산군 때의 문신. 자는 유경(有慶), 호는 추계(楸溪), 본관은 남원(南原), 윤처관(尹處寬)의 아들. 시호는 문효(文孝).

2) 윤처관(尹處寬, 1407-?) : 조선조 성종 때의 문신. 자는 율보(栗甫), 본관은 남원(南原), 윤희(尹希)의 아들.

문 앞에 들인 명함 종이는 벌써 너덜너덜해졌네.
꿈속에 만약 주나라의 참 성인[3]을 만나셨다면,
그 당시 토악[4]의 수고를 물어보셨어야 하는 것을.
相國酣眠日正高 門前刺紙已生毛
夢中若見周元聖 須問當年吐握勞

효손의 부친은 그 시를 살피지 못하고 이튿날 아침에 다시 정승 댁에 가서 그 명함을 들였다. 정승이 그 시를 보고 즉시 불러들여 묻기를,

"이 시를 자네가 지었는가?"

처관은 놀랍고 두려워 어찌 할 바를 모르다가 그 글씨를 자세히 살펴보니 아들의 필적이었으므로 드디어 사실대로 말하였다. 정승이 효손을 불러 보니 영리하고 슬기로울 뿐만 아니라 예사롭지 않은지라 몹시 칭탄하고 자신의 딸을 아내로 삼게 하였다.

그 정승은 바로 박원형[5]이었다.

---

3) 주나라의 참 성인 : 주공(周公)을 가리킴.
4) 토악(吐握) : 중국 주나라 때의 성인인 주공은 식사를 할 때나 목욕 중에도 찾아오는 손님이 있으면 입속에 있던 밥을 뱉고[吐] 젖은 머리칼을 움켜쥔[握] 채로 손님 접대를 하였다고 함.
5) 박원형(朴元亨, 1411-1469) : 조선조 예종 때의 문신. 자는 지구(之衢), 호는 만절당(晩節堂), 본관은 죽산(竹山), 박고(朴翺)의 아들. 시호는 문헌(文憲).

제32화 경회루를 몰래 구경한 구종직

성종대왕 때 찬성[1] 벼슬을 한 구종직[2]은 궁벽한 시골사람이었다. 그의 젊은 시절 성균관에 들어가 재생[3]으로 있을 때였다. 함께 공부하던 생원과 진사 20여 명이 이름 난 점쟁이를 만나 평생의 길흉화복을 물었다. 구공의 차례가 되었을 때 점쟁이는 거듭 절을 올리며 말하기를,

"공께서는 마땅히 1품 벼슬에 이르시고 수명도 70세를 넘기실 것이니, 크게 부귀할 운명입니다. 다른 분들이 따라갈 수 없지요."

라고 하니 동료들은 모두 코웃음을 쳤다.

그 뒤에 구공이 과거에 급제하여 교서관[4]의 정자[5]로 숙직을

---

1) 찬성(贊成) : 조선시대 의정부(議政府)의 종1품 벼슬.

2) 구종직(丘從直, 1424-1477) : 조선조 성종 때의 문신. 자는 정보(正甫), 본관은 평해(平海), 판서 천우(天雨)의 증손, 구양선(丘揚善)의 아들. 시호는 안장(安長).

3) 재생(齋生) : 거재유생(居齋儒生). 조선 시대 성균관이나 사학(四學) 또는 향교의 기숙사에서 숙식하며 학문을 닦던 선비.

4) 교서관(校書館) : 조선시대 경서(經書)의 인쇄나 교정, 향축(香祝), 인전

하게 되었다. 그는 경회루가 매우 아름답다는 말을 듣고 밤중에 평복 차림으로 경회루 아래 이르러 연못가를 산보하고 있었다.

잠시 후에 임금께서 수레를 타고 후원에서 들어오시자, 구공은 황공하여 길가에 엎드렸다. 임금께서 놀라 물으셨다.

"너는 누구며, 무슨 일로 여기 왔는고?"

"신은 교서관의 정자로 있는 구종직이옵니다. 일찍이 경회루의 옥주요지[6]가 천상의 선계와 같다는 말을 들었사옵니다. 오늘 요행히 예각[7]에서 숙직을 하게 되어 천한 시골 출신이 감히 몰래 구경을 하고 있었사옵니다."

"너는 노래를 부를 줄 아느냐?"

"신이 부르는 격양의 노래[8]가 어찌 성률에 맞겠사옵니까?"

"한번 불러 보거라."

구공이 느린 성음으로 긴 노래를 부르자, 임금께서는 잘 부른다고 여기시어 또 다시 높은 소리로 불러 보라고 명하셨다. 다 들으신 임금께서는 매우 기뻐하시며,

---

(印篆) 따위를 맡아보던 관아.

5) 정자(正字) : 조선시대 홍문관(弘文館)·승문원(承文院)·교서관에 속한 정9품 벼슬. 또는 그 벼슬에 있던 사람.

6) 옥주요지(玉柱瑤池) : 아름다운 건물과 연못이 있는 경치를 이르는 말.

7) 예각(藝閣) : 조선시대 규장각(奎章閣)의 외각(外閣)인 교서관을 달리 이르던 말.

8) 격양의 노래(격양가[擊壤歌]) : 풍년이 들어 농부가 태평한 세월을 즐기는 노래. 중국의 요임금 때 태평한 생활을 즐거워하여 불렀다고 함.

"경전을 암송할 수 있느냐?"
하고 물으셨다.

"《춘추》[9]를 외울 줄 아옵니다."

임금께서 외워보라고 하셔서 한 권을 다 외운 뒤에 상으로 술을 내려주시고 그 자리를 떠나셨다.

이튿날 임금께서 구공을 특별히 승진시켜 부교리[10]를 삼으시니, 삼사[11]의 여러 신하들이 교대로 상소문을 올려 반대하였다. 그러나 임금께서는 허락하지 않으셨다.

대엿새가 지난 뒤에 임금께서는 편전에 거둥하시어 삼사의 관료들을 모두 불러 대사헌부터 모두 《춘추》를 외워보라고 명하셨다. 그러나 한 사람도 한 구절을 암기할 수 있는 사람이 없었다. 임금께서 구공에게 외워보라고 하시니, 물으시는 대로 줄줄 외웠다. 임금께서 여러 신하들에게 말씀하시기를,

"그대들은 한 구절을 외우지 못하면서도 오히려 높은 벼슬에 이르렀는데, 하물며 구종직 같은 사람이 어찌 부교리 벼슬에 합당치 않단 말인가?"
하시고, 구공에게 숙사[12]하라고 명하셨다.

---

9) 춘추(春秋) : 유교 오경(五經)의 하나. 공자가 노나라 은공(隱公)에서 애공(哀公)에 이르는 242년(B.C.722-B.C.481) 동안의 사적을 편년체로 기록한 역사서. 11권.

10) 부교리(副校理) : 조선시대 홍문관에 속한 종5품 벼슬.

11) 삼사(三司) : 조선시대 사헌부(司憲府), 사간원(司諫院), 홍문관(弘文館)을 합쳐서 부르던 말.

12) 숙사(肅謝) : 숙배(肅拜)와 사은(謝恩). 사은숙배(謝恩肅拜). 새 벼슬에 임명되어 처음으로 출근할 때 먼저 대궐에 들어가서 임금에게 숙배하고 사은함으로써 인사하는 일.

제33화 아들의 글 솜씨 덕에 풀려난 아비

성종대왕께서 일찍이 경회루 못가에서 친히 기우제를 지내시는데, 풍악소리가 들려오므로 어디서 나는 것인가를 알아보라고 명하셨다. 조사해 보니 방주감찰[1)]이 예연[2)]을 행하는 것이었다. 대왕께서 노하시어,

"하늘에서 비를 내리지 않으시어 서성[3)]의 희망이 끊어져 내가 반찬의 수도 줄이고 풍악을 거둔 채 이렇게 노도[4)]를 하고 있는데, 나라의 녹을 먹는 신하가 감히 풍악을 울리며 잔치를 벌여 즐기다니?"

하시며 옥에 가두라고 명하시니, 열세 사람이 한꺼번에 갇히게 되었다. 그러자 그들의 자제들이 글을 올려 용서해주시기를 애

---

1) 방주감찰(房主監察) : 방주유사(房主有司). 조선시대 사헌부의 감찰 가운데 우두머리를 이르던 말.

2) 예연(禮宴) : 예를 갖추어서 베푸는 잔치.

3) 서성(西成) : 음양오행설에서 서쪽이 가을을 뜻한 것에서, 가을에 익은 농작물을 거두어들이는 일을 이르는 말.

4) 노도(露禱) : 일정한 제단(祭壇)이 없이 한데에서 기원하고 비는 일.

걸하니, 대왕께서 노하셨다.

"저들이 버릇이 없이 함부로 행동하여 죄를 지어놓고 또 자제들로 하여금 상소를 무릅쓰게 하니 더욱 가증스럽구나."
하시고 상소한 사람들을 모두 잡아들이라고 명하셨다. 모두들 흩어져 달아나는데 유독 방주감찰의 아들만이 가지 않고 있다가 붙잡혀 들어왔다.

대왕께서 물으시기를,

"너는 어린아이인데 어째서 달아나지 않았느냐?"
하시니 그 아이가 대답하였다.

"신이 아비를 구출하려고 글을 올렸사오니 비록 죄를 받은들 어찌 감히 달아나겠사옵니까?"

"이 상소문을 누가 지었느냐?"

"신이 지었사옵니다."

"글씨는 누가 썼는고?"

"신이 썼사옵니다."

"네 나이가 몇 살인고?"

"열세 살이옵니다."

"네가 과연 글을 짓고 글씨도 썼더란 말이냐? 만일 속이면 죽음을 면치 못할 것이니라."

"글을 짓고 글씨를 쓴 것이 모두 신의 손에서 나온 것이오니, 시험해 보시기를 바라옵니다."

대왕께서는 '가뭄을 근심함(민한[憫旱])'이라는 제목으로 글을 지으라고 명하셨다.

그 아이가 그 자리에서 글을 지어 썼는데 그 끝에 이르기를,

‘옛날 동해의 과부[5]가 3년의 가뭄이 들게 하였사오니, 성상께오서 이를 진념[6]하시면 성탕[7]께서 하늘에 빌어 천리에 비가 내리게 하신 일이 어렵지 아니할 것이옵니다.’

하였다. 대왕께서 보시고 기특하게 여기시며 물으셨다.

“네 아비가 누구인고?”

“방주감찰 김세우[8]가 바로 신의 아비로소이다.”

“네 이름은 무엇인고?”

“김규[9]라 하옵니다.”

---

5) 《설원(說苑)》귀덕편(貴德篇)에 실려 있는 고사. 중국 한나라 때 동해군(東海郡)에 어떤 효부가 있었는데, 자식도 없이 일찍 남편을 여의었으나 시어머니를 아주 잘 봉양하였다. 시어머니가 그를 재가시키려고 하였지만 끝내 따르지 않자, 시어머니는 자기 때문에 며느리가 재가하지 않는다고 생각하여 목을 매어 자살하였는데, 그곳 태수가 고의로 시어머니를 살해했다는 누명을 씌워 그 여자를 처형하였다. 그러자 동해 지역에 3년 동안 큰 가뭄이 들었다. 그 뒤 후임 태수가 부임하여 즉시 그 효부의 누명을 벗겨 주고 소를 잡아 효부의 묘에 제사를 지내자 곧바로 큰비가 내렸다고 한다.

6) 진념(軫念) : 임금이 신하나 백성의 사정을 걱정하여 근심함. 윗사람이 아랫사람의 사정을 걱정하여 생각함.

7) 성탕(成湯) : 중국 은(殷)나라의 초대 임금인 탕왕(湯王)을 말함.

8) 김세우(金世愚, 1486-1522) : 조선조 중종 때의 문신. 자는 불민(不敏), 본관은 광산(光山), 김췌(金萃)의 증손으로, 김석(金矽)의 아들.

9) 김규(金虯, 1522-1565) : 조선조 명종 때의 문신. 자는 몽서(夢瑞), 호는 탄수(灘叟), 본관은 광산, 김순성(金順誠)의 증손으로, 김세우(金世愚)의 아들.

대왕께서 어필로 쓰시기를,

'네가 글도 잘 짓고 글씨도 잘 썼으므로, 네 글을 보고 네 아비를 놓아주고 네 글씨를 보고 네 아비의 동료들을 놓아주나니, 너는 아비에게 효도하는 마음을 옮겨 임금에게 충성할지어다.' 하시고 중관[10]에게 명하시어 의금부에 가서 모두 석방토록 하셨다.

그 뒤에 김규는 사마시[11]에 급제하고 명종 때에 문과에 급제하여 벼슬이 판윤[12]에 이르렀다.

---

10) 중관(中官) : 내시(內侍). 조선시대 내시부에 속하여 임금의 시중을 들거나 숙직 따위의 일을 맡아보던 남자로, 모두 거세된 사람이었음.

11) 사마시(司馬試) : 소과(小科). 조선시대 과거의 하나로 생원(生員)과 진사(進士)를 뽑던 시험.

12) 판윤(判尹) : 조선시대 한성부(漢城府)의 정2품 으뜸벼슬.

제34화 아들로 태어난 여덟 자라

현령 이공린[1]은 경주 이씨다. 취금헌 박팽년[2]의 딸에게 장가가던 날 밤에 꿈을 꾸었다. 늙은이 여덟 명이 절하며 청하기를,

"우리들이 지금 죽을 곳에 나아가 있는데, 만일 가마솥에서 삶기게 된 목숨을 살려주시면 반드시 후하게 보답을 할 것이오."

하는 것이었다. 이공이 놀라 일어나 탐문해 보니, 옹인[3]이 자라 여덟 마리로 탕을 끓이려 하고 있었다. 즉시 강물에 놓아주게 하였는데, 그 가운데 한 마리가 달아나자 나이 어린 계집종이 삽을 가지고 잡으려 하다가 실수로 그 목을 잘라 죽고 말았다.

그 날 밤 또 꿈을 꾸었는데, 일곱 노인이 찾아와 사례하였다.

그 뒤, 이공이 여덟 명의 아들을 낳아, 꿈의 상서로움에 뜻을

---

1) 이공린(李公麟, 1437-1509) : 조선조 연산군 때의 문신. 본관은 경주(慶州), 제현(齊賢)의 후손, 이윤인(李尹仁)의 아들.

2) 박팽년(朴彭年, 1417-1456) : 조선조 사육신(死六臣)의 한 사람. 자는 인수(仁叟), 호는 취금헌(醉琴軒), 본관은 순천(順天), 박중림(朴仲林)의 아들. 시호는 충정(忠正).

3) 옹인(饔人) : 숙수(熟手). 잔치와 같은 큰일이 있을 때에 음식을 만드는 사람.

두고 이별[4]·이귀[5]·이오[6]·이타[7]·이원[8]·이경[9]·이곤[10]·이벽[11]이라고 이름을 지었다. 모두 재주와 명성을 떨쳤으나, 그 가운데 이원은 문장과 바른 행실로 더욱 세상 사람들의 추앙을 받았는데 연산군 때 사화에 걸려 죽었으니 꿈의 증험이 한층 두드러지게 나타난 것이었다. 지금까지도 이공의 자손들은 자라를 먹지 않는다.

---

4) 이별(李鱉, 1475-?) : 조선조 세조 때의 문인. 자는 낭선(浪仙), 호는 장육당(藏六堂), 본관은 경주, 이공린(李公麟)의 아들.

5) 이귀(李龜,1469-1526) : 조선조 중종 때의 문신. 자는 자장(子長), 호는 사미정(四美亭), 본관은 경주, 이공린의 아들.

6) 이오(李鰲) : 생몰연대 미상. 자는 백어(伯魚), 본관은 경주, 이공린의 아들.

7) 이타(李鼉) : 생몰연대 미상. 자는 중어(仲魚), 호는 모산(茅山), 본관은 경주, 이공린의 아들.

8) 이원(李黿, ?-1504) : 조선조 연산군 때의 문신. 자는 낭옹(浪翁), 호는 재사당(再思堂), 본관은 경주, 이공린의 아들. 김종직의 문인으로 갑자사화 때 처형됨.

9) 이경(李鱷) : 생몰연대 미상. 자는 사어(史魚), 본관은 경주, 이공린의 아들.

10) 이곤(李鯤, 1484-1537) : 조선조 중종 때의 문신. 자는 도남(圖南), 호는 한당(閒堂), 본관은 경주, 이공린의 아들.

11) 원문에는 용(龍)으로 되어 있으나 벽(鼊)의 잘못임. 이벽(李鼊) : 생몰연대 및 자세한 행적 미상. 본관은 경주, 공린의 아들.

제35화 신기한 점괘

윤필상[1]은 성종 때의 재상이었다. 일찍이 젊은 시절에 중국의 북경에 가서 용한 점쟁이를 만나 운명을 점쳐 보니 평생의 길흉이 모두 잘 맞았다. 그 끝 대목에 이르기를,

'해지는 세 숲 아래에서 일지춘과 영영 이별하다.[일락삼림하영별일지춘(日落三林下 永別一枝春)]'

라고 한 말의 뜻을 풀지 못하고 있었다.

연산군 갑자년(1504), 성종께서 폐비를 하실 때 모여 의논한 일로 진도에서 귀양살이를 하게 되었다.

어느 날 저녁 이웃사람이 주인집에서 김맬 사람을 청하며 이르기를,

"내일 아침 상림에서 만납시다."

하므로 윤공이 별 생각 없이 물었다.

"어디를 상림이라고 하는가?"

그러자 주인이 대답하였다.

---

1) 윤필상(尹弼商, 1427-1504) : 조선조 연산군 때의 문신. 자는 양좌(陽佐), 본관은 파평(坡平), 윤경(尹坰)의 아들. 성종 때 영의정을 역임하였음.

"여기서 5리쯤 되는 곳에 상림·중림·하림이라는 지명이 있사옵니다."

윤공은 비로소 '삼림'이라는 말의 뜻을 깨닫고 탄식해 마지않을 즈음에 마침 차비기생[2]이 곁에서 머리를 빗고 있었다. 윤공이 기생에게 이름을 물으니,

"일지춘이옵니다."

하는 것이었다. 윤공은 멍하니 천정만 바라보고 있었다. 이날 사약이 내려왔다.

윤공의 증손인 윤부[3]가 또한 북경에 가서 점을 쳤는데 그 마지막 구절에 이르기를,

'한 가지 벼슬에 인끈이 둘이요, 넋이 백운 가운데 끊어지도다. [일관쌍인수 혼단백운중(一官雙印綬 魂斷白雲中)]'

라고 하였다. 그 뒤, 그는 과연 강원감사로 도임하여 병사[4]를 겸하여 두 개의 관인을 차고 있다가 마침내 감영에서 죽었는데, 감영은 바로 원주 백운산 북쪽에 있었다.

---

2) 차비기생(差備妓生) : 풍물차비기생(風物差備妓生). 풍물잡이 기생. 악기를 다루는 기생.

3) 윤부(尹釜, 1510-1571) : 조선조 명종 때의 문신. 자는 자기(子器). 돈령도정(敦寧都正) 윤필상(尹弼商)의 증손, 윤승홍(尹承弘)의 아들. 강원감사를 역임함.

4) 병사(兵使) : 병마절도사(兵馬節度使). 조선시대 각 지방의 병마를 지휘하던 종2품의 무관 벼슬.

제36화 조위의 점괘

조위[1]의 호는 매계로, 점필재 김종직[2]의 처남이다.

성종대왕께서 명하시어 김종직이 지은 글을 편집하여 책을 만들라고 하셨다. 조공이 〈조의제문〉[3]을 그 책의 첫머리에 실었는데, 연산군 4년(1498)의 무오사화[4] 때 간신 유자광[5]이 이것으로 참소하였다.

---

1) 조위(曺偉, 1454-1503) : 조선조 연산군 때의 문신. 자는 태허(太虛), 호는 매계(梅溪), 본관은 창녕(昌寧), 조경수(曺敬修)의 증손, 조계문(曺繼門)의 아들. 시호는 문장(文莊).

2) 김종직(金宗直, 1431-1492) : 조선조 성종 때의 문신이자 학자. 자는 계온(季昷)·효관(孝盥), 호는 점필재(佔畢齋), 본관은 선산(善山), 김숙자(金叔滋)의 아들. 시호는 문충(文忠).

3) 조의제문(弔義帝文) : 중국 전국시대 초나라 의제를 조상하는 제문. 김종직이 1457년(세조3)에 밀양에서 경산(京山)으로 가는 길에 답계역(踏溪驛)에서 자다가 꿈에 의제를 만난 뒤 지은 글로, 단종을 죽인 세조를 의제를 죽인 항우(項羽)에 비유해 세조를 은근히 비난한 내용임.

4) 무오사화(戊午士禍) : 1498년(연산군4) 김일손(金馹孫) 등 신진사류(新進士類)가 유자광(柳子光)을 중심으로 한 훈구파(勳舊派)에 의해 화를 입은 사건.

5) 유자광(柳子光, 1439-1512) : 조선조 연산군 때의 문신. 자는 우복(于復), 본관은 영광(靈光), 유규(柳規)의 서자.

당시 조공은 하정사[6]로 중국 북경에 가 있었다. 연산군은 그가 압록강을 건너면 즉시 죽이라고 명하였다. 조공 일행은 요동에 이르러 비로소 그 소식을 들었다. 조공의 아우 조신[7]이 점쟁이 정원결에게 길흉을 물으니, 그는 아무 말이 없이 다만 시 두 구절을 써주었다.

'천 겹 물결 속에서 몸을 뛰쳐나와서 바위 밑에서 사흘 밤을 자리라.[천층낭리번신출 야수암하숙삼소(千層浪裡飜身出 也須巖下宿三宵)]'

조공은,

"첫 구절로 보아서는 화를 면할 듯한데, 아래 구절은 알기 어렵구나."

하고 압록강에 이르자, 금오랑[8]이 강변에 와서 기다리고 있었다. 멀리 바라보고 실색하여 일행이 마주보며 목메어 울었다.

강을 건너서 들으니, 이극균[9]의 영구[10]로 다행히 사형은 면하고 다만 붙잡혀서 전라도 순천군에 유배를 가게 되었다는 것

---

6) 하정사(賀正使) : 조선시대 새해를 축하하기 위해 중국에 보낸 사신.

7) 조신(曺伸, 1454-?) : 조선조 성종 때의 문인이자 역관(譯官). 자는 숙분(叔奮), 호는 적암(適庵), 본관은 창녕(昌寧), 조계문(曺繼門)의 아들, 조위(曺偉)의 서제(庶弟).

8) 금오랑(金吾郎) : 금부도사(禁府都事). 조선시대 의금부(義禁府)에 속하여 임금의 특명에 따라 중한 죄인을 신문하는 일을 맡아보던 종5품 벼슬.

9) 이극균(李克均, 1437-1504) : 조선조 연산군 때의 문신. 자는 방형(邦衡), 본관은 광주(廣州), 집(集)의 증손, 이인손(李仁孫)의 아들. 좌의정을 역임함.

10) 영구(營救) : 죄에 연루된 사람을 구해내는 일.

이었다. 그 뒤, 조공은 병사하여 시신을 옮겨다가 금산[11]의 고향에 장사지냈다.

갑자사화[12] 때 이전의 죄를 다시 문제 삼아서 부관참시[13]하여 무덤 앞에 있는 바위 밑에다 사흘 동안 방치하였다. 그제야 조신은 점괘를 비로소 깨닫고 괴이하게 여기며 감탄하여 마지않았다.

11) 금산(金山) : 오늘날의 경상북도 김천(金泉).

12) 갑자사화(甲子士禍) : 조선 연산군 10년(1504)에 폐비 윤씨와 관련하여 많은 선비들이 죽임을 당한 사건.

13) 부관참시(剖棺斬屍) : 죽은 뒤에 큰 죄가 드러난 사람을 극형에 처하던 일. 무덤을 파고 관을 꺼내어 시체를 베거나 목을 잘라 거리에 내걸었음.

제37화 고양이 덕에 죽을 고비를 넘긴 돼지머리 장순손

장순손[1]은 경상도 성주 사람이다. 용모가 돼지머리와 비슷한 까닭에 친구들이 '돼지 대가리'라고 놀렸다.

연산군은 성주 출신 기생을 불러들여 매우 총애하였다. 어느 날 종묘에서 제사를 지내고 임금에게 치번[2]하는데 돼지머리를 바쳤다. 기생이 그것을 보고 웃자, 연산군이 그 까닭을 물었다. 기생은,

"성주에 '장 돼지머리'라고 부르는 사람이 있사온데 돼지머리를 보고 그의 모습이 떠올라 웃었사옵니다."

하였다. 그러자 연산군은 벌컥 화를 내며,

"그놈이 필연 너의 정부로구나."

---

1) 장순손(張順孫, 1457-1534) : 조선조 중종 때의 문신. 자는 자호(子浩), 본관은 인동(仁同), 장중지(張重智)의 아들. 시호는 문숙(文肅).

2) 치번(致膰) : 번(膰)은 옛날 제사 때 제물로 사용하는 구운 고기로, 나라의 종묘제례 등 큰 제사를 마친 뒤 제사 고기를 각 대부에게 나누어 주는 예법을 말함.

하고는 의금부에 명하여 속히 돼지머리를 잡아들이라고 하였다.

그때 장순손은 집에서 밥을 먹고 있다가 영문도 모른 채 붙잡혀 가다가 경상도 상주의 함창에 있는 공검지[3]가를 지나게 되었다. 문득 고양이 한 마리가 갈림길로 건너가는 것이었다. 그것을 본 장순손이 금부도사에게 청하였다.

"내가 그 동안 과거를 보러 갈 때마다 고양이가 길을 건너가는 걸 보면 틀림없이 급제를 하곤 하였소. 오늘도 고양이가 갈림길로 건너갔으니 그 길로 갔으면 하오."

금부도사는 허락하였다. 경상도 문경현에 이르러 들으니, 선전관이 장순손을 참수하라는 왕명을 받들고 큰길로 지나갔다는 것이었다.

장순손 일행이 새재에 이르러 머물면서 선전관을 기다리고 있는데, 선전관이 미처 돌아오기 전에 연산군이 쫓겨났다는 소식이 먼저 이르렀다. 장순손은 끝내 죽지 않았고, 그 뒤 중종 때에 재상이 되었다.

---

3) 공갈못[공검지(恭儉池)] : 오늘날의 경상북도 상주시 공검면 양정리에 있던 못.

제38화 텅 비어버린 큰 뱃속

이세정[1]은 유교의 경학에는 정통하고 능숙하였으나 여러 차례 과거에 번번이 실패하였다. 여러 제자들을 가르쳤는데, 이장곤[2], 성몽정[3], 김세필[4], 김안국[5], 김정국[6] 등 여러 대신들

1) 이세정(李世靖) : 조선조 성종 때의 문신이자 학자. 생몰연도 및 자세한 행적 미상.

2) 이장곤(李長坤, 1474-1519) : 조선조 중종 때의 문신. 자는 희강(希剛), 호는 학고(鶴皐)·금헌(琴軒), 본관은 벽진(碧珍), 이승언(李承彦)의 아들. 1504년(연산군10) 갑자사화(甲子士禍)로 거제(巨濟)에 유배되었으나 함흥(咸興)으로 도주하여 백정(白丁)들 속에 숨어 지내다가 중종반정으로 다시 기용되었음. 시호는 정도(貞度).

3) 성몽정(成夢井, 1471-1517) : 조선조 중종 때의 문신. 자는 응경(應卿), 호는 장암(場巖), 본관은 창녕(昌寧), 성담년(成聃年)의 아들, 상진(尙震)의 매부. 하산군(夏山君)에 봉해짐. 시호는 양경(襄景).

4) 김세필(金世弼, 1473-1533) : 조선조 중종 때의 문신이자 학자. 자는 공석(公碩), 호는 십청헌(十淸軒), 혹은 지비옹(知非翁), 본관은 경주(慶州), 김훈(金薰)의 아들. 시호는 문간(文簡).

5) 김안국(金安國, 1478-1543) : 조선조 중종 때의 문신이자 학자. 자는 국경(國卿), 호는 모재(慕齋), 본관은 의성(義城), 김연(金璉)의 아들, 정국(正國)의 형. 시호는 문경(文敬).

6) 김정국(金正國, 1485-1541) : 조선조 중종 때의 문신. 자는 국필(國弼), 호는 사재(思齋)·은휴(恩休), 본관은 의성(義城), 김연(金璉)의 아들. 시호

이 모두 그의 문하에서 가르침을 받은 사람들이었다. 제자들이 힘을 합하여 그를 천거하여 충청도 청양현감 벼슬에 제수되었다. 그는 성품이 소간졸직[7]하여 일을 처리하는 재간과 능력이 없었다.

이때, 최숙생[8]이 새로 충청감사에 임명되어 이공의 제자들이 숭례문 밖까지 나가 전송하면서 청양현감을 부탁하였다.

"우리 선생님이신데 지조가 맑고 학문이 깊은 분이시니 폄제[9]는 하지 마십시오."

하니, 최숙생은 선선히 그러마고 대답하였다.

최 감사가 부임하여 첫 번째 고과에서 이공에게 거전[10]을 주어 파면시켰다.

그 뒤, 최숙생이 임기를 마치고 돌아오자, 이공의 제자 세 사람이 찾아뵙고 이르기를,

"충청도내에 활리적민자[11]와 최과정졸자[12]가 그리 없어서

는 문목(文穆).

7) 소간졸직(疎簡拙直) : 성품이 단순하고 고지식하며 일을 주선하고 변통하는 재주가 없음.

8) 최숙생(崔淑生, 1457-1520) : 조선조 중종 때의 문신. 자는 자진(子眞), 호는 충재(忠齋), 본관은 경주(慶州), 최철중(崔鐵重)의 아들. 시호는 문정(文貞).

9) 폄제(貶題) : 조선시대 관찰사가 각 고을 수령의 치적을 상·중·하로 매겨서 중앙에 보고할 때, 하등으로 보고하던 일.

10) 거전(居殿) : 근무 성적의 사정에서 하등을 받는 것. 성적의 등급을 매기는 것을 전최(殿最)라고 하는데, 전은 하등, 최는 상등을 뜻함.

우리 선생님께 하등을 매기셨습니까?"
하자, 최숙생이 대답하였다.
"다른 고을 원은 비록 교활하다 해도 다만 도둑이 고을 원 하나뿐이라 백성들이 오히려 견디지만, 청양현감은 비록 청렴하나 육방 아전[13] 여섯 도둑이 그 밑에 있으니 백성들이 견디지 못할 것이요, 또한 뱃속이 텅 빈 사람이 어떻게 한 고을을 다스릴 수 있겠는가?"
그러자 김정국이 말하였다.
"이공의 뱃속에는 6경[14]이 가득 차 있거늘 어찌 뱃속이 비었다고 말씀하시는지요?"
"공들이 이공 뱃속의 6경을 모두 나누어 가져다 자기들의 뱃속을 각각 채워가지고 그걸로 과거에 급제도 하고 출세도 하였으니, 이공의 뱃속이 비록 크다 해도 그 속은 텅 비지 않았겠소?"
그 말에 그 자리에 있던 사람들이 모두들 웃고 말았다.

---

11) 활리적민자(猾吏賊民者) : 백성을 해치는 교활한 관리.

12) 최과정졸자(催科政拙者) : 세금을 독촉하는 등의 정사가 졸렬한 사람.

13) 육방 아전(六房衙前) : 지방고을의 수령을 보좌하는 이방(吏房)·호방(戶房)·예방(禮房)·병방(兵房)·형방(刑房)·공방(工房) 등 여섯 부서의 이속(吏屬).

14) 6경(六經) : 중국 춘추시대 유교의 여섯 가지 경서. 《역경(易經)》, 《서경(書經)》, 《시경(詩經)》, 《춘추(春秋)》, 《예기(禮記)》, 《악기(樂記)》를 이르는데 《악기》대신 《주례(周禮)》를 넣기도 함.

제39화 울음소리로 알아낸 간계

중종대왕[1] 때의 무인인 박영[2]이 경상도 김해부사가 되어 일찍이 동헌에 앉아 있는데, 동쪽에 있는 이웃에서 여자의 곡성을 듣고 형리로 하여금 잡아 오게 하여 물었다.

"너는 무슨 일로 우느냐?"

"제 남편이 병도 없었는데 갑자기 죽었습니다."

박공이 큰소리로 다시 묻자,

"저희 부부가 사이좋게 산 것은 이웃 마을에서 다 아는 일입니다."

박공은 그녀 남편의 시신을 메어 오게 하여 찬찬히 살펴보았

---

1) 중종(中宗, 1488-1544) : 조선조 제11대 임금. 재위 1506-1544년. 이름은 이역(李懌), 자는 낙천(樂天), 성종의 둘째 아들. 어머니는 정현왕후(貞顯王后) 윤씨, 비는 신수근(愼守勤)의 딸 단경왕후(端敬王后), 첫째 계비는 윤여필(尹汝弼)의 딸 장경왕후(章敬王后), 둘째 계비는 윤지임(尹之任)의 딸 문정왕후(文定王后). 능묘는 서울시 강남구 삼성동에 있는 정릉(靖陵).

2) 박영(朴英, 1471-1540) : 조선조 중종 때의 무신. 자는 자실(子實), 호는 송당(松堂), 본관은 밀양(密陽), 양녕대군(讓寧大君)의 외손자. 시호는 문목(文穆).

으나 아무런 흔적도 찾을 수가 없었다. 그녀가 벽용[3]하며 울부짖었다.

"제 심정은 하늘이 아는 터인데 나리께서는 어찌 이리 하십니까?"

박공은 힘센 군교로 하여금 그 시신을 반듯하게 눕혀 놓고 힘을 주어 가슴과 배를 눌러보라고 하니, 과연 배꼽에서 대바늘이 솟아나오는 것이었다.

즉시 그녀를 결박하여 신문하니 드디어 자복하기를,

"간통하던 사내와 공모해서 남편이 술에 취해 잠들었을 때에 흉기로 죽였습니다."

하였다. 박공은 그녀의 간부마저 잡아다가 국법에 따라 처리하였다.

사람들이 묻기를,

"무엇으로 그 계집이 거짓말을 한다는 것을 아셨습니까?"

하니, 박공이 대답하였다.

"처음에 들으니 울음소리가 슬프지 않기에 의심이 일어 잡아오게 하였네. 시신을 살필 때에 겉으로는 가슴을 치며 울부짖었으나 기실 두려워하는 빛이 있는 까닭에 알게 되었지."

---

3) 벽용(擗踊) : 몹시 슬퍼함. 어버이의 상사(喪事)에 상제가 가슴을 치고 발을 구른다는 뜻임.

제40화 그 형에 그 아우

중종 때의 간신인 남곤[1]과 심정[2]은 같은 해에 태어나 모두 소인배 노릇을 하였다. 두 사람은 각기 한 아우가 있었는데 모두 어진 사람이었으니, 이 또한 기이한 일이었다.

남곤의 아우 남포[3]는 직제학[4]으로 나라일이 날로 그릇됨을 보고 청맹[5]으로 가장하여 은퇴하고 벼슬을 하지 않았다.

심정의 아우 심의[6]는 이조좌랑[7]으로, 그의 형이 틀림없이

---

1) 남곤(南袞, 1471-1527) : 조선조 중종 때의 문신. 자는 사화(士華), 호는 지정(止亭)·지족당(知足堂), 본관은 의령(宜寧), 남치신(南致信)의 아들. 김종직(金宗直)의 문하에서 수학. 사후 문경(文敬)이란 시호를 내렸으나 1558년(명종13) 관작(官爵)과 함께 삭탈되었음.

2) 심정(沈貞, 1471-1531) : 조선조 중종 때의 문신. 자는 정지(貞之), 호는 소요정(逍遙亭), 본관은 풍산(豊山), 심응(沈膺)의 아들. 시호는 문정(文靖).

3) 남포(南褒, 1489-1570) : 조선조 명종 때의 문신. 자는 사미(士美), 호는 지지당(知止堂), 본관은 의령(宜寧), 남치신의 아들. 권신 남곤의 아우였으나 권세에 물들지 않고 깨끗이 살아 당시 사람들로부터 많은 칭송을 받았음.

4) 직제학(直提學) : 조선시대 예문관(藝文館)과 홍문관(弘文館)의 정3품 벼슬.

5) 청맹(靑盲) : 청맹과니. 겉으로 보기에는 눈이 멀쩡하나 앞을 보지 못하는 눈.

6) 심의(沈義, 1475-?) : 조선조 중종 때의 문신. 자는 의지(義之), 호는 대관재(大觀齋), 본관은 풍산(豊山), 심응의 아들, 심정의 아우.

실패할 줄을 알고 백치로 자처하여 세력이 성하든 쇠하든 화를 면하였다.

심정이 남곤과 더불어 일찍이 작은 서재에서 비밀리에 회의를 하고 있었는데, 심의가 갑자기 밖으로부터 들어오며 말하기를,

"두 소인배가 무슨 일을 의논하시나?"

하니, 남곤이 벌컥 화를 내며 얼굴빛이 변하자, 심정은 태연히 말하기를,

"내 아우는 본디 천치니, 상공은 용서하시길 바라오."

하자, 남곤이 드디어 화를 풀었다.

7) 이조좌랑(吏曹佐郎) : 조선시대 이조의 정6품 낭관(郎官) 벼슬.

제41화 봄꿈을 어떻게 믿는담

심의는 그의 형인 심정이 벼슬이 높고 권세가 등등한데다 농토를 많이 장만해 둔 것을 보고 내심 기껍지 않아 계교를 써서 속이려고 하였다.

어느 날 새벽에 일어난 심의는 울면서 말하였다.

"꿈에 부모님을 뵈니 한 말씀 하시기를, '너는 작은아들이라 우리가 별달리 생각하여 아무 곳에 있는 밭과 종 아무개를 너에게 주려고 하다가 미처 못 해주고 죽었구나. 그것이 마음에 항상 걸리는구나.' 하신 까닭에 제가 이 때문에 슬퍼서 우는 것입니다."

그 말에 심정은 크게 감동하여,

"부모님께서 너를 그토록 각별히 생각하시는데 내가 어찌 그것을 아껴 지하에 계신 부모님의 영혼을 달래 드리지 못하겠느냐?"

하고 즉석에서 문서를 만들어 심의에게 주었다.

그 뒤에 심정은 아우에게 속은 것을 알고 그 뜻을 시험하고 싶었다. 심정도 어느 날 새벽에 일어나 거짓 슬픈 체하며 말하

기를,

“꿈에 부모님을 뵈었더니, 한 말씀을 하시더구나. ‘아무개 밭과 종 아무개를 미처 너에게 주지 못했다.’ 하시기로 내가 이 때문에 슬퍼하는 것이다.”

하니, 심의가 말하였다.

“형님, 봄꿈을 어찌 다 믿을 수 있단 말이오?”

그 말을 듣고 심정은 어이가 없어 크게 웃고 말았다.

심정의 성품이 비록 남을 시기하고 해코지를 잘하였지만 형제간의 우애는 남달리 지극하였다.

제42화 쥐구멍은 저기 있는데

심의는 그의 형 심정이 반드시 실패할 것을 알고 여러 차례 충고하였으나 듣지 않았다.

어느 날 그는 형의 집에 가서 쥐구멍을 보고는 그것을 가리키며 말하였다.

"이것이 후일 형님께서 빠져나가려고 찾아도 얻지 못할 곳이니, 오늘 한번 나가보심이 어떻겠소?"

심정은 아무 대답이 없었다.

그 뒤, 심정이 국법에 따라 벌을 받게 되자 심의가 찾아와,

"쥐구멍은 저기 있는데 형님은 어디로 가시오?"

하고 통곡하였다.

제43화 남산에서 똥 누는 시

중종 때에 좌의정 김안로[1], 병조판서 허항[2], 찬성 채무택[3]이 조정을 어지럽히고 충직한 신하들을 살해하자, 백성들이 그들을 삼흉[4]이라고 하였다.

이때 어떤 사람이 종루[5]에 방서[6]를 붙여 세 사람의 죄를 지

1) 김안로(金安老, 1481-1537) : 조선조 중종 때의 문신. 자는 이숙(頤叔), 호는 용천(龍泉)·희락당(希樂堂)·퇴재(退齋), 본관은 연안(延安), 김흔(金訢)의 아들. 허항(許沆)·채무택(蔡無擇)과 함께 정유삼흉(丁酉三兇)으로 일컬어짐. 원문의 영의정은 좌의정의 잘못임.

2) 허항(許沆, ?-1537) : 조선조 중종 때의 문신. 자는 청중(清仲), 본관은 양천(陽川), 허확(許確)의 아들. 김안로 · 채무택 등과 함께 정유3흉으로 일컬어짐. 원문의 병조판서 이항(李沆)은 대사헌 허항(許沆)의 잘못임.

3) 채무택(蔡無擇, ?-1537) : 조선조 중종 때의 문신. 초명은 무역(無斁), 자는 언성(彦誠), 본관은 인천(仁川), 채준(蔡俊)의 아들. 김안로 · 허항 등과 함께 정유3흉으로 일컬어짐. 원문의 찬성은 부제학의 잘못임.

4) 삼흉(三凶) : 정유 삼흉(丁酉三凶). 조선 중종 32년(1537)에 왕의 외척(外戚) 윤원로 등이 흉물(凶物)이라고 하여 살해한 세 사람. 김안로(金安老), 허항(許沆), 채무택(蔡無擇)을 이름.

5) 종루(鐘樓) : 조선시대 한성부(漢城府)의 중심이 되는 곳에 종을 달아 둔 누각. 오늘날 종로 네거리에 있는 종각을 말함.

6) 방서(謗書) : 비방(誹謗)하는 글.

적하였는데, 채무택의 택(擇)자는 중종의 이름인 역(懌)자로 쓰고 허항의 항(沆)자는 항(抗)으로 썼으니, 이는 모두 임금이 없다는 말이다.

당시 사람들이 지목하기를 심정의 아들인 심사순[7]이 한 짓이라고 하였다. 이때 심사순은 승지로 있다가 파면되어 집에 있었다. 드디어 왕명으로 심사순을 옥에 가두고, 그의 집에 있는 서적을 뒤져내어 필적을 증거로 삼았다. 책의 표지에는 〈남산에서 똥 누다〉라는 시의 한 구절이 있었다.

> 한바탕 천둥치며 내리는 비에 천지가 들썩하자,
> 냄새가 한양성 온 집에 가득하구나.
> 一聲雷雨掀天地 香滿長安百萬家

임금께서 이를 보시고 밉게 여기셨다. 심사순은 여러 차례 고문을 당하다가 그로 인하여 옥중에서 죽었다.

---

7) 심사순(沈思順) : 조선조 중종 때의 문신. 생몰년 미상. 자는 의중(宜中), 호는 묵재(默齋), 본관은 풍산(豊山), 심정(沈貞)이 아들.

제44화 갈원에서 죽을 운명

김안로가 젊은 시절 중국 점쟁이에게 사주를 보니 그가 써주기를,

'극도의 부귀를 누리겠으나, 다만 칡[갈(葛)]에서 죽으리라.' 하였다.

그 뒤, 김안로는 과연 나라의 정무를 맡아 권력을 쥐고 부귀가 대단하였으나 '칡에서 죽는다'는 뜻을 미처 깨닫지 못하였다.

중종 정유년(1537)에 국모인 문정왕후[1]를 쫓아내려고 모의한 죄로 양사[2]의 탄핵을 받아 유배지로 가다가 경기도 진위에 있는 갈원[3]에 이르러 사사의 명을 받들고 그곳에서 죽었다.

---

1) 문정왕후(文定王后, 1501-1565) : 조선조 중종의 둘째 계비. 본관은 파평(坡平), 윤지임(尹之任)의 딸. 능은 서울시 노원구 공릉동(孔陵洞)에 있는 태릉(泰陵).

2) 양사(兩司) : 조선시대 사헌부(司憲府)와 사간원(司諫院)을 이울러 이르던 말.

3) 갈원(葛院) : 경기도 평택시 칠원동(七院洞)의 옛 이름.

제45화 꿈속의 수박치기

소릉[1]은 현덕왕후[2] 권씨의 능이다. 현덕왕후는 문종[3]의 왕비이자 단종[4]의 모후다. 세조 때에 폐릉이 되었다가 그 뒤 중종 때에 이르러 검토관[5] 소세양[6]이 능을 복구하자고 주청하였

1) 소릉(昭陵) : 조선조 제5대 임금인 문종(文宗)의 왕비 현덕왕후(顯德王后)의 능. 중종 때 경기도 구리시의 현릉(顯陵)으로 이장하고, 경기도 안산시 단원구 목내동 산 47에는 그 터가 남아 있음.

2) 현덕왕후(顯德王后, 1418-1441) : 조선조 제5대 문종의 비. 본관은 안동(安東), 권전(權專)의 딸. 능은 경기도 구리시(九里市)에 있는 현릉(顯陵).

3) 문종(文宗) : 조선조 제5대 임금. 재위1450-1452. 이름은 향(珦, 1414-1452), 자는 휘지(輝之), 세종의 맏아들, 어머니는 소헌왕후(昭憲王后) 심씨(沈氏), 비는 현덕왕후(顯德王后) 권씨(權氏). 능은 경기도 구리시에 있는 현릉(顯陵). 시호는 공순(恭順).

4) 단종(端宗) : 조선조 제6대 임금. 재위1452-1455. 이름은 홍위(弘暐, 1441-1457), 문종의 아들, 어머니는 현덕왕후(顯德王后) 권씨(權氏), 비는 정순왕후(定順王后) 송씨(宋氏). 능은 강원도 영월(寧越)에 있는 장릉(莊陵).

5) 검토관(檢討官) : 조선시대 경연청(經筵廳)에서 강독(講讀)과 논사(論思)에 관한 일을 맡아보던 정6품 벼슬.

6) 소세양(蘇世讓, 1486-1562) : 조선조 중종 때의 문신. 자는 언겸(彦謙), 호는 양곡(陽谷), 본관은 진주(晉州), 소자파(蘇自坡)의 아들. 시호는 문정(文靖).

다. 중종께서는 여러 신하들에게 명하시어 조정에서 회의를 하게 하셨다.

이보다 앞서 권민수[7]가 은대[8]에서 숙직을 하다가 밤에 꿈을 꾸었다. 꿈에 정미수[9]가 영의정 유순정[10]과 더불어 수박치기를 하는데, 유순정이 몹시 궁지에 몰리는 것이었다. 권민수는 깜짝 놀라 깨어나 괴이하게 여기며 동료에게 꿈 이야기를 해주었다.

그로부터 며칠 뒤에 과연 현덕왕후의 능의 복구에 관한 논의가 나왔는데, 유순정이 홀로 반대하다가 문득 병이 들어 집으로 돌아갔다. 그리고는 병이 점점 위중해져 일어나지 못하였고, 소릉을 복구하자는 의논이 결정되었다.

정미수는 현덕왕후의 외손이니, 만일 현덕왕후의 혼령이 능의 복구에 관한 일을 알았다면 어찌 유순정에게 원한이 사무치지 않았겠는가?

권민수의 꿈이 과연 들어맞았다.

---

7) 권민수(權敏手, 1466-1517) : 조선조 중종 때의 문신. 자는 숙달(叔達), 호는 퇴재(退齋)·기정(岐亭), 본관은 안동(安東), 권임(權琳)의 아들.

8) 은대(銀臺) : 조선시대 왕명의 출납을 맡아보던 승정원(承政院)을 달리 이르던 말.

9) 정미수(鄭眉壽, 1456-1512) : 조선조 중종 때의 문신. 자는 기수(耆叟), 호는 우재(愚齋), 본관은 해주(海州), 정종(鄭悰)의 아들. 해평부원군(海平府院君)에 봉해짐. 시호는 소평(昭平).

10) 유순정(柳順汀, 1459-1512) : 조선조 중종 때의 문신. 자는 지옹(智翁), 본관은 진주(晉州), 유양(柳壤)의 아들. 시호는 문성(文成).

제46화 부채에 쓰인 예언

연산군 때의 간신 유자광이 사림파[1] 선비들을 모해하므로, 사림이 몹시 분하여 이를 갈았다.

중종반정[2]을 일으킬 때에 비밀 모의에 앞장서서 참여한 까닭에 반정 후에도 미처 탄핵하는 공론을 일으키지 못하였다.

하루는 유자광이 도총관[3]으로 출근하여 소매 속에서 부채를 꺼내 부치다가 문득 얼굴빛이 변하며 말하기를,

"괴이하도다. 괴이해, 이 부채에 쓰인 글씨가!"

라고 하며 주변 사람들에게 보여주었다. 부채에는 '기화입치'[4]

---

1) 사림파(士林派) : 조선조 초기 산림에 묻혀 유학 연구에 힘쓰던 문인들의 한 파. 김종직, 김굉필, 조광조 등을 중심으로 하고 성종 때부터 중앙 정부에 진출하여 종래의 관료들인 훈구파를 비판하여 사화에 희생되기도 하였으나, 선조 때에 이르러서는 그 기반을 확고히 하였음.

2) 중종반정(中宗反正) : 조선 중종 1년(1506)에 성희안, 박원종 등이 연산군을 몰아내고 성종의 둘째 아들인 진성대군(晉城大君)을 왕으로 추대한 사건.

3) 도총관(都摠管) : 조선시대 오위도총부(五衛都摠府)에서 군무를 총괄하던 정2품 벼슬.

4) 기화입치(奇禍立致) : 뜻밖에 당하는 재난이 곧 닥친다는 뜻.

라는 네 글자가 쓰여 있었다. 유자광은 재삼 손가락으로 부채 위의 글씨를 두드리며 탄식하였다.

"내가 입궐할 때에 이 부채를 처음 상자 속에서 꺼낸 뒤로 손에서 놓지 않았는데, 그 누가 이 글씨를 써넣었단 말인가? 참으로 괴이하도다."

하였는데 그 말이 끝나고 얼마 되지 않아 아전이 들어와 아뢰기를

"대간[5]에서 상소하여 나리의 죄를 청하였나이다."

하는 것이었다. 유자광이 깜짝 놀라더니, 그 길로 강원도에 유배 가서 죽었다. 그의 아들인 유진[6]과 유방[7]도 모두 함경도로 귀양 가서 죽었다.

---

5) 대간(臺諫) : 대성(臺省). 제대(諸臺). 조선시대 사헌부와 사간원의 관원을 통틀어 일컫던 말.

6) 유진(柳軫) : 조선조 중종 때의 인물. 생몰년 미상. 본관은 영광(靈光), 유자광(柳子光)의 아들.

7) 유방(柳房) : 조선조 중종 때의 문신. 생몰년 미상. 자는 평원(平原), 본관은 영광, 유자광(柳子光)의 아들.

제47화 꽃도 부끄러워하는 노인의 머리

중종 무술년(1538)에 중국 명나라 사신에게 연회를 베풀었다. 중국 사신은 머리에 꽃을 꽂았는데, 중종께서는 잊고 미처 머리에 꽃을 꽂지 못하셨다. 중국 사신이 묻자, 임금께서는 창졸간에 대답할 말이 생각나지 않아서 당황하고 계셨다.

이때 역관인 이화종[1]이 임금 대신 해명하기를,

"'꽃은 노인의 머리위에 꽂혀 있음을 응당 부끄러워하리.'라는 시[2]가 있는 까닭으로 꽂지 않았노라."

하니, 중국 사신이 크게 기뻐하였다. 임금께서는 이화종에게 후한 상을 내리셨다.

---

1) 이화종(李和宗) : 조선조 중종 때의 역관. 생몰년 미상. 자는 태지(泰之), 본관은 경주(慶州), 이상행(李商行)의 아들. 연산군 때 역과에 급제하여 중국 사신단을 여러 차례 수행하였고, 벼슬이 2품에 이르렀음.

2) 소동파(蘇東坡)의 〈길상사상모란(吉祥寺賞牡丹)〉시에 "나이 늙어 머리에 꽃을 꽂음을 부끄러워할 것은 없으나, 꽃은 노인의 머리위에 꽂혀 있음을 응당 부끄러워하리.[年老簪花不自羞 花應羞上老人頭]"라는 구절이 있음.

제48화 꿀과 잣 보내기를 거절한 정붕

중종 때 정붕[1]은 경상도 청송부사로 있었다. 이조판서가 편지를 보내 꿀과 잣을 구해서 보내달라고 하였다. 정붕은 답장으로,

'잣은 높은 봉우리 꼭대기에 있고, 꿀은 민간의 벌통에 있으니, 명색이 수령이라는 사람이 어떻게 산꼭대기와 민간에 돌아다니며 이런 것을 구할 수 있겠소?'

하였다.

---

1) 정붕(鄭鵬, 1467-1512) : 조선조 중종 때의 문신. 자는 운정(雲程), 호는 신당(新堂), 본관은 해주(海州), 철견(鐵堅)의 아들. 선산(善山) 출신.

제49화 오늘 저녁은 몇 숟갈 더 주거라

연산군 때에 사화가 크게 일어나서 이씨 성의 교리[1]로 망명한 사람이 있었다. 전라도 보성 땅으로 가다가 목이 몹시 말라 냇가에서 물 긷는 소녀를 보고 물을 달라고 하였다.

소녀는 바가지에 물을 떠가지고 버들잎을 따서 물에 띄워 주는 것이었다. 괴이하게 여겨 물으니 그녀는,

"목이 몹시 마를 즈음에 급히 물을 마시면 병이 나기 쉽기 때문에 버들잎을 띄워 천천히 마시게 한 것입니다."

하였다. 이 교리는 놀랍고 기이하여 물었다.

"너는 어느 집의 딸이냐?"

"건너편 고리장이 집의 딸입니다."

이 교리는 그 집에 따라가서 사위가 되어 몸을 의탁하였다. 그러나 본디 서울의 귀한 손님으로 어찌 버들고리 짜는 일을 알았겠는가? 날마다 낮잠을 일삼으니, 고리장이 부부가 화를

---

1) 교리(校理) : 조선시대 집현전(集賢殿), 홍문관(弘文館), 교서관(校書館), 승문원(承文院) 따위에 속하여 문한(文翰)의 일을 맡아보던 문관 벼슬로, 정5품 또는 종5품이었음.

내며 꾸짖었다.

“우리가 사위로 맞은 것은 버들고리 만드는 일을 거들게 하려는 건데, 이제 아침저녁으로 밥만 축내고 밤낮으로 잠만 자니 영락없는 밥자루로군!”

그 뒤로는 밥을 반으로 줄이자, 그의 아내가 가엾게 여겨 매번 누룽지를 더 주었다.

이렇게 몇 년이 지나자 중종께서 개옥[2]하시어 조저[3]가 아주 새롭게 바뀌자 연산군 때 죄를 얻거나 벼슬을 잃은 사람들을 한꺼번에 사면하였다.

이 교리에게도 관직을 되돌려주고 팔도에 행회[4]하여 찾는다는 소문이 자자하였다. 이 교리는 그 소문을 대략 듣고 장인에게,

“이번 초하룻날 관가에 납품하는 버들고리는 제가 가져가겠습니다.”

하니 장인은,

“자네 같은 잠꾸러기가 동쪽인지 서쪽인지도 알지 못하면서 어떻게 관가에 납품을 한단 말인가? 내가 손수 납품해도 매번 퇴짜를 맞는데, 하물며 자네가 어찌 무사히 납품하겠는가?”

---

2) 개옥(改玉) : 차고 다니는 옥을 바꾼다는 뜻으로, 반정(反正)한 임금이 즉위하는 것을 말함. 여기서는 1506년의 중종반정을 가리킴.

3) 조저(朝著) : 조정(朝廷).

4) 행회(行會) : 관아의 우두머리가 조정의 지시와 명령을 부하들에게 알리고 그 실행 방법을 의논하여 정하기 위하여 모이던 일. 또는 그런 모임.

하고 허락하지 않으니 장모가 거들었다.

"한번 보내 보랑게요."

그제야 장인이 허락하였다.

이 교리는 버들고리를 짊어지고 관가의 뜰로 곧장 들어가서 목청을 높여,

"아무데 고리장이가 초하루 납품 차 와 있습니다!"

하고 외쳤다. 본관사또는 평소 이 교리와 친하던 무변이었다. 이 교리의 용모를 보고 깜짝 놀라며 뜰로 내려와 손을 이끌어 자리로 인도하며,

"이공께서는 어디에 자취를 숨기고 계시다가 이 모양으로 오셨습니까? 조정에서 이공을 찾은 지가 이미 오래되었습니다."

하고는 즉시 주안상을 차려 내오고 의관을 마련하여 주었다. 이 교리가 말하였다.

"죄 지은 사람이 고리장이 집에 투생[5]하여 지금까지 연명하였는데, 어찌 하늘의 해를 다시 보리라고 뜻하였겠소?"

본관사또는 이 교리가 자신의 고을에 있음을 전라감영에 보고하고, 타고 갈 말을 내어주며 서울로 올라가기를 재촉하였다. 이 교리는,

"고리장이 집에서 3년간 손님 노릇을 한 정의를 돌아보지 않

---

5) 투생(偸生) : 구차하게 산다는 뜻으로, 죽어야 마땅할 때에 죽지 아니하고 욕되게 살기를 꾀함을 이르는 말.

을 수가 없구려. 또한 겸하여 조강지처를 두었으니, 지금 나가서 작별을 하고자 하오. 그러니 그대가 내일 아침에 찾아와 주기를 바라오."

하고는 즉시 고리장이 집으로 돌아가서 이르기를,

"이번 버들고리는 무사히 납품하였습니다."

하니 장인이 말하였다.

"기이하군. 옛말에 이르기를, '솔개도 천년을 묵으면 꿩 한 마리를 능히 잡는다'더니 헛말이 아니로다. 우리 사위도 남들과 같이 할 줄 아는 일이 있구먼. 오늘 저녁밥은 두어 숟가락 더 주어라."

이튿날 날이 밝자 이생은 일찍 일어나 대문 앞과 마당에 물을 뿌리고 깨끗이 쓸었다. 그러자 장인이 말하였다.

"우리 사위가 어제는 버들고리를 잘 납품하고 오늘 아침에는 또 마당을 다 쓸다니, 오늘은 해가 서쪽에서 뜨겠구나!"

이생이 마당에 멍석을 깔자 장인이 물었다.

"자리는 무엇 하러 까는가?"

"본관사또께서 오늘 행차하실 겁니다."

장인이 냉소하며,

"자네는 어찌 잠꼬대를 하는가? 사또께서 무슨 일로 우리 집에 행차하신단 말인가? 그건 천부당만부당한 말일세. 이제 와 생각해보니 어제 버들고리를 잘 납품했다는 말도 필시 길가에 내다 버리고 집에 돌아와 거짓말을 한 게로군."

하는 말이 미처 끝나기도 전에 본부의 공방아전이 화문석을 가지고 숨을 헐떡이며 와서 방안에 깔며 말하였다.

"사또나리의 행차가 금방 도착하시네."

고리장이 부부는 낯빛이 변하여 허둥지둥 어쩔 줄을 모르다가 울타리 사이로 피해 숨었다.

잠시 후 길을 인도하는 소리가 사립문에 이르더니 본관사또가 도착하여 인사를 나눈 후에 물었다.

"형수씨는 어디 계시오? 인사를 드리게 해주시오."

이생이 그의 아내를 나오라고 하여 인사를 시켰다. 옷차림은 비록 남루하였으나 용모와 태도가 매우 한아[6]하여 천한 집 딸의 모습이 없었다. 본관이 인사를 하며 말하기를,

"이 학사께서 궁한 처지에 계셨는데 다행히 형수씨의 힘으로 오늘에 이르실 수 있었으니, 의기 있는 남자라도 이보다 나을 사람이 없습니다."

하고 감탄하여 마지않았다. 그녀가 옷깃을 여미며 대답하였다.

"미천한 시골 아낙이 군자를 모시다 보니 이처럼 귀인이신 줄을 전혀 모르고 무례한 접대가 많았으니 지은 죄가 막대하옵니다. 그런데 높으신 손님의 치하를 어떻게 감히 받겠습니까? 오늘 천민들이 사는 누추한 곳에 오셨으니 영광스러움이 다대하옵니다."

---

6) 한아(閒雅) : 조용하고 품위가 있음.

그녀의 말이 끝나자 본관은 고리장이를 불러 들여 술과 음식을 주고 사안[7]하였다.

이윽고 이웃 고을의 수령들이 끊임없이 찾아와 보았다. 전라감사도 막객[8]을 보내 안부를 전하였다.

고리장이의 사립문 밖에는 사람과 말이 열뇨[9]하고, 구경하는 사람들이 담을 친 것 같았다. 이생이 본관에게 말하였다.

"저 사람이 비록 천한 신분이나 내가 이미 적체[10]가 되었으니 버릴 수는 없는 노릇일세. 가마 한 채를 빌려 함께 상경했으면 하네."

본관이 가마와 행장을 차려서 보내주었다.

이생이 상경하여 임금을 뵙고 성은에 사의를 표하니, 임금은 이생에게 떠돌아다니던 일의 전말을 물으셨다. 이생이 그 일을 모두 아뢰자, 임금은 재삼 탄식하시며,

"그러한 여자를 천첩으로 대하는 것은 안 되는 일이니, 특별히 격을 올려서 후부인을 삼을지어다."

하셨다. 이생은 그녀와 해로하여 부귀영화가 그들에 견줄 사람이 없었고 자녀도 많이 두었다. 이생이라고 일컬은 사람은 바

7) 사안(賜顔) : 아랫사람을 좋은 낯으로 대함. 또는 방문한 아랫사람에게 면회를 허락함.

8) 막객(幕客) : 비장(裨將). 조선시대 감사(監司)·유수(留守)·병사(兵使)·수사(水使)·견외 사신(使臣)을 따라다니며 일을 돕던 무관 벼슬.

9) 열뇨(熱鬧) : 사람들이 많이 모여 시끌벅적함.

10) 적체(敵體) : 대등한 지위.

로 판서를 지낸 이장곤[11]이다.

11) 이장곤(李長坤, 1474-1519) : 조선조 중종 때의 문신. 자는 희강(希剛), 호는 학고(鶴皐)·금헌(琴軒), 본관은 벽진(碧珍), 이승언(李承彦)의 아들. 1504년(연산군10) 갑자사화(甲子士禍)로 거제(巨濟)에 유배되었으나 함흥(咸興)으로 도주하여 백정(白丁)들 속에 숨어 지내다가 중종반정으로 다시 기용되었음. 시호는 정도(貞度).

제50화 여덟 분의 반가운 손님

중종 때의 재상인 신용개[1]는 성품이 술을 좋아하여 때때로 많은 술을 마시고 취해 쓰러지곤 하였다. 그가 화분에 국화를 길러서 가을이 되자 꽃이 만개하였다. 대청 위에 가져다 놓으니 그 높이가 대들보에 닿을 정도였다.

어느 날 그의 아내에게 이르기를,

"오늘은 여덟 분의 반가운 손님이 오실 것이니 술과 안주를 준비해 놓으시오."

하였다. 날이 저물어 가는데도 아무도 찾아오는 손님이 없으므로, 그의 아내가 괴이하게 여겨 물으니 신공이 말하였다.

"잠깐 기다려 보시오."

이윽고 원백[2]이 떠올라 대청을 환하게 비추자 국화꽃과 달빛이 흐드러져 맑고 밝았다. 그제야 신공은 술상을 내오라고

---

1) 신용개(申用漑, 1463-1519) : 조선조 중종 때의 문신. 자는 개지(漑之), 호는 이요정(二樂亭)·송계(松溪)·수옹(睡翁), 본관은 고령(高靈), 신숙주(申叔舟)의 손자, 신면(申沔)의 아들. 시호는 문경(文景).

2) 원백(圓魄) : 둥근달.

하고 여덟 화분의 국화를 가리키며 말하였다.

“이것이 나의 반가운 손님이니, 잘 차린 음식을 따로따로 차려 놓으시오. 술은 내가 따르리다.”

하고 국화 한 화분마다 은도배[3]에 두 잔씩을 따라 놓고, 자신도 또한 크게 취하였다.

3) 은도배(銀桃盃) : 은으로 만든 귀한 술잔.

제51화 말 세 필 원님

중종 때의 청백리[1]인 송흠[2]은 지방 고을 수령이 되어 부임할 때마다 신영마[3]가 다만 세 필뿐이었다. 송공이 타는 말이 한 필이요, 어머니와 아내가 타는 말이 각각 한 필이었다. 그런 까닭에 당시 사람들은 송공을 '말 세 필 원님'이라고 일컬었다.

---

1) 청백리(淸白吏) : 조선시대 2품 이상의 당상관과 사헌부·사간원의 수직(首職)들이 추천하여 뽑던 청렴한 벼슬아치.

2) 송흠(宋欽, 1459-1547) : 조선조 중종 때의 문신. 자는 흠지(欽之), 호는 지지당(知止堂)·관수정(觀水亭), 본관은 신평(新平), 가원(可元)의 아들. 시호는 효헌(孝憲).

3) 신영마(新迎馬) : 새로 부임하는 수령을 맞이하는 말.

제52화 조씨가 왕이 된다는 예언

예로부터 도를 가슴에 품고 세상을 도피하여 살았던 장저[1]나 걸익[2]과 같은 사람들이 어느 시대엔들 없으랴마는, 자취가 당시에 이미 감춰지고 이름이 후세에 전하지 않으니 또한 슬프도다.

중종 때에 갖바치[3] 노릇을 하며 자취를 감춘 은군자[4]가 있었다. 정암 조광조[5]는 그가 어진 것을 알고 찾아가 학문에 대해 토론하고, 때로는 함께 자기도 하였다. 그가 말하기를,

---

1) 장저(長沮) : 중국 춘추시대 어지러운 세상을 피해 살아간 초(楚)나라의 은자(隱者).

2) 걸익(桀溺) : 중국 춘추시대 어지러운 세상을 피해 살아간 초(楚)나라의 은자(隱者).

3) 갖바치 : 피장(皮匠). 예전에 가죽신 만드는 일을 직업으로 하던 사람.

4) 은군자(隱君子) : 재능은 있으나 부귀공명을 구하지 아니하고 세상을 피하여 사는 사람.

5) 조광조(趙光祖, 1482-1519) : 조선조 중종 때의 문신이자 학자. 자는 효직(孝直), 호는 정암(靜庵), 본관은 한양(漢陽), 조원강(趙元綱)의 아들. 중종 14년(1519년) 기묘사화(己卯士禍)로 능주(綾州)에 귀양 갔다가 훈구파의 끈질긴 공격으로 사사(賜死)됨. 시호는 문정(文正).

"공의 재주가 넉넉히 한 세상을 다스려 백성들을 구제할 만하나, 임금을 만난 뒤에라야 가능하겠소. 지금의 주상은 비록 명목상으로는 공을 등용한 듯하나 실은 공을 알아주지 않으시오. 만일 소인배가 나서서 이간질을 한다면 반드시 화를 면치 못할 것이오."

하였다. 조공이 그에게 벼슬할 것을 권하였으나 듣지 않고, 성명을 물어도 또한 말하지 않았다.

이에 조공은 퇴직하겠다는 상소문을 올렸으나, 임금이 허락하지 않으시므로 어쩔 수 없이 그대로 벼슬을 하고 있었다.

얼마 지나지 않아 간신인 남곤과 심정이 조공을 모해하려고 대궐 후원의 나뭇잎에 '주초위왕'[6] 네 글자를 꿀로 써서 벌레가 그것을 파먹게 하여 글자를 만드니 도참[7]과 유사하였다. 궁녀로 하여금 그 나뭇잎을 따다가 몰래 임금께 아뢰게 하고, 그 일로 참소를 하여 죽였다.

---

6) 주초위왕(走肖爲王) : '주초'는 조(趙)를 파자(破字)한 것으로, 조씨 성을 가진 사람이 왕이 된다는 뜻임.

7) 도참(圖讖) : 앞날의 길흉을 예언하는 술법. 또는 그런 내용을 적은 책.

제53화 가장 부러운 건 어미 소

연산군이 어릴 때에는 자못 영명하다고 칭찬을 들었는데, 즉위한 뒤에 제정신을 잃고 미친 행세를 하게 된 것은 대개 그의 어머니인 윤씨가 폐출되어 사사된 것으로 말미암은 것이다.

연산군이 동궁으로 있던 어느 날, 거리에 놀러 나가기를 청하므로 성종대왕께서 허락하셨다. 동궁이 저녁에 환궁하자 성종대왕서 물으셨다.

"오늘 거리에 무슨 기이한 구경거리가 있었느냐?"

"구경할 만한 것은 없었사옵고, 다만 송아지 한 마리가 그 어미 소를 따라가는데 어미가 소리를 내면 송아지도 곧 따라서 소리를 내며 모자가 온전히 살아 있으니, 이것이 가장 부러웠사옵니다."

성종대왕께서는 그 말을 들으시고 매우 슬퍼하셨다.

제54화 젓대의 명인 단천령

종실[1]인 단천령[2] 이주경[3]은 젓대를 잘 불었다. 일찍이 일이 있어 가다가 개성의 청석령[4]에 이르게 되었다. 그 해는 강도인 임꺽정[5]이 경기도와 황해도 사이에서 창략[6]할 때였다. 도둑들이 이주경을 붙잡아 성명을 묻자 대답하기를,

"나는 종실인 단천령이다."

하니 도둑들이 다시 물었다.

"그러면 금지옥엽[7]으로 젓대를 잘 분다는 단천령이 아닌가?"

"그렇다."

---

1) 종실(宗室) : 종친(宗親). 임금의 친족(親族).

2) 단천령(端川令) : 조선시대 종친부(宗親府)의 정5품 벼슬.

3) 이주경(李周卿, ?-?) : 조선조 명종 때의 종실. 태종의 5대손으로, 종친부의 정5품 단천령과 정4품 단산수(丹山守)를 지냈으며 피리의 명인으로 알려져 있음.

4) 청석령(青石嶺) : 황해북도 개풍군(開豊郡)에 있는 고개.

5) 임꺽정(林巨正, ?-1562) : 조선조 명종 때 경기도 양주(楊州)의 백정(白丁) 출신 도둑.

6) 창략(搶掠) : 노략(擄掠). 떼를 지어 사람이나 재물을 강탈해 가는 일.

7) 금지옥엽(金枝玉葉) : 임금의 자손이나 집안을 금과 옥에 비유하여 이르는 말.

도둑들은 젓대를 한번 불어보라고 청하였다. 이때 달이 환하게 밝았는데, 이주경이 소매 속에서 젓대를 꺼내었다. 그 젓대는 학경골[8]로 만든 것이어서 몸체는 짧으나 향운[9]이 맑고 빼어났다. 우조[10]를 희롱하여 부는데, 도둑 수십 명이 둘러싸고 들었다. 곡조가 샘솟아 날아 움직이는 듯하여 하늘을 찌르는 기세가 있다가, 이윽고 서서히 계면조[11]로 바꾸어 부니 곡이 미처 끝나기도 전에 모두들 한숨을 쉬고 탄식하며 심지어는 훌쩍훌쩍 우는 사람도 있었다.

임꺽정이 도둑들의 동정을 살펴보고는 손을 저어 급히 중지시키고 말하기를,

"붙잡아 두어도 쓸데가 없으니 돌려보내는 게 좋겠다."

하고 차고 있던 칼을 풀어 주며 말하였다.

"길을 막거든 이 칼을 보여줘라."

단천령이 그 길로 되돌아 경기도 장단에 이르니 과연 말을 탄 도둑 두어 명이 범하려고 하다가 그 칼을 보고는 자기들끼리 떠들어 대다가 흩어졌다. 그렇게 해서 단천령은 도둑의 소굴을 벗어날 수 있었다.

---

8) 학경골(鶴脛骨) : 학의 정강이뼈.

9) 향운(響韻) : 울리는 소리의 운치(韻致).

10) 우조(羽調) : 국악에서 5음의 하나인 우(羽) 음을 으뜸음으로 하는 곡조. 다른 곡조보다 맑고 씩씩함.

11) 계면조(界面調) : 국악에서 슬프고 애타는 느낌을 주는 곡조.

제55화 태산에 제사 지내리라

명종[1] 갑자년(1564) 무렵에 남사고[2]가 사람들에게 말하기를,
"내년에는 태산에 제사를 지내게 될 게야."
하였다. 사람들은 모두 그 말을 이해하지 못하였다.

그 이듬해 을축년(1565)에 문정왕후가 승하하시자 태릉[3]에 인봉[4]하였다.

1) 명종(明宗, 1534-1567) : 조선조 제13대 임금. 재위 1545-1567. 이름은 환(峘), 자는 대양(對陽), 중종의 둘째 아들, 인종의 아우. 어머니는 윤지임(尹之任)의 딸 문정왕후(文定王后), 비는 심강(沈鋼)의 딸 인순왕후(仁順王后). 시호는 공헌(恭憲). 능은 양주(楊州)의 강릉(康陵).

2) 남사고(南師古, 1509-1571) : 조선조 명종 때의 학자. 자는 복초(復初), 호는 격암(格菴), 본관은 의령(宜寧), 남희백(南希伯)의 아들. 풍수지리설(風水地理說)에 능통한 것으로 알려져 있음.

3) 태릉(泰陵) : 서울시 노원구에 있는 조선 중종의 계비 문정 왕후(文定王后)의 능.

4) 인봉(因封) : 인산(因山). 태상황, 황제, 황태자, 황태손과 그 비(妃)들의 국장(國葬)을 이르던 말.

제56화 꿈에 받은 향

이수경[1]은 중종 때에 과거에 급제하였다. 그는 명종 때 을사사화[2]가 일어나자 함경도 온성으로 귀양을 가게 되었다.

그곳에서 향을 받는 꿈을 꾸고 그것이 무슨 조짐인지 알지 못하였는데, 귀양에서 풀려날 때에 귀양살이한 날짜를 꼽아보니 천팔일(千八日)이었다. '천팔일'은 향(香)자의 파자[3]이므로, 그제야 꿈의 조짐을 깨달았다.

---

1) 이수경(李首慶, 1516-1562) : 조선조 명종 때의 문신. 자는 백희(伯喜), 호는 지재(止齋), 본관은 광주(廣州), 이영부(李英符)의 아들.

2) 을사사화(乙巳士禍) : 1545년(명종 즉위년) 왕실의 외척인 대윤(인종의 외숙인 윤임 일파)과 소윤(명종의 외숙인 윤원형 일파)의 반목으로 일어나, 대윤이 소윤으로부터 받은 정치적인 탄압.

3) 파자(破字) : 한자의 자획을 풀어 나누는 일. '李' 자를 분해하여 '木子'라 하는 따위임.

제57화 윤원형이 죽을 조짐

명종 때의 간신 윤원형[1])이 세력을 끼고 권세를 농간하여 선비들을 해치고 백성들을 괴롭히고 학대하니, 원통하게 죽은 사람들이 수백, 수천 명에 이르렀다.

그의 첩인 정난정[2])이 물고기에게 은혜를 베풀고 재앙을 물리치고자 하여 매년 두세 차례씩 이밥을 두어 섬씩 지어서 두모포[3]) 물속에 던졌다.

---

1) 윤원형(尹元衡, ?-1565) : 조선조 명종 때의 문신. 자는 언평(彦平), 본관은 파평(坡平), 윤지임(尹之任)의 아들. 중종의 제2계비 문정왕후(文定王后)의 동생.

2) 정난정(鄭蘭貞, ?-1565) : 조선조 명종 때의 권신인 윤원형의 첩. 본관은 초계(草溪), 부총관 정윤겸(鄭允謙)의 딸. 어머니는 관비(官婢) 출신. 무고로 을사사화를 일으켰고, 문정왕후의 환심을 얻어 궁중에 무상출입하며 윤원형의 정실 김씨를 독살하고 정경부인(貞敬夫人)에 오름. 윤원형이 사림의 탄핵을 받아 황해도 강음(江陰)에 유배되자 함께 배소에 퇴거하였다가 음독자살하였음.

3) 두모포(豆毛浦) : 서울시 성동구 옥수동 동호대교 북단에 있었던 조선시대의 포구. 동쪽에서 흘러오는 한강의 본류와 북쪽에서 흘러오는 중랑천의 물이 서로 어우러진다는 의미로 두뭇개라 불렸고, 한자로 옮기면서 두모포가 되었음. 용산강을 남호(南湖), 마포강을 서호(西湖), 도모포가 있는 한강을

을축년(1565) 무렵에 두모포의 어부가 흰 물고기 한 마리를 잡았는데, 그 크기가 배만 하였다. 그 물고기를 조정에 바치니, 모두들 국가의 이변이라고 하였다. 태학생[4] 한 사람이 이르기를,

"그 물고기[魚]가 윤 상공의 미끼를 탐하여 바다로부터 강으로 올라와서[行] 죽었는데, 윤원형의 형(衡)자가 행(行)자에 어(魚)자를 합친 것이니, 이는 윤원형이 죽을 징조다."

라고 하였는데, 그 해에 과연 윤원형이 죽었다.

동호(東湖)라고 불렀음.

4) 태학생(太學生) : 조선시대 성균관(成均館)의 유생(儒生)을 달리 이르던 말.

제58화 괴마의 과거 급제와 죽음

명종 때 판서 벼슬을 한 임백령[1]이 젊은 시절에 과거를 보러 가는데, 어느 날 꿈에 한 노인이 이르기를,

"공은 마땅히 한 시대의 위인이 될 것이니, 이번 과거를 놓치지 않도록 하시오."

하므로 대답하기를,

"경학은 비로 쓸어낸 듯이 남은 것이 없으니 어쩌면 좋겠소?"

하자 노인이 말하기를,

"공은 마땅히 괴마(槐馬)라고 이름을 고치고, 강경[2]할 때의 경서는 아무 대목을 외우라고 할 것이니, 그 대목을 꼼꼼히 읽어 능숙하게 외우도록 하시오."

하는 것이었다. 꿈에서 깨어난 그는 즉시 일어나 그 대목을 따

---

1) 임백령(林百齡, ?-1546) : 조선조 명종 때의 문신. 자는 인순(仁順), 호는 괴마(槐馬), 본관은 선산(善山), 해남 출신. 우형(遇亨)의 아들. 시호는 문충(文忠).

2) 강경(講經) : 조선시대 과거의 강경과(講經科)에서 시험관이 지정하여 주는 경서(經書)의 대목을 외던 일.

로 뽑아 베껴서 술술 외우도록 밤낮으로 읽었다. 이름을 고치려고 하였으나 도리가 아닌 듯하여, 괴마를 별호로 삼았다.

과거를 보는 날이 되어 자신이 외울 경서의 대목을 적은 쪽지를 보니 과연 능숙하게 읽었던 대목이었다. 한 글자도 틀리지 않고 다 외우자, 한 시험관이 미소를 띠며 말하였다.

"이 응시생이 틀림없이 괴마로군!"

하는 것이었다. 임백령이 깜작 놀라 이상하게 여기고 있는데, 시험관이 말하였다.

"내 어젯밤 꿈에 머리가 허연 노인이 찾아와서 말하기를, '이번 과거 응시생 가운데 괴마라고 하는 선비가 마땅히 한 시대의 위인이 될 것이오.' 또 이르기를, '경학에 매우 정통하오.' 하더니, 그대가 틀림없이 그 사람인 듯하네."

임백령이 사례하고 괴마가 자신의 별호라고 대답하자, 시험관들이 모두 축하하였다.

그 뒤에 출세하자 윤원형에게 아부하여 일대의 간신이 되었다. 이것으로 볼 때 소인이 생겨나는 것도 그때그때의 운수소관 아닌 것이 없는 것 같다.

그 뒤, 병오년(1546)[3]에 임백령이 사은정사로 정승직을 차함[4]하여 북경에 가서 머물던 중 우연히 병을 얻고 말하기를,

---

3) 원문의 '병자년(1516)'은 '병오년(1546)'의 잘못임. 병자년은 임백령이 소과에 급제한 해임.

4) 차함(借啣) : 차함(借銜). 영직(影職). 실제로 그 직무에 근무하지 아니하

"내가 이제 일어나지 못할 듯하다. 정승직을 이미 빌렸고, 말의 해인 병오년을 또 만났으니, 꿈의 노인이 말하였던 '괴마'가 이것을 말한 것이로다."
하더니 오래지 않아 과연 죽었다.

대개 '괴'는 정승을 가리키는 것이요, '말'은 병오년처럼 말의 해를 가리키는 것이다.

고 이름만을 비는 벼슬. 또는 그러한 벼슬자리의 명목만을 가지는 일. 임백령은 을사사화 후 우찬성(右贊成) 벼슬을 하고 있었는데 사신으로 선발되었음. 당시 영의정 등 3정승이 다 병약하여 그가 임시로 정승의 직함을 빌려 정사로 가게 된 것임.

제59화 송도삼절

황진이는 개성의 맹인 여성이 낳은 딸이다. 성품이 척당[1]하여 남자와 같고, 거문고 연주와 노래를 잘하여 항상 경치 좋은 자연을 찾아다니며 놀기를 좋아하였다.

당시 화담 서경덕[2]과 지족선사[3]가 도통한 것으로 당세에 유명하였으므로, 황진이가 시험해보려고 하였다.

어느 날 황진이는 지족선사가 머물고 있는 암자로 찾아가 인사를 하고 말하기를,

"저는 평생 남녀의 정욕을 끊고 산수 자연의 즐거움에 빠져 명승지를 두루 찾아다니며 유람하였습니다. 이제 이곳의 경치를 사랑하여 며칠 동안 머물며 구경할까 합니다. 선사께서는

---

1) 척당(倜儻) : 뜻이 크고 기개(氣槪)가 있음.

2) 서경덕(徐敬德, 1489-1546) : 조선조 중종 때의 학자. 자는 가구(可久),호는 화담(花潭), 본관은 당성(唐城), 서호번(徐好蕃)의 아들. 시호는 문강(文康).

3) 지족선사(知足禪師) : 조선조 중종 때의 승려. 개성 근방의 천마산(天磨山) 지족암(知足庵)에서 10년 동안 수도에 정진하여 생불(生佛)이라 불렸으나 황진이의 유혹에 넘어가 파계하였다고 전함.

어려운 수행을 하셔서 절개가 높으시니 한 방에 동거하여도 불편하거나 방해될 것이 없을 것이므로 잠자리를 빌려 주십사 청합니다."
하니 지족선사가 허락하였다.

황진이가 저녁을 먹고 난 뒤 잠자리에 먼저 들어 거짓 잠든 체하며 몰래 엿보니, 지족선사는 벽을 마주하여 가부좌를 틀고 앉아 조금도 마음이 흔들리지 않는 것 같았다.

사나흘이 지난 어느 날 밤은 달빛이 매우 밝았다. 황진이는 치마를 슬쩍 걷어 올려 풍만한 살집을 드러내고 잠든 체 코를 골았다. 지족선사는 고개를 돌리고 힐끗 쳐다보다가 한참이 지난 뒤에 돌아앉는 것이었다. 황진이는 마음속으로,

'저 스님의 마음이 이미 움직였어.'
하고는 몸을 뒤척여 지족선사 가까이로 다가가 누워 두 다리를 벌리고는 여전히 코를 골았다. 지족선사는 또 목을 늘이고 한동안 들여다보더니 크게 한숨을 쉬며 돌아앉고자 하다가 다시 내려다보는 것이었다.

이에 황진이가 짐짓 하품하는 체하며 두 손으로 선사를 끌어안으니, 지족선사는 그대로 끌려와 쓰러져 누우며,

"십년공부가 아미타불이로구나!"
하고는 드디어 마음껏 정욕을 불태우고 말았다. 그 뒤로 지족선사는 황진이에게 미혹되어 방탕하게 행동하자 무한한 조희[4]를 받았다. 그런 연유로 승려들이 지족선사를 '망석[5]'이라고

불렀다. 지금도 민간에서 초파일에 망석중놀이를 공연하는데, 바로 이 일을 다룬 것이다.

황진이는 또 화담 선생을 시험하려고 거문고와 시주[6]를 가지고 화담정사[7]로 찾아갔다. 화담 선생은 흔연히 만나보고 밤낮으로 함께 거처하며 싫은 기색이 없이 환담을 나누었으나, 잠자리에 들어서는 조금도 마음이 움직이지 않았으므로 황진이는 화담 선생이 혹시 고양[8]인가 의심하였다. 어느 날 밤에 그녀는 손으로 화담 선생의 양경[9]을 어루만져 보았더니 쇠막대기처럼 단단해졌으나 끝내 음란한 짓을 하지 않았다. 황진이는 탄복하여,

'지족선사는 30년을 벽만 보고 수행하였으나 나의 품에 안기고 말았는데, 화담 선생은 한 해 동안 가까이 지냈는데도 마침내 음행을 하지 않으니 진정한 성인이로구나!'

하고 화담 선생에게 말하기를,

"송도에 세 가지 빼어난 것이 있습니다."

---

4) 조희(調戱) : 희롱하여 놀림.

5) 망석(妄釋) : 망령스러운 중.

6) 시주(釃酒) : 거른 술.

7) 화담정사(花潭精舍) : 경기도 개성 교외에 있던 건물로, 서경덕이 학문을 연구하던 곳.

8) 고양(枯陽) : 양기(陽氣)가 말랐다는 뜻으로, 성불구자(性不具者)를 이르는 말.

9) 양경(陽莖) : 음경(陰莖). 남자의 생식기.

하자, 화담 선생이 물었다.

“무엇을 이르는 것인가?”

“박연폭포와 선생님과 저입니다.”

제60화 상전의 복수를 한 갑이

명종 때 일어난 을사사화에 판서 정순붕[1])이 재상인 유관[2])을 죄인으로 몰아 죽인 뒤에 그 공로로 유관의 가족과 장획[3])들을 몰수하여 자기 집 종으로 삼았다. 그 가운데 갑이라는 계집종이 있었는데, 나이가 14세였다. 몹시 총명하고 슬기로워, 정씨가 매우 가엾이 여기고 사랑하여 의복과 음식을 자녀들과 똑같이 주었다. 갑이 또한 정씨가 말하기 전에 그 뜻에 맞추고 모든 일에 정성을 다하였다. 옛 상전들과 부딪히기만 하면 반드시 욕을 하면서 말하기를,

"저것이 예전에 나를 학대하였으니 이제 내가 앙갚음을 해주마."

라고 하니, 정씨는 갑이를 더욱 신임하여 의심하지 않았다.

어느 날, 갑이가 정씨 집의 값진 그릇을 몰래 감추어 두자

1) 정순붕(鄭順朋, 1484-1548) : 조선조 명종 때의 문신. 자는 이령(耳齡), 호는 성재(省齋), 본관은 온양(溫陽), 정탁(鄭鐸)의 아들. 임백령(林百齡)·정언각(鄭彥慤)과 함께 을사사화(乙巳士禍)를 일으킨 3간(三奸)으로 일컬어짐.

2) 유관(柳灌, 1484-1545) : 조선조 인종 때의 문신. 자는 관지(灌之), 호는 송암(松庵), 본관은 문화(文化), 유정수(柳廷秀)의 아들. 시호는 충숙(忠肅).

3) 장획(臧獲) : 노비(奴婢). 남녀 종.

정씨가 추궁하였다. 갑이는 눈물을 흘리며,

"제가 이곳에 온 뒤로 주인마님께서 주시는 옷을 입고, 주인마님께서 주시는 밥을 먹으며 은우[4]함을 비할 데가 없사온데, 무엇이 모자라 천유[5]를 하겠사옵니까?"

정씨는 의심이 들었으나 곧 의심을 풀었다.

이에 갑이는 그 집의 젊은 사내종과 정을 통한 뒤에 그 종에게 이르기를,

"주인마님께서 만일 그 그릇에 관한 일로 꾸짖으시면 난 너를 끌어들일 테야."

하니 그 종은 몹시 두려워하며,

"어찌하면 되겠니?"

"내가 재앙을 떨쳐버리는 방술을 할 테니, 너는 죽은 지 얼마 되지 않은 시체에서 팔이나 다리를 찾아와."

종은 갑이의 말대로 염병에 걸려 죽은 사람의 팔 하나를 잘라 가지고 왔다. 갑이는 그것을 정순봉의 베개 속에다 몰래 넣어 두었다. 오래지 않아 정순붕은 염병에 걸려서 죽고 말았다. 집안사람들이 사인을 알고 갑이를 추궁하자 갑이는 즉시 꾸짖기를,

"너희가 우리 상전을 죽였으니 나의 원수다. 이제 내가 원수

---

4) 은우(恩遇) : 은혜로 대우함. 또는 그런 대우.

5) 천유(穿窬) : 벽을 뚫거나 담을 타넘는 일. 도둑질.

를 갚았으니 여한이 없다."

하고는 자살하였다.

제61화 짐승 이름으로 지은 성

고려 태조[1]가 삼한을 통일한 뒤 후백제의 백성들이 누차 경요[2]하는 까닭으로, 짐승의 이름으로 성을 내려주어 모욕하였다.

조선조의 정승인 상진[3]의 선조는 코끼리를 뜻하는 상(象)이라는 성을 얻었었는데, 뒤에 상(尙)으로 고친 것이다.

---

1) 태조(太祖) : 고려 제1대 왕인 왕건(王建, 877-943). 재위 918-943. 자는 약천(若天). 송악(松岳 : 지금의 경기도 개성) 출생, 아버지는 금성태수 왕융(王隆)이며, 어머니는 한씨(韓氏). 시호는 신성(神聖)이며, 능은 현릉(顯陵).

2) 경요(驚擾) : 놀라서 동요(動搖)함. 여기서는 반란(叛亂)을 뜻함.

3) 상진(尙震, 1493-1564) : 조선조 명종 때의 문신. 자는 기부(起夫), 호는 송현(松峴)·범허재(泛虛齋)·향일당(嚮日堂), 본관은 목천(木川), 상보(尙甫)의 아들. 시호는 성안(成安).

제62화 적선으로 연장된 수명

정승을 지낸 상진이 젊은 시절 점쟁이 홍계관[1]에게 평생의 길흉화복을 점쳤는데, 가는 털만큼도 틀림이 없었다. 어느 해에 죽을 것인가도 말해주었다. 그 해에 이르자 죽은 뒤에 쓸 물건까지 미리 준비해놓고 기다렸는데, 한 해가 이미 지났는데도 아무 탈이 없었다. 홍계관이 몹시 이상하게 여겨 찾아가 뵈니 상공이 물었다.

"나는 자네가 쳐준 점괘를 믿어 올해에 목숨이 다할 줄로 알고 있었는데, 어째서 맞지 않는 것인가?"

"옛 사람들 가운데 남몰래 적선을 하여 수명을 늘인 경우가 있사온데, 대감의 경우도 그런 것이 아닌가 하옵니다."

"어찌 그런 일이 있었겠는가? 다만 수찬[2]으로 재직하고 있을 적에 숙직을 마치고 집으로 돌아가는데 길에 붉은 보자기가 있더군. 주워서 보니 순금으로 된 술잔 한 쌍이 들어 있었네.

---

1) 홍계관(洪繼寬) : 조선조 전설로 전하던 맹인 점쟁이. 활동 시기가 세조, 연산군, 명종 때로 다양하게 나타나고 있음.

2) 수찬(修撰) : 조선시대 홍문관(弘文館)의 정6품 벼슬.

말없이 감춰 두고 대궐 문에 '아무 날 물건을 잃은 사람이 있으면 나를 찾아오라.'라고 방을 내걸었지. 이튿날 한 사람이 와서 말하기를, '소인은 대전 수라간 별감이온데, 집안 아이들의 혼사가 있어서 수라간의 금 술잔을 몰래 빌려가다가 잃었사옵니다. 죽을죄를 범하였사옵니다. 공께서 주우신 것이 혹시 그 술잔이 아닌지요?' 하기에 '그렇다.' 하고 내주었었지."

"대감의 수명이 늘어난 것은 틀림없이 그 때문이옵니다."

상진은 그 뒤로 15년을 더 살다가 죽었다.

제63화 부드러운 별종 개털 옷

안탄대[1]는 중종의 후궁인 창빈[2]의 아버지이니 바로 덕흥대원군[3]의 외조부다. 본디 경기도 안산 사람으로, 집안은 몹시 미천하였으나 성품이 순박하고 조심성이 있었다. 창빈이 궁궐에 들어가서 왕자를 낳자, 안탄대는 더욱 몸조심을 하여 대문 밖을 나가지 않았다. 대개 남들이 왕자의 외조부라고 부를까봐 두려웠던 것이다.

그 뒤, 덕흥대원군의 셋째 아들이 선조[4]로 대통을 계승하자,

---

1) 안탄대(安坦大) : 조선조 제11대 중종의 장인. 본관은 안산(安山), 창빈 안씨(昌嬪安氏)의 부친.

2) 창빈 안씨(昌嬪安氏, 1499-1549) : 조선조 제11대 중종의 후궁. 본관은 안산(安山), 안탄대(安坦大)의 딸. 1507년(중종2)에 궁녀로 들어가서 31세에 숙원(淑媛), 이어서 숙용(淑容)에 올랐으며, 중종과의 사이에 영양군(永陽君)과 덕흥대원군(德興大院君), 정신옹주(靜愼翁主)를 두었음. 덕흥대원군의 셋째아들인 하성군(河城君)이 선조로 왕위에 오르자 1577년(선조10)에 창빈으로 추존됨.

3) 덕흥대원군(德興大院君) : 선조의 아버지. 이름은 이초(李岧, 1530-1559). 중종의 일곱째 아들. 어머니는 창빈안씨(昌嬪安氏), 부인은 정세호(鄭世虎)의 딸. 1567년 셋째 아들인 하성군(河城君) 균(鈞)이 즉위한 뒤 1569년(선조2) 대원군(大院君)에 추존(追尊)됨.

안탄대의 처지가 더욱 존귀하게 되었으나, 비단으로 지은 옷은 걸친 적이 없었다.

안탄대는 만년에 노쇠하여 실명하였다. 선조는 초구[5]를 하사하여 그 몸을 영화롭게 하고자 하여 사람을 보내 그 뜻을 알아보게 하니 안탄대는,

"나는 미천한 사람이므로 초구를 입는 것도 죽을죄요, 상감의 어명을 어기는 것도 죽을죄니, 어차피 죽을 바엔 차라리 분수를 제대로 지키다가 죽으려오."

하였다. 선조는 그의 뜻을 빼앗기가 어려움을 알고, 집안사람들을 시켜서 강아지 털가죽이라고 하며 가져다주게 하였다. 안탄대는 손으로 털가죽을 만져보고 말하기를,

"상방[6]에는 개도 별종이 있는지, 어쩌면 개털이 이다지도 가늘고 부드러운가?"

하였다.

---

4) 선조(宣祖) : 조선조 제14대 임금. 재위 1567-1608. 처음 이름은 이균(李鈞), 뒤에 이연(李昖, 1552-1608)으로 고침. 덕흥대원군(德興大院君) 이초(李岧)의 셋째 아들, 어머니는 하동부대부인(河東府大夫人) 정씨(鄭氏), 비는 반성부원군(潘城府院君) 박응순(朴應順)의 딸 의인왕후(懿仁王后), 계비는 연흥부원군(延興府院君) 김제남(金悌男)의 딸 인목왕후(仁穆王后). 하성군(河城君)에 봉해졌다가 명종이 후사가 없이 승하하자 즉위함. 능은 양주(楊州)의 목릉(穆陵), 시호는 소경(昭敬).

5) 초구(貂裘) : 담비 털로 안을 댄 갖옷.

6) 상방(尙方) : 상의원(尙衣院). 조선시대 임금의 의복과 궁내의 일용품, 보물 따위의 관리를 맡아보던 관아.

제64화 배우지 않고도 알았던 북창 선생

정렴[1)]의 호는 북창으로, 태어나서 배우지 않고도 글에 능하였고, 대낮에 그림자가 없었다. 성장해서는 천문·지리·음악·의약·복서[2)]·산수[3)] 등을 모두 배우지 않고도 능통하였으며, 새나 짐승의 말도 알아들었고, 산에 있으면서 산 아래 사는 사람들이 하는 일을 능히 알았다.

일찍이 중국에 들어갔을 때 유구국[4)]에서 온 사신이 또한 이인이었다. 그가 유구국에 있을 때 역수[5)]를 점쳐 보니 중국에 들어가서 진인[6)]을 만난다는 것이었다. 중국으로 오는 길에 줄

---

1) 정렴(鄭磏, 1506-1549) : 조선조 중종 때의 학자. 자는 사결(士潔), 호는 북창(北窓), 본관은 온양(溫陽), 순붕(順朋)의 아들. 시호는 장혜(章惠).

2) 복서(卜筮) : 점(占). 팔괘(八卦)·육효(六爻)·오행(五行) 따위를 살펴 과거를 알아맞히거나, 앞날의 운수·길흉 따위를 미리 판단하는 일.

3) 산수(算數) : 산법(算法). 계산하는 법.

4) 유구국(琉球國) : 현재 일본 남쪽 오키나와[沖繩]에 15-19세기 사이에 존속하였던 나라.

5) 역수(易數) : 음양으로써 길흉화복을 미리 알아내는 술법.

6) 진인(眞人) : 도를 깨쳐 깊은 진리를 깨달은 사람을 도교에서 이르는 말.

곧 물으며 찾았고, 북경에 이르러서는 여러 나라 사신의 숙소를 두루 찾아다니다가 북창 선생을 만나보고 깜짝 놀라 뜰에 내려 인사를 하였다. 그가 행장 속에서 책을 꺼내 보여주는데, 과연 아무 해 아무 달 아무 날에 중국에서 진인을 만나리라고 기록되어 있었다.

그가 북창 선생에게 《주역》을 가르쳐 달라고 청하니, 선생은 즉시 유구국의 말로 가르쳐주었다. 그러자 객관에 있던 여러 나라 사람들이 그 소문을 듣고 서로 다투어 선생을 뵈러 왔다. 선생이 각각 그 나라 말로 응답을 하니 모두들 깜짝 놀라 하늘이 낸 사람이라고 칭찬하였다.

그 뒤, 선생은 깊은 산중에 자취를 감추고 연단화후[7]의 방법을 익히다가 44세에 좌화[8]하였다.

---

7) 연단화후(鍊丹火候) : 무병장수를 위한 도교의 수행방법. '연단'은 단약(丹藥)을 제조하여 복용하는 것으로 외단(外丹)이라고 하며, '화후'는 호흡(呼吸)과 조식(調息)을 통해 수행하는 것으로 내단(內丹)이라고 함.

8) 좌화(坐化) : 앉은 채로 왕생(往生)하는 일.

제65화 토정 선생의 무쇠 갓

이지함[1]의 호는 토정으로 한산 이씨다. 기개와 도량이 예사롭지 않고, 효성과 우애가 남달랐다. 선생의 학문은 주경궁리[2]를 위주로 하고, 여러 학자들의 학문을 두루 꿰뚫어 능통하였다. 간혹 사람들을 놀라게 하는 기이한 행동을 하였으므로, 남들이 그의 속마음을 헤아리지 못하였다.

일찍이 충청도 보령에 있는 시골집으로부터 서울로 올라가는데, 열흘 동안 아무것도 먹지 않았으나 배고픈 줄을 몰랐고, 눈 위에 누워서 잤으나 추운 줄을 몰랐다.

작은 조각배에 큰 바가지를 매달고 제주도에 세 번이나 들어갔고, 국내의 산천에 아무리 멀어도 가보지 않은 곳이 없었다.

---

1) 이지함(李之菡, 1517-1578) : 조선조 선조 때의 학자. 자는 형중(馨仲), 호는 토정(土亭) 또는 수산(水山), 본관은 한산(韓山), 이치(李穉)의 아들. 시호는 문강(文康).

2) 주경궁리(主敬窮理) : 거경궁리(居敬窮理). 성리학에서 학문을 수양하는 방법으로, 송(宋)나라 때의 정호(程顥)와 정이(程頤)에 의해서 경(敬)이 비로소 철학적으로 다루어졌고, 주희(朱熹)에 의해서 궁리가 강조되었음. 조선시대에 이황(李滉)이 계승하여 주경궁리의 철학적 의의를 심화시켰음.

선생은 늘 무쇠 갓을 쓰고 대지팡이를 짚고 가다가 갓을 벗어 거기다 밥을 지었다. 밥을 먹고 나면 무쇠 갓을 씻어 다시 쓰고 다녔다. 길을 가다가 간혹 피곤하면 두 손으로 대지팡이를 짚고, 그것에 의지하여 몸을 구부리고 머리를 숙인 채 두 다리로 버티고 서서 길에서 선 채로 잠이 들면, 소나 말이 지나가다가 부딪치더라도 도리어 물러나서 비켜 가곤 하였다.

명종 때에 유일[3]로 천거되어 충청도 아산현감이 되었다. 흉년에 떠돌아다니는 백성들을 가엾이 여겨 큰 집을 지어 이들을 수용하고, 개인별로 수공예를 가르쳐주었으며, 손재주가 없는 사람은 짚신을 삼아서 스스로 밥벌이를 하게 하였다.

오래지 않아 벼슬을 버리고 집으로 돌아가서는 우두커니 앉아서 탄식하며 이르기를,

"십 년 뒤에는 반드시 큰 난리가 나겠다."

하였는데, 과연 임진년(1592)에 왜란이 크게 일어났다.

---

3) 유일(遺逸) : 조선시대 초야(草野)에 은거하는 선비를 찾아 천거하는 인재 등용책.

제66화 아홉 번이나 이장을 한 남사고

남사고는 경상도 울진 사람이다. 《주역》에 통달하여 천문·지리·복서·상법에 대해 전해 오지 않던 비결을 얻어서 말을 하기만 하면 다 맞혔다.

명종 말년에 일찍이 서울의 지형을 논한 적이 있었다. 동쪽의 낙산[1]과 서쪽의 안현[2]을 가리켜 말하기를,

"오래지 않아 조정에 동서로 붕당이 나뉠 것이야. 낙(駱)자는 각(各)자와 마(馬)자가 합쳐진 글자이니, 동인은 마침내 반드시 각각 말을 타고 달아날 것이요, 안(鞍)자는 혁(革)자와 안(安)자가 합쳐진 글자이니, 서인은 처음에 반정을 일으켜 마침내 편안하리라."

하고 또 이르기를,

"오래지 않아 전쟁이 일어날 텐데, 용띠 해인 진(辰)년에 일어나면 오히려 구할 수 있으려니와 뱀띠 해인 사(巳)년에 일어

---

1) 낙산(駱山) : 서울 동대문에서 동소문까지 쌓은 성 근처의 산.

2) 안현(鞍峴) : 서울 서대문구 현저동에서 홍제동으로 넘어가는 고개. 길마재. 무악(毋岳)재.

나면 구할 수가 없으리라."

하고 또 말하기를,

"사직동[3]에 제왕의 기상이 있으니, 이 나라를 중흥시킬 상감께서 그곳에서 마땅히 나오시리라."

하였는데, 그 뒤 을해년(1575)[4]에 과연 동서분당의 논의가 일어났고, 임진년(1592)에 왜란이 크게 발발하였고, 선조대왕께서 사직동 잠저로부터 대통을 계승하시어 마침내 왜란을 평정하시고 중흥을 이루셨다.

또 일찍이 그의 선친을 장사지내기 위해 길한 땅을 찾았는데, 장사 지낸 뒤에 보면 반드시 마음에 들지 않았다. 이런 이유로 여러 차례 이장을 하다가 최종적으로 묏자리 하나를 얻었는데, 비룡상천형[5]이었다. 몹시 기뻐하며 이장하는데, 일꾼 한 사람이 흙을 져다가 봉분을 쌓으며 노래하기를,

"아홉 번 옮기고 열 번 장례하는 남사고야, 비룡상천형국으로만 여기지 마라. 고사괘수형[6]이 아니냐?"

하는 것이었다. 남사고는 그 말을 듣고 놀라 이상하게 여기며, 산세를 다시 살펴보니 과연 용이 죽은 형국이었다. 급히 그 일

---

3) 사직동(社稷洞) : 서울 종로구에 있는 동네.

4) 원문의 을미년은 을해년의 잘못임.

5) 비룡상천형(飛龍上天形) : 풍수지리설에서 말하는, 나는 용이 하늘로 올라가는 형국.

6) 고사괘수형(枯蛇掛樹形) : 풍수지리설에서 말하는, 말라죽은 뱀이 나무에 걸쳐져 있는 형국.

꾼을 찾았으나 어느새 사라지고 보이지 않았다. 남사고는 탄식하며,

"땅에는 각각 주인이 있으므로 인력으로 구하기 어렵구나."

하고 드디어 겨우 해롭지 않을 정도의 땅에 이장하였다.

젊은 시절 남사고는 향시[7]에서 여러 차례 장원을 하였으나 회시[8]에서는 끝내 낙방하므로 어떤 이가 물었다.

"그대가 남의 운명은 능히 알면서 어찌 자신의 운명은 알지 못하여 해마다 헛걸음을 하는가?"

"내 사심이 움직이는 곳에는 술법이 스스로 어두워진다네."

만년에 남사고가 천문교수[9]로 서울에 있을 때에 태사성[10]이 기운이 없으매 관상감정[11] 이번신[12]이 자신의 나이가 많아 죽을 것이라고 하였다. 그러자 남사고가 웃으며 말하기를,

"그에 해당하는 사람이 따로 있을 것이오."

하였는데 이듬해에 남사고가 과연 죽었다.

---

7) 향시(鄕試) : 조선시대 각 도(道)에서 시행하던 초시(初試).

8) 회시(會試) : 복시(覆試). 조선시대 초시에 급제한 사람들이 다시 보던 과거.

9) 천문교수(天文敎授) : 조선시대 관상감(觀象監)의 종6품 벼슬.

10) 태사성(太史星) : 관상감의 관리를 상징하는 별.

11) 관상감정(觀象監正) : 조선시대 천문을 관장하던 관상감의 정3품 으뜸벼슬.

12) 이번신(李蕃臣) : 조선조 선조 때의 문신. 생몰연도 및 자세한 행적 미상.

제67화 태종이 내려주신 비

조선조가 개국한 지 31년[1] 임인년(1422) 5월 10일에 태종대왕께서 승하하실 때 이르시기를,

"바야흐로 가뭄이 심하니, 내가 죽어서 알게 되면 반드시 이 날 비가 오게 하리라."

하시더니, 그 뒤 2백여 년이 지나도록 매년 태종대왕께서 승하하신 날이면 반드시 비가 왔다. 나라 사람들은 이 비를 '태종우'라고 말하였다.

선조대왕 신묘년(1591)에 이르러 처음으로 비가 오지 아니하매, 아는 사람들은 미리 임진왜란을 근심하였다.

---

1) 원문의 21년은 31년의 잘못임.

제68화 덩더꿍 놀이

선조대왕 경인년(1590) 신묘년(1591) 무렵에 한양 성내에 사는 양반집 자제들이 수백, 수천 명씩 떼를 지어 미친 체하며 괴상한 놀이를 꾸며 노래하고 춤추고, 웃다가 울기도 하며 귀신이나 무당의 흉내를 자행하면서 이를 덩더꿍[1]놀이라고 하였다.

이는 당시 명가의 자제인 정효성[2], 백진민[3], 유극신[4], 김두남[5], 이경전[6], 정협[7], 김성립[8] 등 30여 명이 주도한 것이었

---

1) 덩더꿍 : 북이나 장구 따위를 흥겹게 두드리는 소리.

2) 정효성(鄭孝成, 1560-1637) : 조선조 인조 때의 문신. 자는 술초(述初), 호는 휴휴자(休休子), 본관은 진주(晉州), 정주신(鄭舟臣)의 손자, 정원린(鄭元麟)의 아들. 병자호란 때 강화도가 함락되면서 순사하였음.

3) 백진민(白振民, 1562-1589) : 조선조 선조 때의 문신. 자는 덕수(德綏), 본관은 수원(水原), 백유양(白惟讓)의 아들. 정여립(鄭汝立)이 모반했다는 고변으로 시작된 기축옥사(己丑獄死)에 연루되어 고문을 받던 중 죽음.

4) 유극신(柳克新, 1556-?) : 조선조 선조 때의 문신. 자는 여건(汝健), 본관은 문화(文化), 유몽학(柳夢鶴)의 아들.

5) 김두남(金斗南, 1553-1593) : 조선조 선조 때의 의병장. 호는 청계(靑溪), 본관은 김해(金海), 전라북도 고창(高敞) 출신, 절효공(節孝公) 김극일(金克一)이 6대조이며, 임진왜란 때 의사(義士) 김헌(金軒)의 아들. 1593년(선조 26) 진주성의 전투에서 부장(部將)의 직을 맡아 싸우다가 전사하였음. 뒤에

다. 당시 사람들이 모두들 나라가 망할 징조라고 하였는데, 그 이듬해 과연 임진왜란이 일어났다.

선무원종공신(宣武原從功臣) 1등으로 녹훈(錄勳)되고, 단서철권(丹書鐵券)을 받았음.

6) 이경전(李慶全, 1567-1644) : 조선조 인조 때의 문신. 자는 중집(仲集), 호는 석루(石樓), 본관은 한산(韓山), 이산해(李山海)의 아들.

7) 정협(鄭協, 1561-1611) : 조선조 광해군 때의 문신. 자는 화백(和伯), 호는 한천(寒泉), 본관은 동래(東萊), 언신(彦信)의 아들.

8) 김성립(金誠立, 1562-1593) : 조선조 선조 때의 문신. 자는 여견(汝見) 또는 여현(汝賢), 호는 서당(西堂), 본관은 안동(安東), 교리 김첨(金瞻)의 아들, 부인은 난설헌(蘭雪軒) 허초희(許楚姬, 1563-1589).

제69화 갑산에 나타난 귀신

선조 계미년(1583) 11월에 함경도 갑산[1] 땅에 귀신이 나타났는데, 크게 삐져나온 이빨에 쑥대강이같이 마구 흐트러진 머리칼을 하고, 왼손에는 바가지를 들고 오른손에는 불을 잡고서 눈을 부릅뜬 채 다니고 있었다.

고을에서 군사를 출동시켜 북을 치며 활을 쏘아 물리치려 하였으나 사라지지 않았다.

당시 조정의 신하였던 허봉[2]이 그 고을에 귀양 와 있다가 귀신 쫓는 글을 지었다.

수암 박지화[3]가 그 이야기를 듣고 말하기를,

"십 년 안에 나라에 큰 난리가 틀림없이 일어날 텐데, 남쪽에서 북쪽을 향할 게야."

---

1) 오늘날의 양강도(兩江道)에 있는 고을.

2) 허봉(許篈, 1551-1588) : 조선조 선조 때의 문신. 자는 미숙(美叔), 호는 하곡(荷谷), 본관은 양천(陽川), 허엽(許曄)의 아들.

3) 박지화(朴枝華, 1513-1592) : 조선조 선조 때의 학자. 자는 군실(君實), 호는 수암(守庵), 본관은 정선(旌善), 박형원(朴亨元)의 아들. 서경덕(徐敬德)의 문인.

하였다.

제70화 백악산의 두억시니

선조 신묘년(1591) 겨울에 승지 이항복[1]이 대궐을 나와 집에 돌아오니 문지기가 달려와 아뢰기를,

"어떤 한 사람이 대문 앞에 와서 뵙기를 청하는데, 의복이 남루하고 생김새가 흉악하여 차마 똑바로 볼 수가 없습니다."

하였다. 이공은 급히 의관을 정제하고 들어오라고 하였다. 그 사람은 깨진 갓에 다 떨어진 검은 신을 신고 해진 옷을 걸쳤는데 바지는 몹시 좁아 겨우 정강이를 두를 정도였다. 얼굴은 소반 같이 크고, 키는 한 자 반밖에 되지 않았는데, 비린내가 코를 찔렀다.

그는 곧장 들어와서 이공 앞에 꿇어 앉아 벌건 입을 벌리고 첩섭[2]하다가 한참 만에 물러갔다.

---

1) 이항복(李恒福, 1556-1618) : 조선조 광해군 때의 문신. 자는 자상(子常), 호는 백사(白沙)·필운(弼雲)·청화진인(淸化眞人)·동강(東岡)·소운(素雲), 본관은 경주(慶州), 몽량(夢亮)의 아들. 오성부원군(鰲城府院君)에 봉해짐. 시호는 문충(文忠).

2) 첩섭(呫囁) : 귀에 입을 대고 속삭임.

이공의 종자[3]인 오산군 이탁남[4]이 옆방에 있다가 놀라 물으니 이공은,

“그가 자칭 백악산 두억시니라면서 내년에 장차 큰 난리가 일어날 텐데 누구 한 사람 근심하는 이가 없기에 아픈 마음을 이기지 못해 내게 와서 일러주더구나.”

하고 탄식하였다.

---

3) 종자(從子) : 조카.

4) 이탁남(李擢男, 1572-1645) : 조선조 인조 때의 문신. 자는 근숙(根叔), 본관은 경주(慶州), 이운복(李雲福)의 아들. 1627년(인조5) 횡성현감으로 있을 때 이인거(李仁居)의 난을 진압한 공으로 오산군(鰲山君)에 봉해짐. 시호는 의정(毅靖). 원문에 이도(李棹)라고 한 것은 이탁남의 잘못임.

제71화 피 바위

전라도 운봉의 팔량치라는 고개에 피 바위가 있다.

조선의 태조대왕께서 왜장 아기바투[1]를 무찌른 곳이다. 바위에 붉게 얼룩진 피 흔적이 지금까지 새로 젖은 듯하더니, 임진년(1592)에 피가 흐르며 왜구가 쳐들어왔다.

---

1) 아기바투(阿只拔都) : 고려말에 쳐들어온 왜구의 소년 장수. 1380년(우왕6) 고려에 침입하였다가 양광·전라·경상도 도순찰사가 된 이성계에게 운봉(雲峰)에서 섬멸됨. 그 전과를 우리 역사에서는 황산대첩(荒山大捷)이라고 함.

제72화 석 장군

평양에서 서쪽으로 30리쯤 되는 곳에 부산현이라는 고개가 있는데, 이곳은 바로 서쪽으로 의주까지 내려가는 큰길이다. 고개의 왼쪽 봉우리에 석상이 하나 서 있는데, 어느 시대에 누구를 위해 세운 것인지 알 수 없었으나 그곳에 사는 백성들은 대대로 '석 장군'이라고 불러 왔다.

임진년(1592) 봄에 석 장군에서 피가 흘러 내려 부산현까지 이르러 그쳤다. 그 뒤, 왜적이 평양을 점령하였으나 끝내 부산현을 넘지 못하였으니, 이것은 석 장군이 피 흘리다 그친 징조가 맞아떨어진 것이었다.

비결에 이르기를, '왜적이 부산[1]에서 군사를 일으켜 부산[2]에서 그친다.'고 하였다.

---

1) 부산(釜山) : 한반도 동남 해안에 있는 항구 도시를 가리킴.

2) 부산(釜山) : 평양 근방에 있는 부산현(釜山峴)을 가리킴.

제73화 동요 〈경기감사 우장직령〉

임진왜란이 일어나기 얼마 전에 아이들이 모여 놀면서 노래하기를,

"경기감사 우장직령!"

이라 하며 늘 익혀서 부르곤 하였다. 사람들은 어느 누구도 그 뜻을 알지 못하였다.

임진년에 난리를 만나 선조대왕께서 서도로 몽진[1]하시는데, 창졸간[2]이라 비를 무릅쓰고 길을 떠나 사현[3]에 이르셨다.

경기감사 권징[4]이 어가를 뒤쫓아 와서 비로소 우장[5]과 직

---

1) 몽진(蒙塵) : 먼지를 뒤집어쓴다는 뜻으로, 임금이 난리를 피하여 안전한 곳으로 떠남.

2) 창졸간(倉卒間) : 미처 어찌할 수 없이 매우 급작스러운 사이.

3) 사현(沙峴) : 서울시 서대문구 현저동에서 홍제동으로 넘어가는 고개로서, 홍제동에 있는 모래내의 이름을 따서 붙여진 모래재를 한자명으로 표기한 데서 유래된 이름.

4) 권징(權徵, 1538-1598) : 조선조 선조 때의 문신. 자는 이원(而遠), 호는 송암(松菴), 본관은 안동(安東), 권굉(權硡)의 아들. 시호는 충정(忠定).

5) 우장(雨裝) : 비를 맞지 아니하기 위해서 차려 입음. 또는 그런 복장. 우산, 도롱이, 갈삿갓 따위를 이름.

령[6]을 임금께 올렸다.

6) 직령(直領) : 조선시대 무관이 입던 웃옷. 깃이 곧고 뻣뻣하며 소매가 넓음.

제74화 애남의 금관자

애남[1]은 설서[2] 이광정[3]의 종이다.

임진왜란 때 이광정이 숙직하러 입궐하였다가 창졸간에 어가가 서도로 몽진하게 되자 집으로 돌아가지 못하고 그대로 걸어서 호종[4]하게 되었다. 애남이 그 소식을 듣고 안장 없는 말을 급히 구하여 임진강[5]으로 쫓아갔다. 이때 마침 소나기가 퍼붓고 밤은 칠흑같이 어두워 배가 어디에 정박하고 있는지 알 수 없었다. 호종하는 조신들이 애를 태우며 당황하고 있는데, 애남이 급히 강가에 있는 빈 집에 불을 지르니 좌우의 강 언덕

---

1) 애남(愛男) : 조선조 선조 때의 문신인 이광정의 종.

2) 설서(說書) : 조선시대 세자시강원(世子侍講院)에서 경사(經史)와 도의(道義)를 가르치는 일을 맡아보던 정7품 벼슬.

3) 이광정(李光庭, 1552-1627) : 조선조 선조 때의 문신. 자는 덕휘(德輝), 호는 해고(海皐)·눌옹(訥翁), 본관은 연안(延安), 이주(李澍)의 아들. 선조 때 연원부원군(延原府院君)에 봉해짐.

4) 호종(扈從) : 임금이 탄 수레를 호위하여 따르던 일. 또는 그런 사람.

5) 임진강(臨津江) : 함경남도 덕원군 마식령산맥에서 발원하여 황해북도 판문군과 경기도 파주시 사이에서 한강으로 유입되어 황해로 흘러드는 강.

이 대낮처럼 밝아졌다. 이렇게 하여 나룻배를 찾아내니, 선조대왕께서 기특히 여기시어 그 후로는 수라를 드시고 남은 반찬을 애남에게 물려주셨다. 그때마다 애남이 마른반찬은 포대에 담아 휴대하고 갔다.

어느 날 도중에서 수랏상에 올릴 반찬이 떨어지고 말았다. 이때 애남이 가지고 가던 마른반찬을 꺼내 올렸다. 선조대왕께서는 더욱 기특하게 여기시어 난리가 평정되고 도성으로 돌아가신 뒤에 불러 보시고 금관자를 하사하셨다. 애남은 금관자를 주머니에 넣어 두고 평생토록 한 번도 달아보지 않았다.

제75화 송상현의 두 첩

함흥 기생 금섬[1]은 송상현[2]의 첩이 되었다. 선조 임진년에 송공이 동래부사로 있을 때에 왜적이 침범하므로, 송공은 군사와 백성들을 거느리고 남문에서 싸움을 독려하다가 성이 함락되려 하자 부채에 편지를 써서 종으로 하여금 부친에게 전하게 하였다. 그 글은,

'외로운 성은 달무리처럼 포위되었는데, 근방의 진영은 모두 잠들어 있습니다. 군신간의 의리가 무거워 부자간의 은혜와 정은 가벼이 할 수밖에 없습니다.'

라는 것이었다. 편지를 쓰고 난 송공은 조복을 가져다 갑옷 위에 입고 단정히 앉은 채로 옴짝달싹하지 않았다. 왜장 평조익[3]

---

1) 금섬(金蟾) : 임진왜란 때 동래성을 사수하다가 순절한 송상현의 첩. 성은 한씨, 본관은 함흥(咸興), 한언성(韓彦聖)의 서녀. 동래성에서 피살됨. 1704년(숙종30) 충청도 청주에 정려(旌閭)가 세워짐.

2) 송상현(宋象賢, 1551-1592) : 조선조 선조 때의 문신. 자는 덕구(德求), 호는 천곡(泉谷), 본관은 여산(礪山), 송복흥(宋復興)의 아들. 시호는 충렬(忠烈).

3) 평조익(平調益) : 임진왜란 때의 왜장. 일본 이름은 다이라 스키마스. 평조

은 일찍이 통신사[4]를 따라 왕래할 때에 송공에게 후대를 받던 자였다. 사태가 이에 이르자 송공에게 눈짓을 하여 성 옆의 틈새로 피하라고 하였다. 그러나 송공은 이에 응하지 않고 마침내 왜적에게 피살되었다.

금섬은 관아 안에 있다가 송공이 조복을 가져가는 것을 보고는 순절하려 함을 알아채고 즉시 계집종인 금춘과 더불어 송공이 있는 곳으로 가서 함께 순절하고 말았다. 왜적들이 기특하게 여겨 관을 가져다 송공과 합장하여 주었다.

송공에게는 이씨 성의 또 한 사람의 첩[5]이 있었다. 동래성이 함락되기 하루 전에 서울로 돌려보냈더니 도중에 부산이 함락되었다는 소식을 듣고 통곡하며 말하기를,

"나는 차라리 소천[6]이 계신 곳에서 죽으리라."

신(平調信)을 수행하여 통신사로 조선에 왕래한 인물로, 가토 기요마사(加藤淸正)가 선봉장으로 이끄는 왜군의 휘하 장수로 동래성을 침범하였음.

4) 통신사(通信使) : 조선시대 일본으로 보내던 사신. 고종 13년(1876)에 수신사(修信使)로 고쳤음.

5) 임진왜란 때 동래성을 사수하다가 순절한 송상현의 첩인 이양녀(李良女)를 가리킴. 1592년 왜적 침입의 소문이 일자 송상현은 이양녀를 한양으로 피신시켰는데, 동래성이 함락되었다는 소식을 접한 이양녀는 송상현을 따라 죽겠다며 동래로 돌아와서 왜적에게 포로가 되었으며, 이후 일본으로 보내져 도요토미 히데요시(豊臣秀吉) 앞에 바쳐졌으나 죽음으로 항거하니 적장도 절의에 감탄하여 풀어주었다고 함. 전(前) 관백(關白)의 딸로 수절하고 있던 원씨(源氏)와 별원에서 함께 생활하면서 절개를 굳게 지키다가 고국으로 돌아와 송상현을 위해 3년상을 마쳤음. 1704년(숙종30) 충청도 청주에 정려(旌閭)가 세워짐.

하고 몸종인 만금과 함께 동래로 돌아가다가 포로가 되어 일본으로 건너갔다. 평수길[7]이 첩으로 들이려 하자 죽기로 항거하였다. 평수길은 의롭게 여겨 풀어주고 전임 관백[8]이었던 원씨[9]의 딸과 함께 별원에서 거처하게 해주었다. 그녀는 왜란이 평정된 뒤에 절개를 잃지 않고 조선으로 돌아왔다.

---

6) 소천(所天) : 예전에 아내가 남편을 이르던 말.

7) 평수길(平秀吉) : 일본의 정치가인 도요토미 히데요시(豊臣秀吉, 1536-1598)의 다른 이름.

8) 관백(關白) : 일본에서 왕을 내세워 실질적인 정권을 잡았던 막부(幕府)의 우두머리.

9) 원씨(源氏) : 일본에서 미나모토(源)라는 성을 가진 씨족을 통틀어 일컬을 때 겐지라고 함. 원래 왕족이 신적(臣籍)으로 강등될 때 내리는 사성(賜姓)의 하나로, 814년 사가(嵯峨) 왕이 왕자·왕녀에게 미나모토라는 성을 내려 사가겐지가 된 것을 시초로 하여 준나(淳和)·세이와(淸和)·무라카미(村上)·우다(宇多)·가잔(花山) 등의 왕을 원류로 하는 약 10개 파의 겐지가 있음.

제76화 정발의 첩 애향

선조 임진년에 정발[1]이 부산 첨사[2]로 임명되었다. 당시 변경[3]이 날로 급박하였으므로 정공은 모친을 울며 하직하기를,

"제가 벼슬길에 나아간 것은 부모님을 봉양하기 위함인데, 이제 나랏일에 목숨을 바쳐야 할 듯합니다."

하니 어머니는,

"네가 충신이 되면 내가 무슨 유감이 있겠느냐?"

하였다. 정공은 부산진에 이르러 망해루에서 잔치를 베풀고 술이 거나하게 취하자 아들인 정흔[4]에게 이르기를,

---

1) 정발(鄭撥, 1553-1592) : 조선조 선조 때의 무신. 자는 자고(子固), 호는 백운(白雲), 본관은 경주(慶州), 정명선(鄭明善)의 아들. 임진왜란 때 부산진첨절제사로 분전하다가 전사함. 시호는 충장(忠壯).

2) 첨사(僉使) : 조선시대 각 진영에 둔 종3품 무관 벼슬인 첨절제사(僉節制使). 절도사(節度使)의 아래로 병마첨절제사, 수군첨절제사가 있으며 목(牧)·부(府) 소재지에는 목사(牧使)나 부사(府使)가 겸임하였음.

3) 변경(邊警) : 국경 지방에 적이 쳐들어왔다는 기별.

4) 정흔(鄭昕, 1578-1626) : 조선조 선조 때의 무신. 본관은 경주(慶州), 정발(鄭撥)의 아들. 전라수군절도사를 역임함.

"오늘의 잔치는 너와 더불어 영결하는 자리니, 너는 돌아가서 나의 모친과 너의 모친을 봉양하라."
하였으나 정흔이 울부짖으며 가지 않으므로, 큰소리로 꾸짖어 돌려보냈다.

왜적이 부산진을 포위하자, 정공은 의검루에 올라 군사들을 거느리고 방어하다가 마침내 성이 함락되면서 순절하고 말았다.

정공의 첩인 애향은 당시 나이가 18세로 정공의 시신 옆으로 달려와 통곡하다가 자결하였고, 정공의 종인 용월도 주인에게 가서 죽었다.

제77화 난리탕

선조대왕 때 어의[1]인 양예수[2]는 만년에 각질[3]이 있다고 칭하고, 비록 권귀[4]가 왕진을 청하여도 가지 않았다.

임진왜란이 일어나 어가가 서도로 몽진하는데, 양예수는 창졸간에 말이 준비되지 않아 걸어서 수행하였다.

오성부원군 이항복이 양예수를 돌아보고 웃으며 말하기를,

"양 동지[5]의 각질에는 난리탕이 꼭 맞는 처방이구려."

하니, 대왕께서 들으시고 양예수에게 말을 내주라고 명하셨다.

---

1) 어의(御醫) : 태의(太醫). 궁중에서 왕이나 왕족의 병을 치료하던 의원(醫員).

2) 양예수(楊禮壽, ?-1597) : 조선조 선조 때의 어의. 자는 경보(敬甫), 호는 퇴사옹(退思翁), 본관은 하음(河陰). 1595(선조28) 동지중추부사(同知中樞府事)가 되었고, 이듬해 태의(太醫)로 《동의보감(東醫寶鑑)》의 편찬에 참여하였음.

3) 각질(脚疾) : 다리가 아픈 병.

4) 권귀(權貴) : 지위가 높고 권세가 있음. 또는 그런 사람.

5) 동지(同知) : 동지중추부사(同知中樞府事). 조선시대 중추부(中樞府)의 종2품 벼슬.

제78화 귤을 던져 준 효자 귀신

이경류[1]는 평안도 순안 군수 이경준[2]의 아우다.

임진왜란 때 조방장[3] 변기[4]가 이경준을 종사관[5]으로 삼고자 하여 장계를 올려 청하였는데, 이름을 이경류로 잘못 썼다. 드디어 이경류가 변기의 종사관으로 경상우도[6]에 출전하였다가 변기가 전사하자 필마로 순변사 이일[7]의 진으로 갔다. 경상도

1) 이경류(李慶流, 1564-1592) : 조선조 선조 때의 문신. 자는 장원(長源), 호는 반금(伴琴), 본관은 한산(韓山), 증(增)의 아들. 임진왜란 때 상주에서 전사함. 원문 이름의 류(琉)는 류(流)의 잘못임.

2) 이경준(李慶濬) : 조선조 광해군 때의 무신. 생몰연대 미상. 본관은 한산, 증의 아들, 경류의 형. 벼슬이 동지중추부사(同知中樞府事)에 이름. 원문 이름의 선(璿)은 준(濬)의 잘못임.

3) 조방장(助防將) : 주장(主將)을 도와서 적의 침입을 방어하는 장수.

4) 변기(邊璣) : 조선조 선조 때의 무신. 임진왜란 당시 조령(鳥嶺)지역을 방어하던 조방장(助防將).

5) 종사관(從事官) : 조선시대 각 군영의 주장(主將)을 보좌하던 종6품 벼슬.

6) 경상우도(慶尙右道) : 조선시대에 경상도 지방의 행정구역을 동·서로 나누었을 때 경상도 서부 지역의 행정구역.

7) 이일(李鎰, 1538-1601) : 조선조 선조 때의 무신. 자는 중경(重卿), 본관은 용인(龍仁), 백지(伯持)의 후손. 시호는 장양(壯襄).

상주에서 패전할 때 전사하였는데, 그때 나이가 20세[8]였다.

당시 그의 형인 이경준은 순안의 관아 동헌에 한가하게 앉아 있었는데, 홀연 공중에서 곡성이 들리며 이르기를,

"형님, 형님! 내가 왔소."

하므로 자세히 살펴보니 아우인 이경류였다. 이경준이 울며 물었다.

"어디서 오는 것이냐?"

"나는 이미 죽은 몸이오. 지금 형님을 만날까 하고 왔더니 경비가 삼엄해서 감히 접근하기가 어렵구려."

이경준은 한바탕 통곡을 하고 섬돌 위에 꽂아놓은 깃발들을 모조리 철거하였다. 이때부터 이경류는 매일 왕래하였는데, 날이 저물면 왔다가 새벽닭이 울 무렵이면 돌아가곤 하였다.

어느 날, 이경류의 아내가 울며 물었다.

"당신의 유해가 어느 곳에 있는지 알려주시면 찾아다가 장사를 지내겠어요."

이경류는 초연[9]히 말하기를,

"산더미처럼 쌓여 있는 백골 가운데 어떻게 내 것을 가려낸단 말이오? 나의 혼백은 매우 편안하니 다시 장사를 지낼 필요가 없소."

---

8) 29세의 잘못임.

9) 초연(愀然) : 얼굴에 근심스러운 빛을 띠는 모양.

하였다. 이렇게 3년이 지나고는 영영 나타나지 않았다.

그 뒤, 모부인이 병환 중에 목이 말라 귤을 먹고 싶어 하였다. 이때는 6월 한여름이었다. 공중에서 형을 부르는 소리가 들리므로, 이경준이 문을 열고 나가 쳐다보니 구름 속에서 귤 세 개를 던져주며 말하기를,

"조선에는 귤이 없어서 중국에 있는 동정호[10]에 가서 따온 것이오."

하였다. 모부인은 그 귤을 먹고 곧 병이 나았다.

매번 이경류의 기일이 되어 제사를 지낼 때 문을 닫은 뒤에는 달그락거리는 수저 소리가 들리곤 하였으므로, 집안사람들이 더욱 정성을 다하고 감히 조금도 게을리하지 못하였다.

10) 동정호(洞庭湖) : 중국 호남성(湖南省) 북부에 있는 중국 제2의 담수호. 귤이 많이 나기로 유명함.

제79화 네 머리가 보배로다

승려 유정[1]의 호는 송운, 혹은 사명산인이라고 하였다. 그는 서산대사 휴정[2]의 고족[3]이었다. 용모가 괴걸[4]하고 성품과 도량이 회광[5]하였다. 또한 내전[6]에 통달하여 금강산 표훈사에 있었다.

임진왜란 때 휴정이 묘향산에서 제자 수천 명을 거느리고 평양의 행재소에 나아가니, 선조대왕께서 기쁘게 여기시어 팔도선교도총섭이라는 칭호를 하사하셨다. 휴정은 평안도 순안의

---

1) 유정(惟政) : 조선조 선조 때의 승려. 속명은 임응규(任應奎, 1544-1610), 자는 이환(離幻), 호는 송운(松雲), 별호는 종봉(鍾峰), 본관은 풍천(豊川), 임수성(任守城)의 아들. 임진왜란 및 정유재란 대 승병장으로 활약하였음.

2) 휴정(休靜) : 조선조 선조 때의 승려. 속명은 최여신(崔汝信, 1520-1604), 자는 현응(玄應), 법호는 서산(西山), 당호는 청허당(淸虛堂), 본관은 완산(完山), 최세창(崔世昌)의 아들. 임진왜란 때 팔도십육종도총섭(八道十六宗都摠攝)이 되어 승병을 지휘하였음.

3) 고족(高足) : 학식(學識)과 품행(品行)이 뛰어난 제자(弟子).

4) 괴걸(魁傑) : 생김새나 재주가 뛰어남. 또는 그런 사람.

5) 회광(恢廣) : 드넓음. 사방으로 크게 넓힘.

6) 내전(內典) : 불경(佛經)을 불경 아닌 책에 상대적으로 이르는 말.

법흥사에 주둔하고 팔도의 사찰에 격문을 띄워서 의병으로 나설 것을 호소하였다. 이에 유정은 천여 명의 승병을 모집하여 관군을 도와 응원하였다. 맞붙어 싸우는 데는 서툴렀으나 경비를 잘하고 힘쓰는 일을 부지런히 하니 여러 도에서 그 힘을 입었다.

유정이 영남에 주둔하고 있을 때 적장 가등청정[7]이 만나자고 청하였다. 유정이 왜적의 진영에 들어가니, 왜적의 무리가 몇 리에 걸쳐 늘어서서 창검이 여속[8]하여 삼엄하였다. 그러나 유정은 조금도 두려워하는 빛이 없이 가등청정을 만나 조용히 웃으며 이야기하였다.

가등청정이 물었다.

"귀국에 보배가 있는가?"

"없다."

---

7) 가등청정(加藤清正, 1562-1611) : 임진왜란 당시 일본의 무장. 일본 이름은 가토 기요마사. 임진왜란 때 함경도 방면으로 출병하여 조선의 왕자 임해군과 순화군을 포로로 잡았으며, 울산싸움에서 죽음의 위기를 겪기도 하였음. 그 과정에서 함께 참전한 고니시 유키나가(小西行長), 이시다 미쓰나리(石田三成) 등과 갈등을 빚었음. 1598년 도요토미 히데요시가 죽고, 섭정을 맡았던 도쿠가와 이에야스(德川家康)와 이시다 미쓰나리 간에 벌어진 세키가하라 전투(關ケ原戰鬪)에서 동군(東軍)인 이에야스 측에 참전하여 고니시 유키나가의 우토성(宇土城)을 함락시켰음. 이후 구마모토(熊本) 대영지(大領地)의 세습영주가 되어 7년에 걸친 대공사 끝에 오사카성(大阪城), 나고야성(名古屋城)과 함께 일본의 3대 명성(名城)으로 꼽히는 구마모토성을 축조하였음.

8) 여속(如束) : 묶어 놓은 다발이라는 뜻으로, 빽빽하게 많은 것을 이르는 말.

그래도 가등청정은 굳이 보물이 있느냐고 물으므로, 유정이 대답하였다.

"네 머리가 보배로다."

"무슨 말인가?"

"우리나라의 군령에 네 머리를 얻는 자는 황금 천 근과 식읍으로 만 가구의 고을을 준다고 되어 있으니 어찌 보배가 아니겠느냐?"

가등청정은 어이가 없다는 듯 껄껄 웃고는 잘 대접하여 돌려보냈다.

제80화 석저촌 출신 김덕령 장군

김덕령[1]의 자는 경수로, 전라도 광주 석저촌[2] 출신이다. 용력이 절륜하여 능히 달리는 개를 쫓아가 붙들어서 그 고기를 찢어 먹기도 하고, 말을 타고 한 칸짜리 조그만 방에 달려 들어갔다가 즉시 말머리를 돌려 뛰쳐나오기도 하고, 다락집 위에서 누운 채로 굴러 처마 끝에서 다락 속으로 떨어져 들어오기도 하였다.

일찍이 대숲 속에 맹호가 있다는 말을 듣고 숲 밖에 가서 먼저 복두[3]를 던지니, 범이 입을 벌리고 분신[4]하였다. 김덕령은 창으로 범의 아래턱을 꿰어 땅에 메다꽂으니, 범은 꼬리를 흔들며 감히 꼼짝도 하지 못하였다.

---

1) 김덕령(金德齡, 1567-1596) : 임진왜란 때의 의병장. 자는 경수(景樹), 본관은 광주(光州), 김붕섭(金鵬燮)의 아들. 시호는 충장(忠壯).

2) 석저촌(石底村) : 오늘날의 광주광역시(光州廣域市) 충효동(忠孝洞).

3) 복두(幞頭) : 조선시대 과거에 급제한 사람이 홍패(紅牌)를 받을 때 쓰던 관(冠). 사모(紗帽)같이 두 단(段)으로 되어 있으며, 위가 모지고 뒤쪽의 좌우에 날개가 달려 있다.

4) 분신(奮迅) : 맹렬한 기세로 일어남.

경상도 진주의 목장에 사나운 말이 뛰쳐나와 화곡[5]을 짓밟아 놓고 나는 듯이 높이 뛰어오르니, 아무도 붙잡지 못하였다. 김덕령이 즉시 가서 굴레를 씌우고 올라타니, 말이 꼼짝도 하지 못하고 순순히 말을 들었다.

그러나 그는 어려서부터 유가의 학문을 익혀 겸손으로써 아랫사람을 대한 까닭에 그가 그러한 용력을 지니고 있다는 것을 아는 사람이 없었다.

그의 자형[6]인 김응회[7]도 또한 강개한 선비였다. 임진왜란 초기에 군사를 일으켜 왜적을 토벌하자고 여러 차례 권하였으나, 김덕령은 어머니가 계시다는 이유로 거절하였다. 계사년(1593)에 어머니가 돌아가시자 친하기 지내던 장사 최담령[8] 등과 더불어 의병을 일으켰다.

김덕령은 범 두 마리를 손으로 때려잡아 적진에 과매[9]하였는데, 이로 인하여 위명을 크게 떨치게 되었다.

담양부사 이경린[10]과 장성현령 이귀[11]가 교대로 조정에 글

---

5) 화곡(禾穀) : 벼에 딸린 곡식을 통틀어 이르는 말.

6) 자형(姊兄) : 손위 누이의 남편.

7) 김응회(金應會, 1555-1597) : 조선조 선조 때의 문신. 자는 시극(時極), 호는 청계(淸溪), 본관은 언양(彦陽), 아버지는 장사랑(將仕郎) 김성벽(金成璧). 정유재란 때 순절함.

8) 최담령(崔聃齡) : 조선조 선조 때 남원(南原) 출신의 의병. 자는 기수(奇叟), 호는 병암(屛巖), 본관은 전주(全州), 최경선의 아들.

9) 과매(誇賣) : 과시(誇示)함.

10) 이경린(李景麟, 1533-?) : 조선조 선조 때의 문신. 자는 응성(應聖), 본관

을 올려 김덕령을 추천하기를,

'김덕령은 지혜가 제갈공명[12]과 같고 용력이 관우[13]와 같사옵니다.'

하였다. 당시 세자[14]가 전라도 전주에 거둥하여 김덕령을 불러 용맹을 시험해보고 익호장군에 임명하였다. 얼마 뒤에 선조대왕께서는 초승장군과 충용장군의 호를 하사하셨다.

김덕령은 허리에 백 근짜리 철퇴를 좌우에 하나씩 차고 나는 듯이 왕래하였다. 그가 탄 말도 주인과 같아 하루에 천리를 간다는 천리마였다. 가는 곳마다 대적할 자가 없으니, 왜적이 몹시 두려워하여 감히 교봉[15]하지 못하고 '석저장군'이라고 일컬었다. 대개 바위 밑에서 나온 인물로 잘못 알았던 것이다.

갑오년(1594) 8월에 선조대왕께서 체찰사[16] 윤두수[17]에게 명

은 전주(全州), 청해수(淸海守) 이채(李彩)의 아들.

11) 이귀(李貴, 1557-1633) : 조선조 인조 때의 문신. 자는 옥여(玉汝), 호는 묵재(默齋), 본관은 연안(延安), 이정화(李廷華)의 아들. 인조반정을 일으켜 정사공신 1등으로 연평부원군(延平府院君)에 봉해짐. 시호는 충정(忠定).

12) 제갈공명(諸葛孔明) : 중국 삼국시대 촉한(蜀漢)의 승상. 이름은 량(亮).

13) 관우(關羽) : 중국 삼국시대 촉한의 오호대장(五虎大將) 가운데 한 사람. 자는 운장(雲長).

14) 세자(世子) : 광해군(光海君, 1575-1641)을 가리킴. 광해군은 조선조 제15대 임금. 재위 1608-1623. 이름은 혼(琿), 선조의 둘째 아들. 어머니는 공빈(恭嬪) 김씨, 왕비는 유자신(柳自新)의 딸.

15) 교봉(交鋒) : 교전(交戰)함.

16) 체찰사(體察使) : 조선시대 지방에 군란(軍亂)이 있을 때 임금을 대신하여 그곳에 가서 일반 군무를 맡아보던 임시 벼슬. 보통 재상이 겸임하였음.

하시어 김덕령을 독촉하여 거제도에 있는 왜적을 토벌하게 하셨다. 영남 의병장 곽재우[18]가 묻기를,

"장군은 바다를 건너 왜적을 섬멸할 계책이 있소?"

하였다. 이에 김덕령이 대답하였다.

"없소. 소굴 속에 숨어 있는 적을 어떻게 제압하겠소? 나도 이 명이 어떻게 내려진 것인지 알 수가 없소."

"어떻게 된 일인지 알 만하오. 오늘 일은 장군의 용력을 시험하려 하는 것이오. 장군의 명성이 적들에게 널리 퍼져 흉추[19]가 퇴축[20]하는데 만약 선불리 진격하여 약점을 보이게 된다면 선후[21]의 계책이 아닐 것이오."

하고 도원수 권율[22]에게 치보[23]하여 회군을 요청하였으나 도원수는 듣지 않았다. 여러 장수들이 하는 수 없이 배에 올라 진격하니, 왜적들은 성 위에 올라서 항전하는데 총탄을 비 오

---

17) 윤두수(尹斗壽, 1533-1601) : 조선조 선조 때의 문신. 자는 자앙(子仰), 호는 오음(梧陰), 본관은 해평(海平), 윤변(尹忭)의 아들. 시호는 문정(文靖).

18) 곽재우(郭再祐, 1552-1617) : 임진왜란 때의 의병장. 자는 계수(季綏), 호는 망우당(忘憂堂), 본관은 현풍(玄風), 곽월(郭越)의 아들. 시호는 충익(忠翼).

19) 흉추(凶醜) : 흉적(凶賊). 왜적을 가리킴.

20) 퇴축(退縮) : 움츠리고 물러남.

21) 선후(善後) : 뒷갈망을 잘함.

22) 권율(權慄, 1537-1599) : 조선조 선조 때의 장군. 자는 언신(彦愼), 호는 만취당(晩翠堂)·모악(暮嶽), 본관은 안동(安東), 철(轍)의 아들, 이항복의 장인. 시호는 충장(忠莊).

23) 치보(馳報) : 지방에서 역마를 달려 급히 중앙에 보고하던 일.

듯 퍼부어 대므로, 김덕령은 별다른 계책이 없어 그만 퇴각하고 말았다. 이로 인해 여러 사람들의 신망을 잃고, 체찰사와는 더욱 뜻이 맞지 않게 되었다.

이때 마침 군중에서 한 사람이 죄를 범하였으므로, 김덕령이 그 자리에서 참수 하였는데 그를 시기하는 자가 모함하기를,

"김덕령이 의병을 일으킨 지 3년이나 되었으나 조그만 공도 세우지 못하고, 오히려 잔혹하게 사람을 죽였다."라고 하여 조정에서 그를 잡아 가두었다가 이듬해에 풀어 진영으로 돌려보냈다.

병신년(1596) 가을에 충청도 부여에 있는 홍산의 토적[24] 이몽학[25]이 반란군을 일으켜 열흘이 못 되어 두어 고을이 함락되자 충청도가 온통 들썩거렸다.

도원수 권율이 김덕령에게 군사를 거느리고 가서 토벌하라고 명하였다. 김덕령이 경상도 진주의 본진으로부터 전라도 운봉으로 진군하여 보니 이미 호우[26] 지역이 평정되어 있었으므로 본진으로 돌아갔다.

그런데 이몽학의 난을 진압한 뒤에 문서를 찾아내니 김덕령

---

24) 토적(土賊) : 토구(土寇). 지방에서 일어나는 도둑 떼.

25) 이몽학(李夢鶴, ?-1596) : 조선조 선조 때의 반란자. 본관은 전주(全州). 왕족의 서얼 출신으로 서울에 살았으나, 성품이 불량하고 행실이 좋지 않으므로 그 아버지에게 쫓겨나서 충청도·전라도 사이를 전전하다가 불평 세력을 규합하여 반란을 일으켰음.

26) 호우(湖右) : 충청도 서부 지역을 달리 이르던 말.

의 이름이 적혀 있었다. 권율이 그 사실을 장계로 올리자, 선조대왕께서는 크게 놀라,

"김덕령의 용맹이 삼군[27]의 으뜸이니 만일 순순히 잡히지 않을 때에는 어찌할 것인고?"

하시고 승지 서성[28]을 권율에게 보내 잡아들이라는 밀지를 전하였다. 권율도 김덕령이 왕명을 거역할까 염려하여 진주목사 성윤문[29]에게 잡으라고 명하였다. 성윤문이 군사 문제로 상의할 것이 있다는 핑계로 편지를 보내 와달라고 하였더니, 김덕령은 혼자 말을 타고 왔다. 성윤문이 그의 손을 잡으며 말하기를,

"조정에서 그대를 체포하라는 명이 있었소."

하니, 김덕령은 즉시 꿇어앉으며 말하였다.

"상부의 명이 있었다니 나를 반접[30]하시오."

성윤문은 그가 억울하게 잡혀감을 딱하게 여겨 다만 두 손만 채워서 압송하였다.

김덕령은 감옥에 갇혀서 여섯 차례나 형신[31]을 받아 정강이

---

27) 삼군(三軍) : 예전에 전군(全軍)을 이르던 말.

28) 서성(徐渻, 1558-1631) : 조선조 인조 때의 문신. 자는 현기(玄紀), 호는 약봉(藥峯), 본관은 달성(達城), 해(嶰)의 아들. 벼슬이 판중추부사(判中樞府事)에 이르렀고, 영의정에 추증됨. 시호는 충숙(忠肅).

29) 성윤문(成允文) : 조선조 선조 때의 무신. 생몰연대 미상. 본관은 창녕(昌寧).

30) 반접(反接) : 양손을 등 뒤로 결박(結縛)하는 것.

31) 형신(刑訊) : 형문(刑問). 죄인을 형구(刑具)로 고문하면서 신문(訊問)하여 자백을 받아내는 문초(問招) 방법. 주로 정강이 부분을 형장(刑杖)으로

뼈가 다 부러졌으나 오히려 무릎으로 걸어 다니며 동작이 보통 때나 다름이 없었다. 그는 조용한 태도로 진술하기를,

“신에게 만일 다른 뜻이 있었다면 어찌 당초에 도원수의 명을 받들어 운봉까지 갔겠습니까? 다만 신에게는 만 번 죽어도 용서 받을 수 없는 죄가 있습니다. 계사년(1593)에 어머니께서 돌아가셨는데 3년상도 치르지 못한 죄입니다. 나라의 원수를 갚으려고 모자의 정리를 끊은 채 상복을 군복으로 갈아입고 칼을 짚고 몸을 일으켜 여러 해 동안 이렇다 할 공도 세우지 못하였습니다. 충절을 펼치지 못하였고 효도도 도리어 굽히고 말았으니, 죄가 이에 이르매 만 번 죽어도 면하기 어려울 것입니다. 구구한 마음속의 충정만은 천지가 감림[32]하실 것입니다.”

하였다. 그 소식을 들은 선조대왕은,

“덕령이 형장[33]을 받고도 그런 일이 없었다고 하니 참으로 역적이로다.”

하셨다.

김덕령이 옥문을 출입할 때에 그의 용력을 의심하여 큰 나무로 동여매고 군사들이 둘러싼 채 다니게 하더니 마침내 형장 아래 죽고 말았다.

때리면서 죄인을 신문하는 것을 말함.

32) 감림(鑑臨) : 거울에 비치듯 헤아려 살펴 줌.

33) 형장(刑杖) : 예전에 죄인을 신문할 때에 쓰던 몽둥이. 여기서는 고문(拷問)을 말함.

그 뒤, 김덕령은 신원[34]되어 병조판서[35]를 추증[36]하고, 충장이라는 시호를 받았다.

34) 신원(伸冤) : 가슴에 맺힌 원한을 풀어 버림.

35) 병조판서(兵曹判書) : 조선시대 군무(軍務)를 총괄하는 병조의 정2품 으뜸 벼슬.

36) 추증(追贈) : 나라에 공로가 있는 벼슬아치가 죽은 뒤에 품계를 높여 주던 일. 또는 종2품 이상 벼슬아치의 죽은 아버지, 할아버지, 증조할아버지에게 벼슬을 주던 일.

제81화 혼령의 깨우침과 도움

임진왜란 때 초토사[1] 이정암[2]이 황해도 연안에 파견되어 지키고 있을 때였다. 이제신[3]의 아들이 연안부사로 있다가 모친상을 당하여 돌아가고 관아가 비어 있었다.

어느 날, 이정암이 의자에 기대 잠깐 졸고 있었는데, 꿈에 이제신이 홀연 나타나 황급히 이르기를,

"왜적이 오네. 왜적이 와!"

하므로 놀라 깨어서 보니 과연 많은 왜적이 몰려오고 있었다.

이공은 즉시 군사들을 거느리고 방어에 나섰는데, 도중에 화살이 다해서 당황하고 있는 판에 문득 한 늙은 할미가 버들상

---

1) 초토사(招討使) : 조선시대 전란 중에 임시로 지방에 파견하는 특별 관원.

2) 이정암(李廷馣, 1541-1600) : 조선조 선조 때의 문신. 자는 중훈(仲薰), 호는 사류재(四留齋)·퇴우당(退憂堂)·월당(月塘), 본관은 경주(慶州), 이탕(李宕)의 아들, 이정형(李廷馨)의 형. 월천부원군(月川府院君)에 추봉(追封)됨. 시호는 충목(忠穆).

3) 이제신(李濟臣, 1536-1584) : 조선조 선조 때의 문신. 자는 몽응(夢應), 호는 청강(淸江), 본관은 전의(全義), 이문성(李文誠)의 아들. 시호는 평간(平簡).

자에 화살을 담아 가지고 와서 바치는 것이었다. 그 덕분에 성을 지킬 수 있었다.

늙은 할미는 누구인지 알 수 없었으나, 이제신은 죽은 지 10년이 지났는데도 혼백이 이처럼 있으니, 예전의 위대한 인물들은 신령이 어려서 죽는다고 곧바로 없어지는 것이 아닌 듯하다.

제82화 널로 만든 방패

임진왜란 때 제독 이여송[1]이 평안도 의주에 처음 도착하여 조선의 대신들에게 방패 3천 개를 급히 갖추어 대령하라고 하였다. 이때 목수들이 다 달아나고 목재 또한 모자라서 창졸간에 마련할 계책이 없었다.

온 조정이 어찌할 줄 모르고 우왕좌왕하는데, 선전관 전윤[2]이 자신이 그 일을 맡겠다고 자청하였다. 염할 때 쓰는 베 수십 필을 준비하여 10여 명의 군졸과 더불어 성 밖의 북망산[3]에 나가서 첩첩한 무덤을 다 파헤쳐 다시 장사 지내주고, 거기에 썼던 널을 가져다가 방패의 판을 만들어 이튿날 모두 바치니,

1) 이여송(李如松, ?-1598) : 중국 명나라 신종(神宗) 때의 장수. 자는 자무(子茂), 이성량(李成梁)의 아들. 임진왜란 때 구원병을 이끌고 조선에 들어와 왜장 고니시(小西行長)에게 점령된 평양을 탈환하였으나, 벽제관(碧蹄館)의 전투에서 왜장 고바야카와(小早川隆景)에게 패하였음. 시호는 충렬(忠烈).

2) 전윤(田潤, 1554-1637) : 조선조 인조 때의 무신. 자는 경윤(景潤), 호는 야곡(埜谷), 전응진(田應震)의 아들. 임진왜란 때 선조를 의주까지 호종하였으며, 광해군 때는 폐모론에 동조하기도 하였음.

3) 북망산(北邙山) : 본디 중국 하남성(河南省) 낙양(洛陽) 북쪽의 묘지로 쓰던 작은 산을 가리켰으나, 무덤을 가리키는 말로도 쓰임.

이여송이 깜짝 놀라 탄복하며 우리나라에 인재가 있다는 것을 알게 되었다.

제83화 신씨는 장 담는 데 맞지 않아

선조대왕 때의 정유재란[1]에 전라도 남원이 함락되니, 전주 이북이 와해되고 한양이 진동하였다. 선조대왕께서 조정의 대신들을 불러 몽진할 계책을 의논하시는데, 어떤 이가 말하기를,

"평안도의 영변이 지형이 매우 수비하기에 좋고 대국[2]이 또한 가까우니 가서 지킬 만하옵니다."

하였다. 신잡[3]이 일찍이 평안도 병마절도사를 지냈으므로, 지형상의 편리하고 불편함과 군량미의 저장 상태 등을 빠짐없이 아뢰고 끝에 말하기를,

"조정 신하의 숫자가 많사오니 장을 미리 준비하지 않을 수가 없사옵니다."

1) 정유재란(丁酉再亂) : 조선시대 임진왜란 휴전 교섭이 결렬된 뒤, 1597년(선조30)에 왜장(倭將) 가토 기요마사(加藤清正) 등이 14만의 대군을 이끌고 다시 쳐들어와 일으킨 전쟁.

2) 대국(大國) : 조선시대 중국의 명나라를 높여 이르던 말.

3) 신잡(申磼, 1541-1609) : 조선조 선조 대의 문신. 자는 백준(伯峻), 호는 독송(獨松), 본관은 평산(平山), 화국(華國)의 아들, 입(砬)의 형. 평천부원군(平川府院君)에 봉해짐. 시호는 충헌(忠獻).

하였다.

당시 한준겸[4]과 남이공[5]이 옥당[6]에서 숙직하다가 그 이야기를 듣고는 남이공이 말하기를,

"신공을 합장사[7]로 삼아 영변에 선발대로 파견함이 좋겠소."

하자, 한준겸이 말하였다.

"다른 사람은 합장사로 삼을 수 있으나 신공은 안 되오."

"무슨 까닭이오?"

"'신불합장[8]이기 때문이오."

이 이야기를 들은 사람들이 깔깔대고 웃었다.

---

4) 한준겸(韓浚謙, 1557-1627) : 자는 익지(益之), 호는 유천(柳川), 본관은 청주(淸州), 한효윤(韓孝胤)의 아들, 인조의 장인. 서평부원군(西平府院君)에 봉해짐. 시호는 문익(文翼).

5) 남이공(南以恭, 1565-1640) : 조선조 인조 때의 문신. 초명은 以敬(이경), 자는 자안(子安), 호는 설사(雪蓑), 본관은 의령(宜寧), 남호(南琥)의 아들.

6) 옥당(玉堂) : 조선시대 홍문관(弘文館)을 달리 이르던 말. 또는 홍문관의 부제학(副提學), 교리(校理), 부교리, 수찬(修撰), 부수찬 따위를 통틀어 이르던 말.

7) 합장사(合醬使) : '묵은 장에 메주를 넣어 장을 담그는 임무를 띤 사신'이라는 뜻임.

8) 신불합장(申不合醬) : '신씨(신잡)는 장 담그는 데 맞지 않다.'라는 뜻임. 우리 민속의 신불합장(辛不合醬)은 일진의 천간(天干)이 신(辛)으로 된 날, 곧 신일(辛日)에는 장을 담그면 시어진다 하여 장 담기를 꺼리는 일을 말함. 신(辛)과 신(申)의 음이 같기 때문에 한준겸이 농담으로 한 말임.

제84화 성주목사 제말

경상도 성주에 사는 선비 정석유[1]가 성주목사 홍응몽[2]의 아우인 홍응창[3]과 함께 관아 후원에 있는 매죽당에 머물면서 공부를 하였다. 매죽당 앞에는 지이헌이라는 건물이 있고, 지이헌 밖에는 대숲이 있었다.

어느 날 밤, 달빛이 환하게 밝은 가운데 정석유가 지이헌에서 혼자 거닐고 있는데, 홀연 오건[4]을 쓰고 비단 도포를 입은 사람이 대숲 속에서 소매를 떨치며 나와 이르기를,

"나는 이 고을의 목사였던 제말[5]이네. 나는 본시 경상도 고

---

1) 정석유(鄭錫儒, 1689-1756) : 조선조 영조 때의 문신. 자는 중진(仲珍), 호는 낙하(洛下)·행은(杏隱), 본관은 동래(東萊), 정홍일(鄭弘鎰)의 아들.

2) 홍응몽(洪應夢, 1746-?) : 조선조 영조 때의 문신. 자는 견주(見周), 본관은 남양(南陽), 홍은서(洪殷敍)의 아들.

3) 홍응창(洪應昌) : 조선조 정조 때의 문신. 생몰년 미상. 본관은 남양(南陽), 홍은서(洪殷敍)의 아들.

4) 오건(烏巾) : 문라건(文羅巾). 고려 때 남자들이 많이 쓰던 두건(頭巾)의 하나.

5) 제말(諸沫, 1567-1593) : 임진왜란 때의 의병장. 칠원제씨(漆原諸氏)의 시조. 자는 이원(而源), 호는 가계(柯溪), 고성(固城) 출신, 제조겸(諸祖謙)

성 출신으로 임진왜란 때에 의병을 일으켜 왜적을 무찌른 공로로 조정에서 이 고을 목사로 임명하였다네. 이때부터 경상도 웅천 해안의 여러 진영과 경상도 솥나루[정진(鼎津)] 근방의 왜적을 모조리 섬멸시켰으나, 내가 죽은 뒤에는 나의 이름이 민멸[6]되고 역사서에도 기록이 전하지 않으니, 어찌 한탄스러운 일이 아니겠는가? 당시에 정기룡[7]과 같은 사람들은 모두 나의 편비[8]였다네."

하고는 허리춤에서 보검을 뽑으며 말하였다.

"이 칼로 적장 두어 명의 목을 베었다네."

그는 듬성듬성 난 수염을 움찍거리며 시 한 수를 스스로 읊었다.

머나먼 산길은 구름과 함께 가고,
높디높은 하늘에는 달빛조차 외롭구나.
적막한 성주 객관에는
나의 혼령이 있는지 없는지.
山長雲共去 天迴月同孤 寂寞星山館 幽魂有也無

의 아들. 정조 때 병조판서에 추증. 시호는 충의(忠毅).

6) 민멸(泯滅) : 자취나 흔적이 아주 없어짐.

7) 정기룡(鄭起龍, 1562-1622) : 조선조 광해군 때의 무신. 곤양정씨(昆陽鄭氏)의 시조. 초명은 무수(茂壽), 자는 경운(景雲), 호는 매헌(梅軒), 정호(鄭浩)의 아들. 시호는 충의(忠毅).

8) 편비(編裨) : 편비(偏裨). 조선시대 각 군영에 둔 부장(副將).

이윽고 또 이르기를,

"나의 무덤이 경상도 칠원에 있으나 자손이 없어 무너지고 거칠어져도 손볼 사람이 없네."

하고 말이 끝나자 정중히 인사를 하고는 홀연 사라졌다.

날이 밝은 뒤, 정석유는 관아에 있는 사람들에게 이 사실을 말하였다. 평소 선생안[9]에 제말이 있다는 것은 알고 있었으나 그의 출신지가 기록되어 있지 않은 것을 의심하였었고, 또한 이러한 공적이 있었다는 것은 알지 못하고 있다가 하루아침에 알게 되니, 기이하다며 탄식하지 않는 이가 없었다.

경상감사 정익하[10]가 이 이야기를 듣고 정석유를 불러 자세히 물은 뒤에 조정에 장계를 올리려고 하다가 마침 교체되는 바람에 이루지 못하였다. 다만 칠원에 공문을 보내 무덤을 손보게 하고 지키고 보호할 사람을 두게 하였다.

당시 칠원현감은 어사적[11]이었는데, 이날 낮잠을 자다가 꿈에 한 벼슬아치가 나타나 이르기를,

"나의 무덤은 아무 산 아무 좌향의 언덕에 있으니 그대는 유

---

9) 선생안(先生案) : 각 관아에서 전임(前任) 관원의 성명, 직명, 생년월일, 본적 따위를 기록한 책.

10) 정익하(鄭益河, 1688-?) : 조선조 영조 때의 문신. 자는 자겸(子謙), 호는 회와(晦窩), 본관은 연일(延日), 정천(鄭洊)의 아들. 경상도 관찰사, 함경도 관찰사 등을 역임함. 시호는 충헌(忠獻). 원문의 이름 정익하(鄭益夏)는 정익하(鄭益河)의 잘못임.

11) 어사적(魚史迪) : 조선조 영조 때의 문신. 생몰년 및 자세한 행적 미상.

의하게나."

하는 것이었다. 어사적은 놀라 깨어나 기이하게 여기고 있었는데, 과연 저녁에 감영으로부터 공문이 이르렀다. 드디어 그 무덤을 찾아 크게 수축하고 산지기를 여러 사람 두었다.

제85화 어미는 알아도 아비를 몰라

임진왜란 초에 어떤 이가 《초씨역림》[1]으로 점을 쳐서 송괘[2]를 얻었는데 거기에 이르기를,

'문을 교묘하게 꾸미는 속된 폐습으로 장차 진정 질박한 사람들이 보복을 받을 것이다. 쓰러진 시체가 삼단처럼 쌓이고, 흘러내린 피에 절굿공이가 떠다닐 것이다. 사람들이 제 어미는 알아도 제 아비는 알지 못하리라. 그런 뒤에야 전쟁이 그치리라.' 하였는데, 과연 전란 뒤에는 남자들이 거의 다 죽어버려서 자식이 자라서는 아비의 얼굴을 모르는 경우가 많았다.

더러 부녀자들 가운데는 명나라 군사에게 몸을 빼앗겨 자식을 낳았으므로 아비의 성을 모르는 경우도 있었다.

---

1) 초씨역림(焦氏易林) : 중국 한(漢)나라 때 초연수가 저술한 16권의 책으로, 점치는 데 이용됨.

2) 송괘(訟卦) : 64괘 가운데 6번째 괘. 건괘(乾卦)와 감괘(坎卦)가 거듭된 것으로, 하늘과 물이 어긋나서 행함을 상징함.

제86화 명나라 군사 해귀와 지개

임진왜란 때 명나라 장수인 유정[1]은 촉병[2]을 거느리고 왔다. 그 가운데 해귀라고 하는 자가 네 명이 있었는데, 검은 얼굴에 붉은 머리칼로 그 모습이 귀신같았다. 또 지개라고 하는 자가 세 명 있었는데, 형체가 견줄 데가 없이 커서 키가 두 길이 넘었다.

이것으로 보면, 천지간에는 없는 물건이 없다.

---

1) 유정(劉綎, ?-1619) : 임진왜란 당시 명나라에서 파견된 장수. 강서(江西) 남창(南昌) 출신. 자는 성오(省吾), 유현(劉顯)의 아들.

2) 촉병(蜀兵) : 중국의 촉 지역인 사천(四川) 지방의 군사.

제87화 기이한 만남

명나라 제독 이여송이 조선에 출병하여 평양에 있을 때에 김씨 성의 역관과 더불어 용양의 총[1]이 있었다. 김 역관은 나이가 스무 살이었는데, 봉용[2]의 아름다움이 있었다. 밤낮으로 가까이 지내며 잠시도 떨어지지 아니하니, 비록 여자 전방[3]의 사랑이라도 이보다 더할 수가 없었다. 김 역관의 말이라면 무슨 말이든 들어주었고, 소원이라면 무엇이든 따라주었다.

그 뒤, 이여송이 군사를 거두어 귀국할 때에 김 역관을 데리고 가다가 유문[4]에 이르렀다. 이때 요동도통[5]이 군량을 보급하는 기한을 어긴 일이 있었으므로, 이 제독이 크게 노하여 장차 군법대로 처형하려 하였다. 요동도통에게는 세 명의 아들이

---

1) 용양의 총[용양지총(龍陽之寵)] : 사내들끼리의 동성애인 '비역'을 달리 이르는 말. 중국 전국시대에 위왕(魏王)의 총신(寵臣)을 용양군(龍陽君)이라 이른 데서 유래함.

2) 봉용(丰容) : 토실토실하게 아름다운 얼굴.

3) 전방(專房) : 첩이 사랑을 독차지함.

4) 유문(柳門) : 중국 요녕성(遼寧省) 요동(遼東)에 있던 지명.

5) 요동도통(遼東都統) : 명나라 때 요동 지역에 두었던 무관 벼슬.

있었다. 맏아들은 시랑[6]이었고, 둘째아들은 서길사[7]였으며, 막내아들은 신승으로 황제의 신사[8]가 되어 궁궐 안의 별원에 거처하였는데, 당나라 숙종[9]이 이업후[10]를 대접하는 것과 같았다.

세 아들이 모두 황망히 요동에 모여서 부친을 구할 계책을 상의하는데 신승이 이르기를,

"내가 들으니 조선의 김 역관이 이 제독에게 사랑을 받아서 그의 말이면 반드시 들어준다 하니 어찌 가서 만나보고 간절히 애걸하지 아니하겠소?"

하고 드디어 원문[11] 밖으로 함께 나아가 김 역관에게 만나자고 청하였다. 김 역관이 이 제독에게 아뢰기를,

"요동도통의 아들 3형제가 소인을 찾아보려고 하는데 어찌 할까요?"

하니, 이 제독이 말하였다.

"필시 그 아비를 위해 구명을 청하는 일일 게다. 그러나 저들은 대국의 높고 귀한 사람들이요, 너는 외국의 일개 역관이니,

---

6) 시랑(侍郎) : 명나라 때 6부(六部)의 차관(次官) 벼슬.

7) 서길사(庶吉士) : 명나라 때 한림원(翰林苑)에 두었던 벼슬.

8) 신사(神師) : 국사(國師). 황제의 스승.

9) 숙종(肅宗) : 당나라 제7대 황제. 이름은 이형(李亨, 711-762). 현종(玄宗)의 셋째 아들. 재위 756-762.

10) 이업후(李鄴侯) : 당나라의 명신인 이비(李泌)의 봉작명(封爵名).

11) 원문(轅門) : 영문(營門). 군문(軍門).

어찌 감히 가서 만나지 않겠느냐?"

이에 김 역관이 나가 보니, 세 사람이 다 같이 간청하는 것이었다.

"가친께서 불행히 변을 당하시어 살아나실 길이 전혀 없습니다. 바라건대, 저희들을 위해 이 제독에게 잘 말씀 드려 장차 죽을 목숨을 온전하게 해주신다면 천만다행이겠습니다."

김 역관이 말하기를,

"외국의 비천한 신분으로 어찌 감히 대국 장수의 군율을 어지럽힐 수가 있겠습니까? 하오나 귀인께서 간청하시는 바가 이처럼 간곡하시고 진지하신데 제가 어찌 감히 거절하겠습니까? 삼가 제독께 아뢰올 테니 제독의 처분을 기다려 주십시오."

하고는 즉시 들어가니 이 제독이 말하였다.

"저들이 하는 말이 과연 도통의 일이더냐?"

"그러하더이다."

하고 그들과 주고받은 말의 자초지종을 상세히 보고하니, 이 제독은 한동안 생각에 잠겨 있다가 말하였다.

"내가 전쟁터를 횡행하면서 일찍이 개인의 간청으로 공적인 일을 해치지 않았는데, 이제 너의 대단치 않은 신분으로 이처럼 귀한 사람들의 간청을 들었으니, 네가 나에게 긴절하다는 것을 그들이 알았던 것이로구나. 내가 너를 이곳에 데려와서 달리 생색을 낼 게 없으니, 사율[12]이 비록 엄하나 마땅히 너를 위해 한 번 활협[13]하리라."

김 역관이 나가서 세 사람을 만나보고 이 제독이 한 말을 다 전해주자, 세 사람이 다 같이 머리를 조아려 재배하고 말하기를,

“그대 덕분에 부친의 생명을 구하게 되었으니, 천지처럼 크고 하해와 같이 깊은 은혜를 장차 어찌 갚으리오? 우모치혁[14]과 금은옥백[15]을 명하시는 대로 대령하겠소.”

하였다. 김 역관이 말하였다.

“저희 집은 본디 청검[16]하니 보패완호[17]는 진실로 바라는 바가 아닙니다.”

세 사람이 말하였다.

“그대는 조선의 한낱 역관인데, 만일 우리 황상의 명으로 그대 나라의 재상이 되게 하면 어떻겠소?”

“저희 조선은 명분을 오로지 숭상합니다. 저는 중인 신분이라 만일 재상이 된다면 틀림없이 중인 정승이라고 손가락질할 것입니다. 도리어 하지 않는 것만 못하지요.”

“그러면 그대를 우리나라의 고관이 되게 하여 중원의 명문거족을 이루게 하면 어떻겠소?”

“저의 부모님이 생존하여 계셔서 이위[18]의 정이 급박하여 하

---

12) 사율(師律) : 군율(軍律). 군법(軍法).

13) 활협(闊狹) : 남을 도와 주는 데 인색(吝嗇)하지 않고 시원스러움.

14) 우모치혁(羽毛齒革) : 새의 깃, 상아(象牙), 모피(毛皮).

15) 금은옥백(金銀玉帛) : 금과 은, 옥과 비단 등의 예물(禮物).

16) 청검(淸儉) : 청렴(淸廉)하고 검소(儉素)함.

17) 보패완호(寶貝玩好) : 보배나 진귀한 노리갯감.

루가 3년 같으실 것입니다. 오직 바라는 것은 제독께서 회군하신 뒤에 고향으로 돌려보내주시면 그 이상의 은혜가 없을 것입니다."

"비록 그렇더라도 이 은혜는 갚지 않을 수가 없소이다. 그대가 소원을 말하기만 하면 아무리 귀하고 얻기 어려운 물건이라도 반드시 봉부[19]하겠소."

하고 간청해 마지않으므로, 김 역관은 솔이[20]하게 말을 꺼냈다.

"저는 아무 소원이 없고, 다만 천하의 일색을 한 번 보고 싶습니다."

세 사람은 그 말을 듣고 서로 돌아보며 한동안 말이 없다가 신승이 입을 열었다.

"그건 그다지 어려운 일이 아니오."

하고는 이내 흩어져 갔다. 김 역관이 이 제독에게 들어가 뵈니, 그가 물었다.

"저들이 반드시 은혜를 갚으려 할 텐데, 너는 무슨 소원을 말했느냐?"

"천하일색을 한 번 보고 싶다고 했습니다."

이 제독은 궐연[21]하여 김 역관의 손을 잡고 그의 등을 어루

---

18) 이위(離闈) : 부모님이 계신 곳을 떠나감.
19) 봉부(奉副) : 받들어 받아들임. 받들어 맞이함.
20) 솔이(率爾) : 생각할 겨를도 없이 급작스럽게.
21) 궐연(蹶然) : 벌떡 일어남.

만지며 말하였다.

“너는 조그만 나라 출신으로 어찌 그리도 말하는 것이 대단하단 말이냐? 저들이 모두 허락하더냐?”

“허락하더이다.”

“저들이 장차 어디에서 구해 올까? 이는 황제의 존귀함으로도 쉽지 않은 일일 텐데.”

김 역관이 이 제독을 따라 황성에 들어가니, 세 사람이 맞이하여 어느 한 집에 이르렀다. 새로 지은 누각이라 규모가 굉장하고 금빛과 푸른빛의 단청이 찬란하였다. 곧 차를 내오며 말하였다.

“돌아가지 말고 오늘 밤은 여기서 지내시오.”

잠시 후에 온 방에 향기가 진동하며 안쪽으로 난 문이 열리더니 곱게 화장한 미녀 수십 명이 어떤 이는 향로를 들고, 어떤 이는 붉은 상자를 받들고 쌍쌍이 줄을 지어 대청 앞으로 나와 섰다. 김 역관이 보기에는 모두가 경국지색[22]이었다. 그가 미녀들을 둘러본 뒤 일어나려 하자, 세 사람이 물었다.

“어찌하여 일어나시오?”

“소원하던 것을 이미 보았으니 더 머무를 필요가 없네요.”

세 사람이 웃으며 말하였다.

---

22) 경국지색(傾國之色) : 임금이 혹하여 나라가 기울어져도 모를 정도의 미인이라는 뜻으로, 뛰어나게 아름다운 미인을 이르는 말.

"이 아이들은 시녀인데 어찌 천하일색이 되겠소? 천하일색은 이제 곧 나올 것이오."
하더니 잠시 후에 안쪽으로 난 문이 활짝 열리며 한 줄기 난초와 사향의 냄새가 짙게 풍겨왔다. 시녀 10여 명이 한 여자를 옹위하여 나오더니, 짙게 화장한 지분[23]덩이를 의자에 앉히는 것이었다. 세 사람도 김 역관과 같이 의자에 앉으며 물었다.
"이 사람이 정말 그대가 보기를 원하던 미녀인데, 과연 어떠하오?"
김 역관이 보니, 온몸에 치장한 구슬과 비취 등 패물이 휘황찬란하게 빛나 눈이 아찔하고 정신이 혼미하여 보이는 것이 없고 실로 어떻게 생겼는지 알 수가 없었다.
세 사람이 말하였다.
"오늘밤 그대는 반드시 운우지정을 이루시오."
"저는 한 번 보기를 원했을 따름이지 다른 뜻은 실로 없습니다."
"그게 무슨 말씀이오? 우리들이 그대의 은혜에 감격하여, 그대가 천하일색을 보기 원하니 비록 마정방종[24]할지라도 어찌 듣지 않겠소? 둘째, 셋째 가는 미색이야 찾아오기 어렵지 않으나 천하일색은 천자의 세력으로도 얻기 어려운 것이오. 몇 해 전에 운남왕[25]이 남에게 원수진 일이 있었는데, 우리들이 그

---

23) 지분(脂粉) : 화장품인 연지(臙脂)와 백분(白粉)을 아울러 이르는 말.
24) 마정방종(摩頂放踵) : 정수리부터 발꿈치까지 모두 닳는다는 뜻으로, 온몸을 바쳐서 남을 위하여 희생함을 이르는 말.

를 위해 원수를 갚아주었더니 그 은혜를 갚고자 하여, 무엇이든 우리의 청이라면 따르지 않을 것이 없었소. 마침 운남왕의 딸이 천하일색이었소. 그대가 보기를 원하였기에, 지난[26]할 것이 없을 듯하여 그날 그대와 헤어진 뒤에 즉시 운남에 달려가 중매를 넣었더니 운남왕도 허락하였소. 그대가 황성에 들어오는 날에 맞춰 도착하도록 그 사이에 천리마 세 필을 죽이고 수만 냥의 은자를 썼지요. 운남은 황성에서 3만 리나 떨어져 있소. 다행히 오늘 만나게 되었는데, 만일 한 번 보고 바로 헤어진다면 저 여인은 국왕의 친딸로 어찌 아무 이유 없이 다른 나라의 남자를 볼 리가 있겠소? 사리로 따져도 이렇게는 못할 것이니 사양하지 말고 오늘같이 좋은 날 합근성례[27]하는 것이 또한 마땅하지 않겠소?"

김 역관은 어쩔 수 없이 그곳에 머물러 자게 되었다. 그녀와 더불어 초례[28]를 치르고 동방[29]에 드니 촛불이 휘황하고 사향의 향기가 날려 코에 스며 안채[30]가 몽롱하고 심신이 황홀하여 이른바 미인을 보아도 보이지 않았다. 놀랍고 두려워 봉접상

---

25) 운남왕(雲南王) : 중국 명나라 때 운남 지역을 다스리던 왕.

26) 지난(持難) : 일을 얼른 처리하지 아니하고 질질 끌며 미루기만 함.

27) 합근성례(合巹成禮) : 혼례(婚禮)를 치름. '합근'은 전통 혼례에서 신랑 신부가 잔을 주고받는 일을 말함.

28) 초례(醮禮) : 전통적으로 치르는 혼례(婚禮).

29) 동방(洞房) : 신방(新房). 신랑, 신부가 첫날밤을 치르도록 새로 차린 방.

30) 안채(眼彩) : 눈에 비치는 빛.

화[31]의 마음이 사라지고, 원앙농수[32]의 소리가 나지 않았다.

세 사람이 밖에서 엿보다가 이처럼 서먹서먹한 분위기를 알아채고 김 역관을 불러내어 말하였다.

"첫날밤 재미가 어찌 이리도 적막하오? 그대의 안목이 좁고 정신이 약한가 보오."

하고는 접시를 꺼내 그의 앞에 놓으며 말하였다.

"이건 촉산에서 나는 붉은 여뀌인데, 한번 들어 보시오."

김 역관이 그것을 먹고 신방에 들어가니 눈이 밝아지고 정신이 상쾌해져서 그녀의 모발과 안색을 뚜렷하게 볼 수 있었다. 화용월태[33]가 참으로 천상의 선녀였다. 드디어 동침하고 아침에 잠자리에서 일어나니, 세 사람이 이미 와서 기다리고 있다가 물었다.

"저 여인을 어찌하려 하오?"

"제가 외국인으로 갑자기 분에 넘치는 은혜를 입어 앞으로 닥칠 일을 헤아리지 못하였습니다."

"그대가 다행히 기이한 만남으로 천하일색을 얻었는데 한 번 만나고 영영 헤어지면 어찌 견디겠소? 다만 그대가 외국인으

---

31) 봉접상화(蜂蝶賞花) : 벌과 나비가 꽃을 만나 즐김. 남녀 간의 애정 행위를 비유한 말.

32) 원앙농수(鴛鴦弄水) : 원앙이 물을 희롱함. 부부 사이의 금슬이 좋은 것을 비유한 말.

33) 화용월태(花容月態) : 꽃 같은 얼굴과 달 같은 자태. 아름다운 여인의 얼굴과 맵시를 비유한 말.

로 데리고 가기도 어렵고 여기서 한평생을 함께 지내는 것도 자식 된 도리로 안 되는 일이오. 우리 세 사람이 기왕에 그대의 두터운 은혜를 입었는데 그대의 일에 어찌 범연[34]하겠소? 그대는 역관의 소임이 있으니 매년 정사의 사행에 반드시 수행하는 역관으로 들어와서 1년에 한 번이라도 만나 견우와 직녀가 칠석날 만나는 것과 같이 하는 것도 또한 아름답지 않겠소? 우리가 마땅히 여기 있으면서 주인 노릇을 하리다."

김 역관은 과연 그 말과 같이 하여 젊어서부터 늙도록 역관으로 매년 한 차례씩 만나 즐기고 돌아오곤 하였다. 마침내 아들 몇을 두었는데, 그 후손들이 연경[35]에 번성하여, 인조대왕[36] 책봉 때에 김 역관의 손자가 공무를 띠고 중국 사신을 따라 조선에 나왔었다.

34) 범연(泛然) : 차근차근한 맛이 없이 데면데면함.

35) 연경(燕京) : 중국 북경(北京)이 예전 연(燕)나라 지역이었으므로 달리 부르는 말.

36) 인조(仁祖) : 조선조 제16대 임금. 이름은 종(倧, 1595-1649). 재위 1623-1649. 자는 화백(和伯), 호는 송창(松窓), 선조의 손자로, 정원군(定遠君;元宗으로 추존)의 아들, 어머니는 구사맹(具思孟)의 딸 인원왕후(仁元王后), 비는 한준겸(韓浚謙)의 딸 인렬왕후(仁烈王后), 계비는 조창원(趙昌遠)의 딸 장렬왕후(莊烈王后).

제88화 우 임금* 성에 행실은 도척**

임진왜란 때 경상도 용궁현감 우 아무개[1)]가 군사들을 거느리고 병영으로 가다가 길가에서 밥을 먹고 있었다. 마침 경상도 하양의 대장[2)]이 방어사에게 소속된 군사 수백 명을 거느리고 경상도 구미의 상도로 향하다가 그 앞을 지나가게 되었다.

우 현감은 군사들이 말에서 내리지 않는 것을 보고 노하여 붙잡아다가 반란을 일으킨 군졸이라고 꾸짖었다. 하양의 대장은 병마절도사가 보낸 공문을 꺼내 보였다. 우 현감은 어찌할 수가 없자 자신이 거느리고 온 군사들로 하여금 하양군을 포위

---

* 우(禹) : 중국 고대 전설상의 임금. 곤(鯀)의 아들로서 치수에 공적이 있어서 순(舜)으로부터 왕위를 물려받아 하(夏)나라를 세웠다고 함.

** 도척(盜跖) : 중국 춘추 시대의 큰 도적으로, 현인 유하혜(柳下惠)의 아우. 수천 명의 도둑을 거느리고 천하를 횡행하였다고 함. 몹시 악한 사람을 비유적으로 이르는 말.

1) 우복룡(禹伏龍, 1547-1613) : 조선조 광해군 때의 문신. 자는 현길(見吉), 호는 구암(懼庵)·동계(東溪), 본관은 단양(丹陽), 우숭선(禹崇善)의 아들. 임진왜란 때 용궁현감(龍宮縣監)을 지냄.

2) 대장(代將) : 남의 책임을 대신하여 출전한 장수(將帥).

하여 하나도 남기지 않고 살육하게 하니 쌓인 시체가 들판에 가득하였다.

우 현감은 즉시 지방에서 반란을 일으킨 적도들을 잡아서 참수하였다고 감영에 거짓 보고를 하여 그 군공으로 경상도 안동 부사로 승진하게 되었다.

그 뒤로 하양의 고아와 과부들이 사또의 행차를 만날 때마다 말머리에서 원통함을 호소하였으나, 우 부사가 명성을 떨치던 때였으므로 마침내 신리[3]하는 사람이 없었다.

3) 신리(伸理) : 이론을 편다는 뜻으로, 소송 사건을 변론하고 심리함을 이르는 말.

제89화 반찬은 소금이 제일

선조대왕께서 아직 세자를 책봉하기 전의 일이다.

어느 날 대왕께서는 여러 왕자들을 시험하시기 위하여 물으셨다.

"반찬 중에서 어느 것이 가장 좋은고?"

광해군이 대답하기를,

"소금이옵니다."

하였다. 대왕께서 그 까닭을 물으시니 대답하기를,

"온갖 음식의 맛을 조화하는 데 소금이 아니면 안 되기 때문이옵니다."

하였다. 대왕께서 다시 왕자들에게 물으셨다.

"너희들이 부족하게 여기는 것은 무엇이뇨?"

광해군은,

"다만 어마마마가 일찍 승하한 것이 마음 아프옵니다."

하였다. 대왕께서는 그 대답을 기특하게 여기셨다. 광해군이 세자로 책봉된 것은 오로지 이 말에 힘입은 것이었다.

제90화 황룡의 출현

경상도 경주의 등명촌은 바닷가 마을이다. 대낮에 홀연 구름과 안개가 일어나며 비와 눈이 번갈아 내리더니 한 마리의 용이 인가에 떨어져서 마루 위로 올라 방안으로 들어갔다. 그 용은 누런 바탕에 검정 무늬가 있고, 머리에는 뿔이 쟁영[1]하였으며, 온몸이 언례[2]하므로, 주인이 놀랍고 두려운 나머지 요란스럽게 하여 쫓아내니 집 앞의 큰 나무 밑구멍으로 들어가 버렸다.

동네 사람들이 그 위에 마른 풀을 쌓아놓고 불을 지르니, 시커먼 연기가 빙빙 돌며 공중으로 올라가는데 비늘과 껍데기가 흩어져 떨어졌다. 큰 것은 쟁반만하고, 작은 것은 바둑돌만하였다.

경주부윤 박의장[3]은 글공부를 하지 않은 무인이라, 즉시 살

---

1) 쟁영(崢嶸) : 산이 높고 가파른 모양.

2) 언례(鰋鱧) : 메기와 가물치. 얼룩얼룩한 무늬가 있는 모양.

3) 박의장(朴毅長, 1555-1615) : 조선조 광해군 때의 무신. 자는 사강(士剛), 본관은 무안(務安), 박세렴(朴世廉)의 아들. 경주부윤(慶州府尹)을 거쳐 다

펴보지 아니하고 마침내 그 사실을 숨겨 버리고 말았다. 이때는 선조대왕 병신년(1596)이었다.

아아, 세상의 운수가 둔건[4]하니, 신물이 또한 그 화를 받는구나.

옛날 신라 문무왕[5]께서 승하하실 때 유언하시기를,

"유골을 동해에 장사 지내면 신이 되어 적을 막으리라."

하시더니, 그 뒤에 황룡이 장사 지낸 곳에 다시 나타난 까닭으로 이견대라고 이름을 붙였는데, 지금 여기에 나타난 용이 그 용이다. 무엇하러 여기에 이르렀는가? 소매로 얼굴 가리고 우는 것은 다만 기린을 슬퍼할 뿐만이 아니로다.[6]

섯 차례나 절도사를 역임하였고, 호조판서에 추증되었음. 시호는 무의(武毅).

4) 둔건(屯蹇) : 《주역(周易)》 둔괘(屯卦)와 건괘(蹇卦)의 병칭으로, 어렵고 힘든 상황을 만나 곤고(困苦)한 처지에 놓인 것을 가리킴.

5) 문무왕(文武王) : 신라 제 30대 왕. 재위 661-681. 이름은 김법민(金法敏, 626-681). 태종무열왕(太宗武烈王)과 문명왕후(文明王后)사이에 태어남. 668년 삼국통일을 이룸.

6) 《춘추공양전(春秋公羊傳)》애공(哀公)14년조에 공자(孔子)가 기린(麒麟)이 잡혔다는 소식을 듣고 "누구를 위해서 왔느냐, 누구를 위해서 왔느냐?" 하며 탄식하고는 소매로 얼굴을 가리고 울었다 함.

제91화 백룡의 출현

선조대왕 정유년(1597) 5월, 전라도 여산에 백룡 한 마리가 강에서 나와 한 시골집에 이르렀다. 그때는 대낮이었다. 갑자기 천둥이 치고 비가 쏟아지면서 용이 공중으로 올라가는데, 그 마을의 가옥과 사람, 가축, 살림살이 등을 한꺼번에 휩쓸어 가다가 수십 리 밖에 흩어 떨어뜨렸다.

제92화 길인이라야 길지를 만나

김언겸[1]은 중종대왕 때 사람이다. 경기도 고양에 대대로 살면서 유가의 학업을 익히며 곤궁한 것을 당연히 여겼다. 성품이 지극히 효성스러웠는데, 모친이 서울에서 병들어 돌아가시자 영구를 모시고 장사 지내러 고향으로 돌아가는 도중 새원에 이르러 상여의 바퀴가 부러지고 말았다. 김언겸은 어찌할 바를 모르고 길가에서 통곡을 하고 있었다.

근처 마을에 사는 사람들이 가엾이 여겨 다투어 와서 일을 거들어 길 위쪽의 높고 메마른 곳에 권조[2]하였다. 바로 선산에 이장하는 일이 불가능하였으므로, 김언겸은 손수 부토[3]하여 영역[4]을 만들었다.

이때 나라에서 왕릉을 수축할 일이 있어서 지사[5]가 지나가

1) 김언겸(金彦謙) : 조선조 중종 때의 문신. 생몰년 미상. 자는 무업(茂業), 본관은 김해(金海), 김인손(金仁孫)의 아들.

2) 권조(權厝) : 권폄(權窆). 사람이 전쟁이나 위급한 상황에서 죽거나 혹은 좋은 산소를 정하지 못한 상태에서 죽었을 경우 임시로 가매장하는 일.

3) 부토(負土) : 흙짐을 짐.

4) 영역(塋域) : 묘역(墓域). 묘소의 경계를 정한 구역.

5) 지사(地師) : 지관(地官). 풍수설에 따라 집터나 묏자리를 잡아주는 사람.

다가 돌아보며 말하기를,

"저 새 무덤을 누가 와서 차지했는지 참으로 명당이로다."
하는 것이었다. 김언겸은 그 말을 듣고 말 앞으로 좇아가 절을 한 뒤 그곳에 묘를 쓰게 된 사정을 빠짐없이 말하는데 눈물이 비 오듯 쏟아졌다. 이를 측은히 여긴 지사는 산세를 두루 살펴보고 말하였다.

"용호[6]가 너무 가까워서 명당[7]이 좁으니 비록 대지[8]는 아니로되, 산세가 멀리서 와서 격국[9]이 저절로 이루어졌으니 마땅히 금방귀객[10]이 2대에 걸쳐 계속 나올 자리요."

또 김언겸의 성명과 가계를 묻고는 탄식하며 이르기를,

"그런 즉 상주는 틀림없이 진정한 효자로다! 내가 결발[11]할 때부터 묏자리를 보러 다니며 이 길을 지나다닌 것이 몇 번인지 알 수 없을 정도인데, 열 걸음 안쪽에 이 같은 명당이 있는 것을 헤아리지 못하였소. 이는 실로 사람의 힘만으로 될 수 있는 일이 아니니 부디 다른 곳으로 이장하지 마시오."

---

6) 용호(龍虎) : 풍수설에서 말하는 청룡(青龍)과 백호(白虎). 주산(主山)에서 좌우로 갈려 나간 산줄기를 가리킴.

7) 명당(明堂) : 풍수설에서 후손에게 장차 좋은 일이 많이 생기게 된다는 묏자리나 집터.

8) 대지(大地) : 아주 좋은 묏자리.

9) 격국(格局) : 풍수설에서 말하는 집터나 묏자리의 구조와 격식.

10) 금방귀객(金榜貴客) : 과거에 급제하여 높은 벼슬을 할 사람.

11) 결발(結髮) : 예전에 관례(冠禮)를 할 때 상투를 틀거나 쪽을 찌던 일. 또는 그렇게 한 머리. 성년(成年)을 달리 이르던 말.

하였다. 김언겸은 그 말을 좇아 드디어 영폄[12]하였다. 그로부터 3년 뒤에 김언겸은 과거에 급제하여 큰 고을의 수령을 두루 지냈고, 그의 아들 김현성[13]이 또한 고과[14]를 차지하여 벼슬이 동돈녕[15]에 이르렀다.

12) 영폄(永窆) : 완폄(完窆). 완전하게 장사를 지냄.

13) 김현성(金玄成, 1542-1621) : 조선조 광해군 때의 문신. 자는 여경(餘慶), 호는 남창(南窓), 본관은 김해(金海), 언겸(彦謙)의 아들. 양주(楊州) 목사를 지냄.

14) 고과(高科) : 과거에서의 우수한 성적을 이르던 말.

15) 동돈녕(同敦寧) : 조선시대 돈령부(敦寧府)의 종2품 벼슬인 동지돈령부사(同知敦寧府事).

제93화 청렴할 뿐 정사는 뒷전

김현성의 호는 남창이다. 명종대왕 때 문과에 급제하여 여러 고을의 수령을 역임하였다. 성품이 소탈하여 정사에는 관여하지 않고 아무 욕심 없이 영재[1]에서 종일토록 음아[2]하였다. 그러자 말하기 좋아하는 사람들이 이르기를,

"남창은 백성들을 자식처럼 사랑하기는 하되 합경[3]에 원자[4]가 가득하고, 공금에 털끝만큼도 손대지 않았으나 관가의 창고가 판탕[5]되었네."

하였는데, 한때 이 말을 전하며 김현성을 비웃었다.

---

1) 영재(鈴齋) : 영각(鈴閣). 지방 수령이 근무하는 관아(官衙).

2) 음아(吟哦) : 음영(吟詠). 시가(詩歌)를 읊조림.

3) 합경(闔境) : 전체 경내(境內).

4) 원자(怨咨) : 원망(怨望)과 한탄(恨歎). 원성(怨聲).

5) 판탕(板蕩) : 탕진(蕩盡)됨. 나라의 형편이 정치를 잘못하여 어지러워짐을 이르는 말. 《시경(詩經)》〈대아(大雅)〉의 판(板)과 탕(蕩) 두 편(篇)이 모두 문란한 정사(政事)를 읊은 데서 유래함.

제94화 날아가 버린 날 비자

양사언[1]의 호는 봉래라고 한다. 명종대왕 때 문과에 급제하여 벼슬이 부사에 이르렀다. 큰 글자를 잘 썼다.

그가 일찍이 강원도 양양의 별장에 있을 때 날 비(飛)자 한 글자를 써서 아들에게 맡기며 이르기를,

"나의 정력이 이 글자에 다 들어 있으니, 너는 호석[2]해라."

하였다. 그의 아들은 그 글씨를 밀실에 잘 간수해 두었다.

어느 날 바람이 바다로부터 불어와 글씨 쓴 종이를 날려서 공중으로 올라가 버렸다. 그 뒤에 날짜를 따져보니 양사언이 세상을 떠난 날이었다.

양사언은 조선 4대 명필 가운데 한 사람으로, 금강산 만폭동의 누운 바위 위에 새긴 '봉래풍악 원화동천(蓬萊楓岳 元和洞天)'이라는 큰 글씨 여덟 자가 바로 그의 글씨다. 글씨체가 횡일유

---

1) 양사언(楊士彦, 1517-1584) : 조선조 선조 때의 문신이자 서예가. 자는 응빙(應聘), 호는 봉래(蓬萊)·완구(完邱)·창해(滄海)·해객(海客), 본관은 청주(淸州), 양희수(楊希洙)의 아들.

2) 호석(護惜) : 소중히 잘 간수함.

동[3]하여 보는 사람의 눈을 황홀하게 하였다. 세상 사람들이 이르기를,

"글자 획의 기운이 금강산의 기세와 더불어 험하고 가파르다."

라고 하였다.

3) 횡일유동(橫逸流動) : 제멋대로 놀며 흐르듯 움직임. 자유분방한 글씨체를 말함.

제95화 4대 명필

조선왕조의 명필로 안평대군[1], 자암[2], 봉래, 석봉[3]을 4대가라 이르는데, 그 중에서도 석봉을 으뜸으로 꼽는다. 석봉은 한호의 호다. 그의 꿈에 왕우군[4]이 자신의 글씨체를 전수해 주었는데, 이 때문에 신령의 도움이 있는 듯하다.

---

1) 안평대군(安平大君, 1418-1453) : 조선조의 왕족으로 이름은 이용(李瑢), 자는 청지(淸之), 호는 비해당(匪懈堂)·낭간거사(琅玕居士)·매죽헌(梅竹軒), 세종의 3남.

2) 조선조 중종 때의 문신인 김구(金絿, 1488-1534)의 호. 김구의 자는 대유(大柔), 본관은 광주(光州), 김계문(金季文)의 아들. 시호는 문의(文懿).

3) 한호(韓濩, 1543-1605) : 조선조 선조 때의 서예가. 자는 경홍(景洪), 호는 석봉(石峯), 본관은 삼화(三和), 한관(韓寬)의 손자. 개성(開城) 출신.

4) 중국 동진(東晋) 때의 서예가인 왕희지(王羲之, 307-365)를 가리킴. 왕희지의 자는 일소(逸少). 우군장군(右軍將軍) 벼슬을 하였으므로 세상 사람들이 왕우군이라고도 불렀음.

제96화 한 다리가 길다고 말해야지

명종대왕 때 영의정이었던 상진은 성품이 관대하여 평생 남의 과실을 입에 올리지 않았다. 집안에 드나드는 문객 가운데 한 쪽 다리가 짧은 절름발이가 있었다. 집안사람 가운데 어떤 이가 그의 한 쪽 다리가 짧다고 말하자, 상공이 말하였다.

"무슨 까닭으로 남의 짧은 데를 말하느냐? 마땅히 한 쪽 다리가 길다고 말해야지."

오상[1]이 젊은 시절에 다음과 같은 시를 지었다.

> 희황[2] 시절 좋은 풍속 비로 쓴 듯 사라지고,
> 다만 봄바람만 술잔 속에 남았구나.
> 羲皇樂俗今如掃 只在春風杯酒間

---

1) 오상(吳祥, 1512-1573) : 조선조 선조 때의 문신. 자는 상지(祥之), 호는 부훤당(負暄堂), 본관은 해주(海州), 예손(禮孫)의 아들.

2) 희황(羲皇) : 중국 고대의 전설적인 제왕인 복희씨(伏羲氏)를 가리킴. '희황 시절'은 태고(太古)시대를 뜻함.

상공은 이 시를 보고 탄식하기를,

“나는 일찍이 오생이 마침내 큰 그릇이 되리라 여겼는데, 어찌 시어가 이렇듯 야박한가?”

하고는 즉시 두어 글자를 고쳐 다음과 같이 지었다.

희황 시절 좋은 풍속 지금도 남아 있어,
술잔 속의 봄바람을 보고 알아차리겠네.
羲皇樂俗今猶在 看取春風杯酒間

제97화 종기 고치는 재상

선조대왕 때의 한 재상이 조정에 있는 동안 건의나 발언을 한 마디도 하지 않자, 어떤 처사[1])가 조롱하기를,

"아무개 재상의 침은 마땅히 종기 고치는 데 써야 할 게야."

하였다.

이는 대개 종기를 고치는 데는 말하지 않은 사람의 침을 썼기 때문이다.

---

1) 처사(處士) : 조선 중기에 벼슬을 하지 않고 초야에서 은둔한 선비들을 일컫던 말.

제98화 코만 만지는 재상

강사상[1]은 성품이 너그럽고 조심성이 많아서 조정에서 벼슬한 지 30년에 한 마디 말도 입 밖에 낸 일이 없었다. 술 마시는 것을 좋아하였으나 취하면 더욱 말이 없고, 매번 남을 대할 때면 다만 손으로 코를 만지작거릴 뿐이었다.

당시 송강 정철[2]은 남들과 논의하기를 좋아하였다. 강공이 재상이 되었을 때 송강의 친척 조카인 정인원[3]이 술을 가지고 찾아와 마시다가 말하기를,

"사람이 사는 것이 얼마나 된다고, 어찌 그리도 스스로 고생을 사서 하십니까? 이제부터는 아저씨도 삼가 말씀을 많이 하

---

1) 강사상(姜士尙, 1519-1581) : 조선조 선조 때의 문신. 자는 상지(尙之), 호는 월포(月浦), 본관은 진주(晉州), 강온(姜溫)의 아들. 우의정을 역임하였고, 영의정에 추증됨.

2) 정철(鄭澈, 1536-1593) : 조선조 선조 때의 문신. 자는 계함(季涵), 호는 송강(松江), 본관은 연일(延日), 정유침(鄭惟沈)의 아들. 인성부원군(寅城府院君)에 봉해짐. 시호는 문청(文淸).

3) 정인원(鄭仁源) : 조선조 선조 때의 문신. 본관은 연일(延日), 정숙(鄭潚)의 아들. 정철(鄭澈)의 삼종질(三從姪).

지 마시고 그저 코 만지는 걸 일삼아 재상이 되셔서 저처럼 가난한 친족을 살게 해주십시오."
하였다.

제99화 의자를 비워놓은 도원수

임진왜란 때 도원수[1] 김공[2]이 한강 제천정[3]을 지키고 있었다. 왜적의 선발대가 강가에 이르자, 지키던 군졸들이 그것을 바라보고 하나둘 흩어져 달아났다. 도원수를 모시고 있던 아전이 김공의 의자 아래 엎드려 아뢰기를,

"적군이 들이닥치는데 군사들이 흩어져 달아나니 어찌하오리까?"

하고 두세 번 말하였으나 대답하는 소리가 들리지 않았다. 아전이 고개를 쳐들고 보니, 도원수는 이미 간 곳이 없고 다만 빈 의자뿐이었다. 피식 웃으며 아전도 달아나고 말았다.

---

1) 도원수(都元帥) : 고려·조선시대 전시(戰時)에 군대를 통솔하던 임시 관직.

2) 김공(金公) : 조선조 선조 때의 문신인 김명원(金命元, 1534-1602)을 가리킴. 김명원의 자는 응순(應順), 호는 주은(酒隱), 본관은 경주(慶州), 김만균(金萬鈞)의 아들. 시호는 충익(忠翼).

3) 제천정(濟川亭) : 서울시 용산구 한남동 한강변 언덕에 있던 정자.

제100화 종묘의 신령에게 쫓겨난 왜장

임진왜란 때 왜장 평수가[1]가 종묘[2]에 진을 쳤는데, 밤중에 신령이 나타나자 수비하고 있던 다수의 왜졸들이 놀라 폭사[3]하였다. 이로 인해 왜장 평수가는 겁이 나서 소공주댁[4]으로 진을 옮기고, 드디어 종묘에 불을 질러 버렸다.

---

1) 평수가(平秀家) : 임진왜란 때의 왜장(倭將). 일본 이름은 다이라노 히데이에.

2) 종묘(宗廟) : 서울시 종로구 훈정동에 있는 조선시대 역대 왕과 왕비, 그리고 추존왕과 왕비의 신주(神主)를 봉안한 사당.

3) 폭사(暴死) : 폭졸(暴卒). 갑자기 참혹하게 죽음.

4) 소공주댁(小公主宅) : 서울시 중구 소공동(小公洞) 에 있었던 조선시대의 궁궐. 일명 남별궁(南別宮). 조선조 태종의 둘째 딸 경정공주(慶貞公主)가 출가해 거주하던 저택이므로 소공주댁이라고 불렀음.

제101화 개구리 먹는 중국 사신

임진왜란 때 명나라에서 사신으로 온 이종성[1]이 전라도 남원에 오랫동안 머물면서 객사에 주방을 설치하였다. 그가 개구리 요리를 잘 먹으므로, 남원부에서 민결[2]로 개구리를 잡아들이게 하였다. 그러나 서리가 내린 뒤인지라 개구리를 구할 수가 없었다.

1) 이종성(李宗誠) : 중국 명나라의 장수. 1596년(선조29)에 양방형(楊邦亨)과 함께 왜추(倭酋) 평수길(平秀吉)을 봉(封)하는 일로 조서(詔書)를 가지고 조선에 사신으로 왔음.

2) 민결(民結) : 민복(民卜). 조선시대 일반 백성이 조상 대대로 소유한 전지(田地)의 결수(結數)에 따라 물리던 세금.

제102화 굶주린 백성 머리로 얻은 급제

임진왜란 때에 조정에서는 '왜적을 참하여 그 수급을 바치는 자는 과거에 급제시키는 것으로 상을 내리겠다.'라는 명을 내렸다.

경상도 의흥현[1]에 사는 한 사람이 굶주린 백성의 머리를 참하여 머리칼을 깎아 가지고 관가에 바쳤다. 의흥현령 정희현[2]도 자신의 공을 세우고자 하여 경상감영에 그대로 허위보고를 하고는 잔치를 베풀고 서로 경하하였다.

그러자 어떤 조신[3]이 다음과 같은 시를 지어 조소하였다.

굶주린 백성의 머리 위에 계화[4]가 떠 있고,

---

1) 의흥현(義興縣) : 경상북도 군위(軍威) 지역의 옛 지명.

2) 정희현(鄭希賢) : 조선조 선조 때의 무신. 생몰연도 및 자세한 행적 미상. 임진왜란 때 조방장(助防將), 현령(縣令) 등을 역임하였음.

3) 조신(朝紳) : 조정의 신하가 두르는 넓은 허리띠라는 뜻으로, 벼슬이 높은 관리를 이르는 말.

4) 계화(桂花) : 계수나무 꽃. 여기서는 과거에 급제하였을 때 임금이 하사하는 어사화(御賜花)를 뜻함.

홍패[5] 가운데는 원통한 피가 흐르는구나.

태수의 축하 잔치에는 응당 술이 있을 텐데,

어찌 남은 술 나누어 우는 귀신 달래지 않는가?

飢民頭上桂花浮 紅紙牌中冤血流

太守慶筵知有酒 盍分殘瀝慰啾啾[6]

---

5) 홍패(紅牌) : 문과(文科)의 회시(會試)에 급제한 사람에게 주던 증서로, 붉은색 종이에 성적, 등급, 성명을 먹으로 적었음.

6) 추추(啾啾) : 슬피 우는 귀신의 곡성(哭聲).

제103화 오얏 비

선조대왕 임신년(1572) 정월, 경상도 초계 땅에 하루는 검은 구름이 하늘을 가득 덮고 거센 바람이 세차게 불더니 싸락눈과 같은 것이 산과 들에 뿌려져 온통 하얗게 되었다. 닭들이 다투어 쪼아 먹고, 어린아이들도 주워서 먹었는데, 모양은 콩과 같았고 겉은 흰 빛에 속은 붉었다. 그 향취가 맑아 사흘에 되도록 흩어지지 않았다.

대왕께서 여러 신하들에게 명하시어 예전의 역사를 널리 조사하여 보니, 송나라 원풍[1]3년(1080)에 요주[2]의 장산에 오얏[3]이 비 오듯 내리더니 그 해에는 큰 풍년이 들었다고 하였다.

---

1) 원풍(元豊) : 중국 송나라 신종(神宗)의 연호. 1078-1085년.

2) 요주(饒州) : 오늘날의 중국 강서성(江西省) 파양현(鄱陽縣) 지역.

3) 원문의 목자(木子)는 오얏 리(李)자의 파자(破字)임.

제104화 돌가루 쌀

선조대왕 무자년(1588) 가을에 숭인문[1] 밖에 있던 북암이 무너져 부서졌다. 부서진 가루를 가져다가 끓여 먹으니 진짜 쌀과 다름이 없었다. 숙정문[2] 밖에 있는 바위틈에서 진액이 흘러나왔는데, 처음 나올 때에는 술 같더니 약간 응고된 뒤에는 떡과 같았으므로 사람들이 다투어 가져다가 먹었다.

---

1) 숭인문(崇仁門) : 서울 성곽의 속칭 동대문인 흥인문(興仁門)을 가리킴.
2) 숙정문(肅靖門) : 서울 성곽의 북문.

제105화 제 말을 제가 하다

선조대왕 때 아계 이산해[1]와 송강 정철이 동인[2]과 서인[3]으로 나누어 갈라섰다. 어느 날 여러 대신들이 모여 연회를 하는데, 아계는 일이 생겨 참석하지 못하고 시를 지어 보내면서 끝에 자신의 호를 아옹이라고 썼다. 그것을 본 송강은,

"이 대감이 오늘에야 제 소리를 제가 냈구먼!"

하였다. 이는 '아옹'이라는 말이 고양이가 우는 소리이므로, 아계를 고양이에 빗댄 것이었다.

---

1) 이산해(李山海, 1538-1609) : 조선조 선조 때의 문신. 자는 여수(汝受), 호는 아계(鵝溪), 본관은 한산(韓山), 이지번(李之蕃)의 아들. 동인(東人)·북인(北人)·육북(肉北)의 영수(領袖). 시호는 문충(文忠).

2) 동인(東人) : 조선시대 붕당 가운데 김효원(金孝元)과 유성룡(柳成龍) 등을 중심으로 하여 서인과 대립한 당파. 또는 그 당파에 속한 사람. 주로 영남 사림파가 주류를 이루었고, 선조 24년(1591)에 다시 남인과 북인으로 나뉘었음.

3) 서인(西人) : 조선시대 붕당 가운데 심의겸을 중심으로 하여 동인과 대립한 당파. 또는 그에 속한 사람. 뒤에 청서·훈서, 소서·노서, 노론·소론, 시파·벽파 따위로 시기에 따라 여러 갈래로 갈라졌음.

제106화 조선의 공무는 사흘을 못 가

선조대왕 때 한 대신이 체찰사로 있으면서 각 지방 고을에 공문을 보낼 일이 있었다. 문서가 다 작성되어 역리[1]에게 보내도록 하였다. 그로부터 사흘이 지난 뒤에 그 문서를 추개[2]하려고 다시 거두어 오라고 하니, 역리가 그때까지 가지고 있던 문서를 바로 가져오므로 체찰사가 꾸짖기를,

"네가 어찌 공문을 받은 지 사흘이 되도록 아직도 보내지 않고 있었느냐?"

하자 역리가 대답하였다.

"속담에 이르기를, '조선의 공사[3]는 사흘'이라 하므로, 소인은 사흘 뒤에 다시 고칠 것이라 여겨 오늘까지 미루어 두었습니다."

체찰사는 역리를 벌하려고 하다가 거듭 생각한 끝에,

---

1) 역리(驛吏) : 조선시대 각 역참(驛站)에 두었던 구실아치.

2) 추개(追改) : 추가하여 수정함.

3) 공사(公事) : 공무(公務). 공적(公的)인 일.

'그 말이 세상에 경종이 되겠다.'

하고 드디어 그대로 받아들였다.

제107화 사람 죽이는 백발 뽑기

연릉부원군 이호민[1]이 일찍이 족집게로 백발을 뽑고 있었다. 한음 이덕형[2]이 그것을 보고 물었다.

"대감께서는 지위가 숭품[3]에 이르셨는데 다시 무엇을 바라셔서 백발을 뽑으십니까?"

"다른 뜻이 있어서가 아닐세. 중국 한나라의 법이 지극히 관대하였지만 살인한 자는 죽이지 않았는가? 백발이란 놈은 사람 죽이기를 좋아하므로 뽑아 없애지 않을 수가 없네."

그 말을 듣고 한음은 껄껄 웃었다.

---

1) 이호민(李好閔, 1553-1634) : 조선조 인조 때의 문신. 자는 효언(孝彦), 호는 오봉(五峰), 본관은 연안(延安), 이숙기(李淑琦)의 증손, 이국주(李國柱)의 아들. 연릉부원군(延陵府院君)에 봉해짐. 시호는 문희(文僖).

2) 이덕형(李德馨, 1561-1613) : 조선조 선조 때의 문신. 자는 명보(明甫), 호는 한음(漢陰), 본관은 광주(廣州), 이민성(李民聖)의 아들. 시호는 문익(文翼).

3) 숭품(崇品) : 조선시대 직위의 18품계 가운데 둘째인 종1품을 달리 이르던 말.

제108화 아차 고개

명종대왕 때 홍계관[1]은 신통하게 점을 잘 치기로 유명하였던 사람이다. 일찍이 자신의 운명을 점쳐 보니, 아무 해 아무 달 아무 날에 비명횡사[2]할 운수였다. 죽을 상황에서도 살아날 수 있는 방도를 점쳐 보니, 임금이 앉는 용상 아래 숨어 있으면 죽음을 면할 수 있다는 것이었다. 그래서 명종대왕께 그러한 사정을 아뢰고, 그 날이 되자 용상 아래 엎드려 숨어 있었다.

그때 마침 쥐 한 마리가 마루 앞으로 지나가므로, 명종대왕께서 말씀하셨다.

"지금 쥐가 이곳으로 지나갔는데 몇 마리인지 네가 점쳐 보거라."

홍계관이 대답하기를,

"세 마리이옵니다."

1) 홍계관(洪繼寬) : 조선조에 전설로 전하던 맹인 점쟁이. 본디 경기도 양주(楊州)의 향족(鄕族)인데 유복 독자(遺腹獨子)로 태어났다고 함. 활동 시기가 세조, 연산군, 명종 때로 다양하게 나타나고 있음.

2) 비명횡사(非命橫死) : 뜻밖의 사고를 당하여 제명대로 살지 못하고 죽음.

하였다. 대왕께서는 그의 점괘가 허무맹랑한 데 노하시어 즉시 형관에게 압송하여 가서 참형에 처하라고 명하셨다. 당시 죄인들을 참하는 형장이 당고개 남쪽의 샛강 가인 새남터[3]에 있었다.

홍계관은 형장에 이르러 다시 점을 쳐 한 괘를 얻고는 형관에게 간절히 아뢰기를,

"지금 한 식경[4]만 미루어주시면 살 수 있는 도리가 있으니, 잠시만 기다려 주소서."

하고 청하니, 형관이 허락하였다.

대왕께서는 홍계관을 압송하라고 명하신 뒤 그 쥐를 잡아 배를 갈라 보게 하시니, 뱃속에 두 마리의 새끼가 들어 있었다. 깜짝 놀라 기이하게 여기시며 중사[5]를 보내시어 급히 가서 처형을 중지시키라고 명하셨다.

중사가 급히 말을 몰아 당고개 위에 이르러 멀리 바라보니 바야흐로 형을 집행하려 하고 있었다. 큰소리를 쳐서 멈추라고 하였으나, 그 소리가 형장까지 미치지 못하였다. 이에 손을 휘저어 지시하자, 멀리서 바라보던 형관은 도리어 처형을 재촉하는 명으로 오인하여 즉시 목을 베고 말았다.

---

3) 새남터 : 오늘날의 서울시 용산구 이촌동 앞 한강변의 모래사장으로, 일명 '노들' 또는 한문자로 음역하여 '사남기(沙南基)'라고도 하였음.

4) 식경(食頃) : 밥 한 그릇을 먹을 정도의 시간.

5) 중사(中使) : 왕의 명령을 전하던 내시(內侍).

중사가 환궁하여 그 경과를 아뢰자 대왕께서는,

"아차!"

하고 애석해 하시기를 마지 않으셨다.

마침내 형장을 당고개로 옮기라고 명하셨다. 당시 사람들은 당고개를 아차 고개라고 고쳐 불렀다.

제109화 도목 연극

명종대왕께서 일찍이 불예[1]하시므로 조정의 여러 신하들이 근심하였다. 대왕의 마음과 정신을 즐겁게 위로해드리려고 광대들로 하여금 여러 가지 놀이를 공연하게 하였으나 한 번도 웃지 않으셨다. 이에 광대들이 도목정사[2]를 연극으로 꾸며 공연하기를 청하니, 대왕께서 허락하셨다.

한 광대는 이조판서가 되고, 다른 한 광대는 병조판서가 되어 자리를 벌이고 의망[3]하는데, 이조판서가 병조판서를 돌아보며 말하였다.

"대감, 아무개는 무변으로 명망 있는 가문 출신이요, 우리 집의 긴객[4]이라오. 이번에 수령으로 추천을 할까 했더니 본인

---

1) 불예(不豫) : 임금이나 왕비가 편치 않거나 죽음.

2) 도목정사(都目政事) : 도목(都目). 도목정(都目政). 고려와 조선시대 매년 두 번 혹은 네 번 이조와 병조에서 행하던 인사행정.

3) 의망(擬望) : 비의(備擬). 의차(擬差). 의천(擬薦). 주의(注擬). 조선시대 관원 후보자를 천거하던 일. 관원을 임명할 때 세 사람의 후보자를 추천[삼망(三望)]하던 일. 임금은 추천자 명단을 참조하여 결정하였음.[유사어]

4) 긴객(緊客) : 매우 친밀한 손님.

의 소원이 변지이력[5]을 바란다고 해서 받아들일까 하오."

그러자 병조판서가 말하였다.

"아, 그렇소이까? 그 사람의 이름은 이미 들었으나 대감 댁 식구인 줄은 전연 몰랐소이다. 그렇다면 변지이력이 오히려 늦은 셈이지요."

하고는 즉시 그 사람을 첨사로 추천하였다.

이윽고 병조판서가 이조판서에게 말하였다.

"대감, 제게는 사위 하나가 있는데 몸이 약해서 무변으로는 적당치 않고, 사한[6]도 졸렬하여 문관으로도 부적합하니 걱정이 많소이다."

이조판서는,

"그러면 음직[7]이 낫겠소이다."

하며 재랑[8] 후보자로 이름을 올렸다.

이처럼 서로 손바꿈하여 해먹는 것을 하나하나 흉내 내자, 대왕께서 크게 웃으셨다.

---

5) 변지이력(邊地履歷) : 조선시대 해변 또는 국경 따위 변두리 수비의 관원을 지낸 이력. 무관이 병사(兵使), 수사(水使) 따위로 임명되기 위하여 반드시 거쳐야 하였음.

6) 사한(詞翰) : 문한(文翰). 문필(文筆). 글을 짓는 솜씨.

7) 음직(蔭職) : 음관(蔭官). 남행(南行). 과거를 거치지 아니하고 조상의 공덕에 의하여 맡은 벼슬.

8) 재랑(齋郎) : 조선시대 묘(廟)·사(社)·전(殿)·궁(宮)·능(陵)·원(園) 따위에 두었던 종9품 참봉 벼슬을 달리 이르던 말.

제110화 연광정의 계월향

계월향[1]은 평양부의 명기였다.

임진왜란 때 왜적 장수인 평행장[2]의 부장 한 사람이 연광정[3]에 웅거하고 있었다. 그는 용력이 절륜하여 전투가 있을 때마다 앞장서서 적진을 돌파하였으므로, 평행장이 굳게 신임하고 있었다. 계월향은 그 자에게 붙잡혀 매우 사랑을 받고 있었다.

당시 병마절도사 이빈[4], 조방장 김응서[5], 별장 김억추[6] 등

---

1) 계월향(桂月香, ?-1592) : 조선조 선조 때의 평양 명기. 당시 평안도 병마절도사 김응서(金應瑞)의 애첩으로, 임진왜란 때 왜장 고니시 유키나가(小西行長)의 부장(副將)에게 몸을 더럽히게 되자 적장을 속여 김응서로 하여금 적장의 머리를 베게 한 뒤 자신은 자결하였음.

2) 평행장(平行長) : 임진왜란 때의 왜장 고니시 유카나가(小西行長, 1555-1600)의 다른 이름.

3) 연광정(練光亭) : 평양의 대동강(大同江) 가에 있는 누각(樓閣).

4) 이빈(李贇, 1537-1603) : 조선조 선조 때의 문신. 자는 문원(聞遠), 본관은 전주(全州), 이춘억(李春億)의 아들. 임진왜란 때 평안도 병마절도사를 역임하였음.

5) 김응서(金應瑞, 1564-1624) : 조선조 광해군 때의 무신. 이름을 경서(景瑞)로 고침. 자는 성보(聖甫), 본관은 김해(金海). 평안도 용강(龍岡) 출신. 시호는 양의(襄毅).

이 만여 명의 군사를 거느리고 평양의 왜적을 공격하러 왔다가 패배하고 퇴각하게 되었다.

계월향은 왜장에게 평양성 서쪽에 잠시 가서 친척을 만나보고 오겠다고 청하여 허락을 받았다. 계월향은 성에 올라,

"오라버니, 오라버니! 어디 계시오?"

하고 애달프게 연달아 부르짖기를 마지않았다.

김응서는 계월향과 남모르는 정이 있었으므로 즉시 대답을 하며 달려갔다. 계월향은 김응서를 데리고 연광정에 함께 들어가서 친오라비라며 왜장에게 인사를 시킨 뒤, 왜장이 밤중에 깊이 잠든 틈을 엿보아 김응서를 침소로 끌어들였다.

왜장은 의자에 앉은 채 잠들었는데, 얼굴빛이 온통 벌건데다 두 눈을 부릅뜨고 쌍검을 쥔 채 금시라도 사람을 찍을 듯한 기세였다. 김응서가 머뭇거리자, 계월향은 눈짓으로 재촉하였다. 이에 김응서가 칼을 뽑아 왜장의 목을 쳤다. 왜장의 목이 땅에 떨어졌는데도 오히려 칼을 던져서 하나는 벽에, 또 하나는 기둥에 반쯤이나 꽂혔다.

김응서가 왜장의 목을 가지고 성문을 나오자, 계월향이 말하였다.

"저의 몸은 이미 더럽혀졌으니 산다 할지라도 부끄러움을 면

---

6) 김억추(金億秋) : 조선조 광해군 때의 무신. 생몰년 미상. 자는 방로(邦老), 본관은 청주(淸州), 김충정(金忠貞)의 아들. 전라도 강진 출신. 전라도 수군 절도사, 제주목사 등을 역임하였음.

치 못할 것이요, 왜장을 이미 죽였으니 죽어도 여한이 없습니다. 다만 장군의 손에 죽기를 바랍니다."

김응서는 두 사람이 모두 온전할 수는 없다고 생각하여 즉시 계월향의 목을 벤 뒤에 성을 넘어 본진으로 돌아갔다.

이튿날 이 사실을 알게 된 왜적의 무리들은 깜짝 놀라 전의를 잃게 되었다.

제111화 촉석루의 논개

임진왜란 때 진주 판관 김시민[1]이 수천 명에 지나지 않는 패잔병으로 능히 십여 만 명이나 되는 대적을 격퇴하여 마침내 성을 보전하였다.

정유재란 때 이르러 목사 서예원[2]과 창의사[3] 김천일[4] 등이 거느린 군사가 6만 명에 이르렀으니, 전에 비하면 열 배나 되었다. 사람들이 모두 진주성을 지키는 데 염려가 없다고들 하였으나 진주 기생인 논개[5]만은 우려를 놓지 않았다. 김천일이

---

1) 김시민(金時敏, 1554-1592) : 조선조 선조 때의 무신. 자는 면오(勉吾), 본관은 안동(安東), 충청도 목천(木川) 출신, 김충갑(金忠甲)의 아들. 임진왜란 때 진주성 전투에서 순절하였음. 시호는 충무(忠武).

2) 서예원(徐禮元, ?-1593) : 조선조 선조 때의 무신. 자는 숙부(肅夫), 호는 우암(午巖), 본관은 이천(利川), 서인원(徐仁元)의 아우. 임진왜란 때 김해 부사를 역임하고 진주목사로 순절함. 원문의 '서원례'는 '서예원'의 잘못임.

3) 창의사(倡義使) : 나라에 큰 난리가 일어났을 때에 의병을 일으킨 사람에게 주던 임시 벼슬.

4) 김천일(金千鎰, 1537-1593) : 조선조 선조 때의 의병장. 자는 사중(士重), 호는 건재(健齋), 본관은 언양(彦陽), 전라도 나주 출신, 김언침(金彦琛)의 아들. 임진왜란 중에 진주성이 함락되자 남강에 투신하여 자결함. 시호는 문열(文烈).

그 말을 듣고 그 까닭을 물으니 논개가 아뢰기를,

"저번에는 비록 군사가 적었으나 장졸이 서로 아꼈고 명령이 일사불란하게 내렸으므로 이겼습니다. 지금은 군의 조직이 통일되어 있지 않아, 장수가 군졸들을 알지 못하고 군졸들은 장수가 익숙하지 않습니다. 이 때문에 우려가 됩니다."

하였다.

김천일이 요망한 말이라 하며 논개를 참수하려고 하니 여러 사람들이 말려서 그만두었다.

진주성이 함락되자, 장졸과 백성들이 모두 도륙을 당하였다. 논개는 응장성복[6]으로 촉석루 아래 가파른 바위 위에 서 있었는데, 왜장이 그녀를 보고는 손목을 잡아끌었다. 논개는 왜장의 허리를 끌어안고 깊은 물속에 몸을 던져 함께 죽었다.

왜란이 평정된 뒤에 진주 고을 사람들은 논개를 의롭게 여겨 촉석루 앞에 사당을 세워주었고, 오늘날까지 매년 봄가을로 뭇 기생들이 모여 향전[7]으로 제사를 지냈다.

---

5) 논개(論介, ?-1593) : 조선조 선조 때의 의기. 임진왜란 때 진주의 관기로 왜장을 안고 남강에 투신하였다고 함. 일설에는 전라도 장수 출신이며, 양반 가문 출신이고, 성은 주씨(朱氏)이며, 최경회(崔慶會) 혹은 황진(黃進)의 애인이라고 함.

6) 응장성복(凝粧盛服) : 응장성식(凝粧盛飾). 얼굴을 단장(丹粧)하고 옷을 화려하게 차려 입음.

7) 향전(香奠) : 부의(賻儀). 상가(喪家)에 부조로 보내는 돈이나 물품.

제112화 영남루의 윤 낭자

영남루[1] 아래 대숲에는 낭자의 사당이 있다. 오늘날에도 고적을 찾아 영남루에 오르는 사람들은 누구나 그 사당에 참배하여 곧은 혼백을 조상하곤 한다.

명종대왕 때 밀양부사 윤 아무개가 딸 하나를 두었는데, 방년 16세에 재주와 자색이 절등하였다. 부모가 매우 사랑하여 유모와 더불어 관아 뒤의 별당에 함께 지내게 하였다.

어느 날 밤 유모가 돌연 큰 소리로 부르짖기를,

"범이 아가씨를 물어 갔소!"

하는 것이었다. 깜짝 놀란 윤 사또가 관아의 군졸들을 모조리 풀어 급히 추적하였으나 끝내 자취를 찾을 수가 없었다.

윤 사또 내외는 이로 인하여 몹시 비탄하다가 병이 들어 벼슬을 그만두고 서울로 돌아가고 말았다.

그 뒤로 새로 임명된 밀양부사가 도임하면 그 날로 죽곤 하

---

1) 영남루(嶺南樓) : 경상남도 밀양시(密陽市) 내일동(內一洞) 밀양강가에 있는 조선시대의 누각.

여, 서너 명의 등내[2]가 교체되도록 매번 그와 같았다. 사람들은 모두들 밀양부를 흉한 곳으로 보아 밀양부사 벼슬을 기피하는 일이 다반사였다.

당시 서울 동촌에 사는 이 진사는 나이가 마흔 살이 넘도록 낙척불우[3]하여 죽장망혜[4]로 팔도강산의 이름난 누대를 두루 찾아다니다가 영남루에 이르게 되었다. 밤이 깊어 달이 밝은 가운데 누대 난간에 기대 홀로 서 있는데, 홀연 음산한 바람이 불어오며 한 처녀가 손에 붉은 깃발을 들고 온몸에는 핏자국이 낭자한 옷을 입고 앞으로 다가와 슬피 하소연하는 것이었다.

"소녀는 이 고을의 전임 윤 부사의 딸로, 일찍이 부친을 따라 밀양 관아에 와서 머물고 있었습니다. 어느 날 유모가 말하기를, '영남루는 경상도의 71개 고을 가운데 으뜸가는 누대라오. 또한 바야흐로 봄철이라 누대 앞에 온갖 꽃이 활짝 피어 구경할 만하니 저녁 무렵 잠깐 가서 구경하고 옵시다.' 하고 재삼 간청하므로, 부모님께 알리지도 못하고 유모와 함께 몰래 가서 달구경 꽃구경을 할 즈음이었습니다. 간교한 아이놈 하나가 돌연 나타나 겁탈하려고 협박하므로 울부짖으며 거절하였더니,

---

2) 등내(等內) : '벼슬아치가 벼슬을 살고 있는 동안'이라는 뜻으로 현직 벼슬아치를 가리킴.

3) 낙척불우(落拓不遇) : 어렵거나 불행한 환경에 빠져, 재능이나 포부를 가지고 있으면서도 때를 만나지 못하여 출세를 못함.

4) 죽장망혜(竹杖芒鞋) : 대지팡이와 짚신이란 뜻으로, 먼 길을 떠날 때의 아주 간편한 차림새를 이르는 말.

그 놈이 차고 있던 칼로 저를 찔러 죽여 영남루 아래 대숲 속에 몰래 묻어 두었습니다. 소녀가 원통한 혼령이 되어 신관사또의 부임 초에 억울한 사정을 하소연하려고 하면 문득 겁에 질려 죽곤 하였습니다. 그래서 아직도 복수를 하지 못하였는데, 이제 어르신을 만났으니 구천[5]에까지 미치는 수치를 하루아침에 씻게 되지 않을까 하고 바라옵니다."

이 진사는,

"낭자의 말을 들으니 참혹하고 비통함을 견딜 수가 없네. 다만 나는 벼슬도 하지 않은 한낱 선비로 그 일을 감당하여 처리할 길이 없으니 어찌하겠소?"

하자, 낭자가 말하였다.

"지금 조정에서 과거를 보인다는 명을 내렸답니다. 어르신께서 급히 서울로 돌아가 과거에 응시하시면 반드시 급제하실 것입니다. 그런 뒤에 밀양부사를 자원하십시오."

이 진사가 마침내 승낙하자, 낭자는 염염[6]히 두어 걸음을 떼어놓더니 홀연 사라져 보이지 않았다.

이 진사가 즉시 서울로 돌아가니, 과연 정시[7] 날짜가 코앞에 닥쳐 있었다.

---

5) 구천(九泉) : 땅속 깊은 밑바닥이란 뜻으로, 죽은 뒤에 넋이 돌아가는 곳을 이르는 말.

6) 염염(冉冉) : 나아가는 꼴이 느릿느릿한 모양. 부드럽고 약한 모양.

7) 정시(庭試) : 조선시대 나라에 경사가 있을 때 대궐 안에서 보이던 과거.

과거장에 들어가 응시하고 시권[8]을 제출하려다가 먼 하늘을 바라보는데, 문득 공중에서 낭자가 내려와 시권을 받들고 시관이 있는 곳으로 나아갔다.

이윽고 방이 내걸렸는데, 과연 이 진사가 장원이었다. 그는 임금 앞에 나아가 사은숙배[9]하고, 밀양부사를 자원하였다. 임금은 크게 기뻐하며 즉시 밀양부사 벼슬을 제수하였다.

이 부사는 당일로 길을 떠나 오래지 않아 밀양 관아에 도임하였다. 이른바 관속이라는 자들이 차례로 현신하는데, 그들의 기색을 살펴보니 풋내기 사또로 보는지 공경하고 삼가려는 생각이 전혀 없고 얼굴을 찌푸리는 기색이 현저하였다.

날이 저물자 각자 집으로 돌아가고, 관아에는 한 사람도 남아 있지 않아 적적하였다. 이 부사는 홀로 누워 뒤척이며 잠을 이루지 못하였다. 장차 날이 밝으려 하는데 문 밖에서 두런두런하는 말소리가 들려왔다. 창틈으로 가만히 내다보니, 관속들이 초상 치를 기구들을 가지고 와서는, '문을 열고 먼저 들어가!' 하며 서로 밀고 있는 판이었다.

이 부사는 문을 활짝 열어젖히고 꼿꼿한 자세로 앉아 말하였다.

"너희들은 무슨 까닭으로 이처럼 소란을 피우느냐?"

---

8) 시권(試券) : 권자(卷子). 과거를 볼 때 글을 지어 올리던 답안지.

9) 사은숙배(謝恩肅拜) : 임금의 은혜에 감사하며 공손하고 경건하게 절을 올리던 일.

관속들은 깜짝 놀라, 이 부사야 말로 신과 같은 분이라며 허둥지둥 추배[10]를 하는 것이었다.

이 부사는 수리[11]와 수교[12]를 잡아들여 사또를 업신여긴 죄를 엄히 다스리니, 호령이 엄숙하여 관속들이 벌벌 떨었다.

조사[13]한 뒤에 명하여 윤 사또 재임 이후의 이안[14]을 모두 가져오게 하여 조사하여 보니 그 당시 통인[15]으로 주기라는 이름이 있었다. 그가 살고 있는 곳을 물으니, 통인을 그만두고 마을에 살고 있다는 것이었다. 이 부사는 힘 있고 날랜 차인[16]들을 여러 사람 보내 그를 즉시 잡아오게 하여 온갖 형틀을 차려놓고 엄히 신문하였다.

"네가 윤 사또 댁 낭자가 어디 있는지 필히 알 것이다. 네가 한 짓을 내가 이미 다 알고 있으니 너는 감추려 하지 말고 사실대로 아뢰어라."

그는 이 부사가 신령스럽고 이치에 밝다는 것을 이미 들었는

---

10) 추배(趨拜) : 예를 갖추어 허리를 굽히고 나아가 절을 함.

11) 수리(首吏) : 각 지방 관아의 여섯 아전 가운데 으뜸이라는 뜻으로 '이방 아전'을 달리 이르던 말.

12) 수교(首校) : 각 고을 장교(將校)의 우두머리.

13) 조사(朝仕) : 벼슬아치가 아침마다 으뜸 벼슬아치를 만나 봄. 또는 그런 일.

14) 이안(吏案) : 지방 고을 관아에 갖추어 두었던 아전(衙前)들의 명부(名簿).

15) 통인(通引) : 지인(知印)·토인. 조선시대 경기·영동 지역에서 수령(守令)의 잔심부름을 하던 구실아치. 이서(吏胥)나 공천(公賤) 출신이었음.

16) 차인(差人) : 관아에서 임무를 주어 파견하던 일. 또는 그런 사람.

지라 속이거나 감출 수가 없어 낱낱이 자백하였다.

"소인은 윤 사또 나리 때 통인으로, 하루는 우연히 윤 소저를 슬쩍 보고는 마음이 끌렸는데 그만 병이 되어 어떤 약도 효험이 없었습니다. 사중구생[17]의 계책을 감히 내서 천 냥의 돈을 유모에게 뇌물로 주고 소저를 영남루로 유인해 내어 백반걸명[18]하였으나 고래고래 소리를 지르며 듣지 않았습니다. 일이 이 지경에 이르렀으니 어떻게 하든 죽을죄를 지은 것은 마찬가지라 멸구도명[19]하고자 차고 있던 칼로 찔러 죽여서 대숲 속에 묻었습니다. 강상[20]의 죄를 저질렀는데 죽는 것이 늦었습니다."

드디어 항쇄와 족쇄를 채워서 옥에 단단히 가두고 윤 사또의 집에 급히 알려 유모라는 사람을 잡아다가 대질하니, 두 사람의 진술이 부합하였다.

이 사실을 경상감영에 보고하여, 주기와 유모를 국법에 따라 장살[21]하고, 낭자의 시신을 파내어 다시 염습[22]을 하고 관을

---

17) 사중구생(死中求生) : 사중구활(死中求活). 죽을 수밖에 없는 처지에서 한 가닥 살길을 찾음.

18) 백반걸명(百般乞命) : 온갖 방법으로 살려달라고 애걸함.

19) 멸구도명(滅口圖命) : 비밀히 한 일이 드러나지 않게 하기 위하여 그 비밀을 아는 사람을 가두거나 빼돌리거나 죽임으로써 제 살길을 찾음.

20) 강상(綱常) : 삼강(三綱)과 오상(五常)을 아울러 이르는 말. 곧 사람이 지켜야 할 도리를 이름.

21) 장살(杖殺) : 형벌로 매를 쳐서 죽임.

22) 염습(斂襲) : 염습(殮襲). 시신(屍身)을 씻긴 뒤 수의(壽衣)를 갈아입히고 염포(殮布)로 묶는 일.

갖추어 고산[23]에 반장[24]하게 하였다.

23) 고산(故山) : 고향(故鄕).

24) 반장(返葬) : 객지에서 죽은 사람을 그가 살던 곳이나 그의 고향으로 옮겨서 장사를 지냄.

제113화 오행 당상

광해군 때에 궁역[1]이 첩극[2]하여 백성들은 가난해지고 재물이 탕진되자 부득이하여 백성들로 하여금 벼슬을 사게 하였다. 은, 베, 쌀, 소금을 바치는 사람 이외에 어떤 사람은 흙을 파내서 재물을 마련하고, 어떤 사람은 내를 막아서 저수지를 만들고, 어떤 사람은 숯을 피우고 쇠를 달구어서 재물을 마련하여 모두 정옥[3]의 반열에 들게 되었다. 당시 사람들은 그것을 오행[4] 당상[5]이라 일컬었다.

---

1) 궁역(宮役) : 궁궐 공사. 여기서는 광해군이 인왕산 아래에 지은 인경궁(仁慶宮)과 신문로에 지은 경덕궁(慶德宮 : 영조 때 경희궁(慶熙宮)으로 고침) 건립을 가리킴.

2) 첩극(疊劇) : 심하게 겹침.

3) 정옥(頂玉) : 머리에 장식하는 옥관자(玉貫子)를 뜻하는데, 이것을 주로 당상관(堂上官)들만이 장식하였던 까닭에 당상관을 일컫거나, 고위 관리를 가리키기도 함.

4) 오행(五行) : 우주 만물을 이루는 다섯 가지 원소인 쇠[금(金)], 나무[목(木)], 물[수(水)], 불[화(火)], 흙[토(土)].

5) 당상(堂上) : 조선시대 정3품 상(上) 이상의 품계에 해당하는 벼슬을 통틀어 이르는 말. 문관은 통정대부(通政大夫), 무관은 절충장군(折衝將軍), 종

이충[6]은 잡채를 사사롭게 바쳐 호조판서가 되었고, 한노순[7]은 산삼을 바치고 태현[8]에 올랐다. 어떤 이가 다음과 같은 시를 지었다.

산삼 바쳐 된 재상 너도나도 부러워하고,
잡채 바쳐 딴 판서 세력을 감당키 어렵네.
山蔘閣老人爭慕 雜菜尙書勢難當

친은 명선대부(明善大夫), 의빈(儀賓)은 봉순대부(奉順大夫) 이상이 이에 해당함.

6) 이충(李沖, 1568-1619) : 조선조 광해군 때의 문신. 자는 거용(巨容), 호는 칠택(七澤), 본관은 전주(全州), 효령대군(孝寧大君) 보(補)의 7대손, 이정빈(李廷賓)의 아들.

7) 한노순(韓老純) : 조선조 광해군 때의 문신. 생몰연대 및 자세한 행적 미상.

8) 태현(台鉉) : 영의정·좌의정·우의정 등 3정승을 삼태성(三台星)과 세 발 달린 솥[현(鉉)]에 비유한 말.

제114화 도령 첨지와 아기 부인

광해군 때 경기도 양주의 한여울[1]에 나이 20세가 지나도록 장가를 가지 못한 사람이 있었다. 그는 농토를 팔아 조도사[2]에게 베를 바치고 통정대부[3]의 직첩을 사들였다. 그러자 동네 사람들은 그를 도련님 첨지[4]라고 일컬었다.

경상도 진해 땅에 부유한 처녀가 있었는데, 부모가 모두 죽고 혼자 살았다. 그녀는 면포[5]를 많이 쌓아 두었는데, 조도사가 늑령[6]으로 숙부인[7]의 직첩을 주고 그녀가 가지고 있던 면포를 빼앗았다. 마을 사람들은 그녀를 일컬어 아기씨 부인이라

1) 한여울[대탄(大灘)] : 한탄강(漢灘江)의 옛 이름.
2) 조도사(調度使) : 조선시대 조정의 재원이나 군량을 조달하기 위해 지방에 파견하였던 관리.
3) 통정대부(通政大夫) : 조선시대 문관 정3품 당상관의 품계(品階).
4) 첨지(僉知) : 첨지중추부사(僉知中樞府事). 조선시대 중추부에 두었던 정3품 당상관 벼슬.
5) 면포(綿布) : 무명. 무명실로 짠 피륙.
6) 늑령(勒令) : 억지로 내리는 명령. 억지로 시킴.
7) 숙부인(淑夫人) : 조선시대 정3품 당상 문무관의 아내에게 주던 외명부(外命婦)의 품계.

고 하였다.

도련님 첨지와 아기씨 부인을 보면 그야말로 세상에 짝이 되지 않는 것이 없다고 할 것이다.

제115화 혼인 잔치에 중이 웬일

광해군 경술년(1610) 별시[1]에 박승종[2], 이이첨[3], 정조[4], 허균[5], 조탁[6]이 고관[7]으로 선비를 선발하였다.

---

1) 별시(別試) : 조선시대 천간(天干)으로 '병(丙)'자가 든 해, 또는 나라에 경사가 있을 때에 보던 임시 과거 시험.

2) 박승종(朴承宗, 1562-1623) : 조선조 광해군 때의 문신. 자는 효백(孝伯), 호는 퇴우당(退憂堂), 본관은 밀양(密陽), 박안세(朴安世)의 아들. 인조반정 때 자결함. 시호는 숙민(肅愍).

3) 이이첨(李爾瞻, 1560-1623) : 조선조 광해군 때의 권신. 자는 득여(得輿), 호는 관송(觀松)·쌍리(雙里), 본관은 광주(廣州), 이극돈(李克墩)의 후손, 이우선(李友善)의 아들. 대북(大北)의 영수.

4) 정조(鄭造, 1559-1623) : 조선조 광해군 때의 문신. 자는 시지(始之), 본관은 해주(海州), 정문영(鄭文英)의 아들. 광해군 때 폐모론(廢母論)을 주동하였음.

5) 허균(許筠, 1569-1618) : 조선조 광해군 때의 문신. 자는 단보(端甫), 호는 교산(蛟山), 본관은 양천(陽川), 허엽(許曄)의 아들.

6) 조탁(曺倬, 1552-1621) : 조선조 광해군 때의 문신. 자는 대이(大而), 호는 이양당(二養堂)·치재(恥齋), 본관은 창녕(昌寧), 조몽정(曺夢禎)의 아들.

7) 고관(考官) : 고시관(考試官). 시관(試官). 지공거(知貢擧). 강경과(講經科)와 무과(武科)의 주임시관(主任試官) 또는 과거시험의 성적을 매겨 등수를 정하는 시관.

박자흥[8]과 조길[9]과 허요[10]가 모두 참방[11]하였다. 박자흥은 박승종의 아들이자 이이첨의 사위이며 정조의 절친한 이웃이었다. 조길은 조탁의 아우이며, 허요는 허균의 조카였다. 당시 승려였다가 환속한 변헌[12]도 또한 참방하였는데, 호사가들이 말하기를,

"문중과 동네의 혼인 잔치에 산골중은 또 어찌 참석하였을까?" 하였는데, 한때 이 이야기가 웃음거리로 전파되었다.

---

8) 박자흥(朴自興, 1581-1623) : 조선조 광해군 때의 문신. 처음 이름은 흥립(興立), 자는 인길(仁吉), 호는 서당(瑞堂), 본관은 밀양(密陽), 박승종(朴承宗)의 아들. 인조반정 당시 경기도 관찰사로 군사를 일으키려 하다가 자결하였음.

9) 조길(曺佶, 1588-1628) : 조선조 인조 때의 문신. 자는 정이(正而), 본관은 창녕(昌寧), 조몽정(曺夢禎)의 아들.

10) 허요(許窯) : 조선조 광해군 때의 문신. 본관은 양천(陽川), 허성(許筬)의 아들.

11) 참방(參榜) : 과거에 급제하여 이름이 방목(榜目)에 오르던 일.

12) 변헌(卞獻, 1570-1636) : 조선조 인조 때의 문신. 환속한 승려로 법명은 쌍익(雙翼), 자는 시재(時哉), 호는 삼일산인(三一山人)·팔계후인(八溪後人)·우용(寓慵), 본관은 초계(草溪), 직제학 효문(孝文)의 6대손. 임진왜란 때 승군으로 종군하였음.

제116화 양모피로 딴 급제

광해군 때는 이이첨 등이 정권을 잡고 세도를 부리고 있었다. 매번 과거를 보여 선비를 선발할 때에는 자기 당파에 속한 사람들을 위해 과거 시험 제목을 미리 출제하여 사전에 보여주곤 하였다.

그들 당파 가운데는 글을 못하는 사람들이 많아서 시제를 알려주어도 오히려 스스로 짓지 못하였다. 글을 지을 줄 아는 사람은 오직 이재영[1], 이진[2], 선세휘[3] 등 두세 명에 불과하였다. 그러므로 과거 볼 때가 되면 각자의 세력과 영향력으로 이

---

1) 이재영(李再榮, 1553-1623) : 조선조 광해군 때의 문신. 자는 여인(汝仁), 본관은 영천(永川), 이선(李選)의 서자. 권신 이이첨의 수하가 되어 여러 가지 비리를 자행하다가 인조반정 때 맞아 죽었음.

2) 이진(李溍, 1590-?) : 조선조 인조 때의 문신. 자는 진숙(晉叔), 본관은 신평(新平), 이문명(李文蓂)의 아들.

3) 선세휘(宣世徽, 1582-?) : 조선조 광해군 때의 문신. 자는 사원(士遠)·덕미(德美), 본관은 보성(寶城), 선봉장(宣鳳章)의 아들. 1621년(광해군13) 문과에 장원, 계해년(1623년)에 인조반정이 일어나자 예조좌랑으로 있다가 유생 시절 인목대비의 폐모 상소를 올린 일로 탄핵을 받아 삼수(三水)로 유배됨. 원문의 선세징(宣世徵)은 잘못임.

들 두세 사람의 글을 쟁탈하는 일이 벌어지곤 하였다.

이진이 평양에 거처하고 있을 때였다. 과거를 보일 때가 되자 세도가들이 각기 사람과 말을 보내 초빙하였다. 그는 서울로 가다가 동파 주막에서 자게 되었는데, 한밤중에 도둑이 들었다. 사람들이 모두 피해 달아났다가 도둑이 물러간 뒤에 돌아와 행장을 점검해보니, 잃은 물건은 하나도 없고 다만 이진만 행방불명이 되었다.

그 당시는 추울 때여서 누군가가 청양[4)]의 갖옷으로 이진을 보쌈하여 가서, 그의 글을 받아 과거에 급제하였으므로 당시 사람들은 '양모피로 딴 급제'라고들 하였다.

---

4) 청양(靑羊) : 푸른빛이 돌 정도로 털빛이 흰 양.

제117화 오늘 불난다

광해군 병진년(1616) 알성시[1]를 보이기 사나흘 전에 권신 이이첨이 그의 친척인 이 진사에게 붓 한 자루를 보냈는데, 심부름하던 자가 그 이웃에 잘못 전하였다. 이웃 사람이 붓을 받아 자세히 살펴보니 붓대 속에 종이쪽지가 들어있었다. 꺼내어 보니 곧 있을 과거의 시험문제로, '당나라 조정의 신하들이 한식에 새로 내려주신 불씨에 사례하다[의당조군신사사유류화[2](擬唐朝群臣謝賜楡柳火)]'라는 것이었다. 이웃 사람은 그 시제를 급히 베껴 놓고 붓대에 도로 집어넣어 이 진사 집에 전해 주었다.

마침내 이 진사와 그 이웃 사람이 모두 과거에 급제하였다. 그 날 시험장에 들어가는데 마당에 모여 있던 과거 응시자들이 쑥덕거리기를,

---

1) 알성시(謁聖試) : 조선시대 임금이 문묘(文廟)에 참배한 뒤 실시하던 비정규적인 과거 시험.

2) 유류화(楡柳火) : 예전 중국에서 한식(寒食)날 백관(百官)에게 나누어 주던 불씨. 한식에는 불을 금하고 그 이튿날에 쓰라고 느릅나무나 버드나무에 붙인 새 불씨를 주었음.

"오늘 불난다 불나."

하더니 과연 그 시제가 나왔다.

제118화 기생 대신 아내로

광해군 때에 이조의 한 낭관[1]이 있었는데, 세염[2]이 어찌나 성한 지 조정 벼슬아치들의 통색[3]이 모두 그 손에서 나왔다.

벼슬을 구하는 어떤 자가 그 낭관의 환심을 살 생각으로 어느 날 찾아가서 말하기를,

"제 이웃에 한 기생이 있는데 아주 도아[4]하답니다. 족하[5]께서 한번 보시겠다면 마땅히 방을 깨끗이 청소해 놓고 초대하겠습니다."

하였다. 낭관은 마음이 끌렸다.

낭관과 약속한 날이 되어 그 기생집에 가니, 기생은 마침 출타하고 없었다. 그는 신용을 잃어 질책을 당할까 두려워 아내

---

1) 낭관(郎官) : 조선시대 6조(六曹)의 정5품관인 정랑(正郎)이나 정6품관인 좌랑(佐郎)의 자리에 있던 사람을 이르던 말.

2) 세염(勢焰) : 기세(氣勢). 기운차게 뻗치는 형세.

3) 통색(通塞) : 출세하는 길의 트임과 막힘.

4) 도아(都雅) : 우아(優雅)함. 또는 아담(雅淡)함.

5) 족하(足下) : 같은 또래 사이에서, 상대편을 높여 이르는 말. 흔히 편지를 받아 보는 사람의 이름 아래에 씀.

가 있는 안방에 들어가 말하였다.

“내가 만일 이조의 낭관에게 죄를 짓게 되면 종신토록 벼슬을 얻지 못할 것이니, 그대가 기생 대신 잠자리를 모셔 주시오. 어두운 밤에 이루어지는 일인데 우리 둘밖에 세상에 누가 알겠소?” 하고 재삼 달래고 간청하였으나, 그의 아내는 끝내 듣지 않았다. 드디어 그가 아내를 끌어안아다가 방에 넣으려 하자, 아내는 고함을 지르며 완강히 거절하였다.

낭관은 그 소리를 듣고 즉시 달아나고 말았다.

제119화 필화를 당한 권필

광해군 때 교관[1]인 권필[2]은 호가 석주로, 시를 잘 짓기로 유명하였다. 낙백[3]하여 세속의 범절에 얽매지 않고, 세상을 어지럽게 여겨 과거에 응시하지 않았다.

당시 외척인 유희분[4] 등이 정권을 잡고 세도를 부리고 있었다. 진사 임숙영[5]이 과거시험의 대책[6]에서 당시의 정사를 풍

---

1) 교관(敎官) : 동몽교관(童蒙敎官). 조선시대 어린이를 교육하기 위하여 각 군현에 둔 벼슬. 동몽훈도(童蒙訓導)를 고친 것임.

2) 권필(權韠, 1569-1612) : 조선조 광해군 때의 문인. 자는 여장(汝章), 호는 석주(石洲), 본관은 안동(安東), 권벽(權擘)의 아들. 정철(鄭澈)의 문인으로 시와 문장이 뛰어나 많은 유생들의 추앙을 받음. 벼슬길에는 나아가지 않았으나 광해군4년(1612) 김직재(金直哉)의 무고 사건에 연루되어 죽음.

3) 낙백(落魄) : 영락(零落). 세력이나 살림이 줄어들어 보잘것없이 됨.

4) 유희분(柳希奮, 1564-1623) : 조선조 광해군 때의 외척. 자는 형백(亨伯), 호는 화남(華南), 본관은 문화(文化), 유자신(柳自新)의 아들, 광해군의 처남. 영창대군 등을 죽인 공으로 문창부원군(文昌府院君)에 봉해짐. 인조반정으로 참형됨.

5) 임숙영(任叔英, 1576-1623) : 조선조 인조 때의 문신이자 학자. 처음 이름은 상(湘), 자는 무숙(茂叔), 호는 소암(疎庵), 본관은 풍천(豊川), 임기(任奇)의 아들.

론[7]하였는데, 논조가 매우 간절하고도 솔직하였다. 광해군이 친히 그 글을 읽어보고 크게 노하여 급제자 명단에서 임숙영을 빼버렸다.

권필이 이 일을 두고 다음과 같은 시를 지었다.

> 궁중의 버들은 푸릇푸릇 꾀꼬리는 이리저리 날고,
> 도성 안의 양반들 봄빛에 아첨을 떨어대네.
> 조정에선 태평의 즐거움을 함께 축하하는데,
> 누가 위태로운 말이 포의[8]에서 나오게 했는가?
> 宮柳靑靑鶯亂飛 滿城冠蓋媚春輝
> 朝家共賀昇平樂 誰遣危言出布衣

이 시에서 '궁중의 버들'은 외척인 유희분 등을 가리키는 것이요, '포의'는 임숙영을 가리키는 것이다. 광해군은 이 시를 나쁘게 여겨 권필을 잡아 가두고 형신[9]한 뒤에 함경도의 경원으로 귀양을 보내라고 명하였다.

옥에서 나온 권필은 고문당한 상처가 심하여 흥인문[10] 밖의 민가에 머물게 되었다. 술에 잔뜩 취해 누워서 우연히 벽을 바

6) 대책(對策) : 조선시대 시정(時政)의 문제를 제시하고 그 대책을 논의하게 한 과거 시험 과목.
7) 풍론(諷論) : 풍자(諷刺)하여 논함.
8) 포의(布衣) : 백포(白布). 벼슬이 없는 선비를 비유적으로 이르는 말.
9) 형신(刑訊) : 형문(刑問). 죄인의 정강이를 때리며 캐묻던 일.
10) 흥인문(興仁門) : 한성(漢城)의 동문. 속칭 동대문.

라보니, 벽에는 다음과 같은 시 한 수가 쓰여 있었다.

하물며 이 청춘도 해 지듯 저물려 하는데,
복사꽃이 붉은 비처럼 어지러이 떨어지네.
권군이여! 종일토록 취해 보세나,
술은 유씨의 쓸쓸한 무덤에는 이르지 않는다네.
況是靑春日將暮 桃花亂落如紅雨
權君更進一杯酒 酒不到柳伶墳上土

아마도 시골의 학구[11]가 고시[12]를 만서[13]한 듯한데, 권할 권(勸)자를 성 권(權)자로 잘못 썼고 성 유(劉)자를 버들 류(柳)자로 잘못 쓴 것이었다.

이 또한 우연이 아니었다. 그 날은 바로 3월 그믐날이었는데, 그가 머물고 있던 집의 창밖에는 떨어지는 꽃잎이 어지러이 날려 시 속의 정경과 같았다. 권필은 깜짝 놀라 상심한 끝에 죽고 말았다.

---

11) 학구(學究) : 글방 선생. 학문에만 열중하여 세상 물정을 모르는 사람을 비유적으로 이르는 말.

12) 고시(古詩) : 옛 사람이 지은 시. 여기서는 당나라 시인 이하(李賀)의 〈장진주(將進酒)〉를 말함.

13) 만서(漫書) : 아무렇게나 씀. 함부로 씀.

제120화 관왕묘

선조대왕 시절 임진왜란과 정유재란 때 중국에서 원병으로 왔던 장졸들이 모두 말하기를,

"평양 전투, 홍산 전투, 그리고 세 길로 왜적을 몰아 내려갈 때 그때마다 관왕[1]의 영혼이 나타나서 신병[2]으로 도와주었다." 라고 하였다.

처음에 명나라 장수인 설호신[3]이 성 안의 북악산 꼭대기에다 관왕묘를 세우고[4] 석상을 봉안하였다. 그 동쪽에 비석을 세

---

1) 관왕(關王) : 중국 삼국시대 촉한(蜀漢)의 장수인 관우(關羽)를 가리킴. 중국 송대(宋代)에 무안왕(武安王)에 봉해졌으므로 그 이후로 '관왕'이라 불렸음.

2) 신병(神兵) : 신이 보낸 군사라는 뜻으로, 신출귀몰하여 적이 도저히 맞싸울 수 없는 강한 군사를 비유적으로 이르는 말.

3) 설호신(薛虎臣) : 임진왜란 때 원병으로 왔던 명나라 장수. 직함은 진정영도사(眞定營都司). 경상도 안동(安東)에 관왕묘를 건립하였음.

4) 원문에 설호신이 마치 한양 도성에 관왕묘를 세운 듯이 기술하였으나 잘못임. 설호신은 안동 부성(府城) 서쪽 향교 맞은편에 관왕묘를 건립하였으나 고을 사람들이 문묘(文廟)와 마주보고 있는 것을 꺼려 선조 39년(1606)에 서악(西岳)의 동대(東臺) 현재 위치로 이안(移安)하였다고 함.

워 조선의 전쟁에 원정 온 사실을 기록하였다. 병오년(1606)에는 서악 동대[5]에 옮겨 안치하였다.

무술년(1598)에는 명나라의 유격장군 진인[6]이 숭례산[7] 기슭에 또 관왕묘를 창건하였다. 명나라 제독인 양호[8] 이하 장졸들이 돈을 내어 경비를 보조하였고, 우리 조정에서도 경비를 보조하였다. 흙을 빚어 관우의 상을 만들었고, 관평[9]과 주창[10]의 상은 좌우에 시립하였다.

이때부터 여러 장수들이 나갈 때마다 참배하였다. 5월 13일은 관우의 생일이므로 관왕묘에서 크게 제사를 지냈다. 이때 모두들 말하기를,

"오늘 바람이 불고 비가 쏟아지면 관왕의 신령이 나타나신 것이다."

하였는데, 과연 오후에 천둥이 치며 비가 내렸다.

또 경상도 안동과 성주에 관왕묘를 세웠다. 안동에는 목상을

---

5) 서악 동대(西嶽東臺) : 경상북도 안동시 태화동 지역을 가리킴.

6) 진인(陳寅) : 임진왜란 때 원병으로 왔던 명나라 장수. 직함은 유격장군(遊擊將軍). 서울 숭례문 밖에 남관왕묘를 건립하였음.

7) 숭례산(崇禮山) : 서울의 남산(南山)을 가리키는 듯함.

8) 양호(楊鎬) : 명나라의 장수. 1597년(선조30) 정유재란 때 경략조선군무사(經略朝鮮軍務使)가 되어 참전, 울산에서 벌어진 도산성(島山城) 전투에서 크게 패하였는데 이를 승리로 보고하였다가 들통 나서 파면되었음.

9) 관평(關平) : 중국 삼국시대 촉한의 명장인 관우(關羽)의 아들.

10) 주창(周倉) : 〈삼국지연의(三國志演義)〉에 관우의 부장(部將)으로 등장하는 인물. 가공적 인물로, 황건적이었다가 관우에게 귀순해 옴.

안치하였고 성주에는 토상을 안치하였는데, 성주의 관왕묘가 가장 영험하다고들 하였다.

제121화 귀신같은 눈

선조대왕 때 명나라의 주사 정응태[1]가 조선을 모함하려고 할 때였다. 정응태는 평안도에 머물면서 명나라 황제에게 보낼 보고서의 초안을 작성하다가 우리나라 사람이 들어가면 급히 감추었다.

평안감사는 명민한 지인[2] 한 명을 가려 밥상을 올리게 하였다. 정응태는 초안을 펼쳐놓고 있다가 밥상이 들어오는 것을 보고는 급히 초안을 접어 감추는 것이있다. 지인은 그 초안을 얼른 슬쩍 보고 나왔다. 글의 내용은 확실하게 알 수 없었으나, 다만 삽연[3]하게 안저[4]에 나타난 글자 모양을 정신을 집중하여 떠올려서 한 점, 한 획을 종이에 그려보니 모두 글자 모양이

---

1) 정응태(丁應泰) : 임진왜란 때 명나라의 병부주사(兵部主事)로, 1598년 사신으로 와서 조선이 왜병을 끌어들여 명나라를 침범하려 한다고 무고하는 글을 신종(神宗)에게 올렸음.

2) 지인(知印) : 조선시대 함경도와 평안도의 큰 고을에 둔 향리직(鄕吏職).

3) 삽연(霎然) : 숙연(倏然). 수유(須臾). 잠깐 사이.

4) 안저(眼底) : 눈바닥. 안구(眼球) 속의 뒷부분.

이루어졌다. 이것을 차근차근 읽어보니 완연히 글의 뜻이 통하였다. 사람의 재주는 유만부동[5]하여 이처럼 신기하게도 빠른 사람이 있었던 것이다.

정승을 지낸 윤지완[6]이 선배에게서 듣고 늘 이야기하였다.

5) 유만부동(類萬不同) : 비슷한 것이 많으나 서로 같지는 아니함.

6) 윤지완(尹趾完, 1635-1718) : 조선조 숙종 때의 문신. 자는 숙린(叔麟), 호는 동산(東山), 본관은 파평(坡平), 윤강(尹絳)의 아들. 시호는 충정(忠正).

제122화 어둠 속에서도 볼 수 있는 눈

월사 이정구[1]가 변무사[2]로 북경에 들어가니, 명나라 조정에서는 조절[3]을 몹시 엄하게 하여 밤에 촛불도 켜지 못하게 하였다.

장차 선사[4]할 일이 있었으나 촛불이 없어서 손을 쓸 수가 없었다. 수행원 가운데 사자관[5]이 말하였다.

"상공께서 글을 불러주시면 제가 써보겠습니다."

하는 것이었다. 월사가 물었다.

"칠흑 같은 밤에 등불도 없는데 어떻게 쓰겠는가?"

"그저 불러만 주십시오."

---

1) 이정구(李廷龜, 1564-1635) : 조선조 선조 때의 문신. 자는 성징(聖徵), 호는 월사(月沙), 본관은 연안(延安), 이석형(李石亨)의 현손. 조선 중기 한문사대가(漢文四大家)의 한 사람. 시호는 문충(文忠).

2) 변무사(辨誣使) : 조선시대 중국에서 조선에 대하여 곡해한 일이 있을 때 이를 밝히기 위하여 임시로 중국에 보내던 사신.

3) 조절(操切) : 조속(操束). 단단히 잡아서 단속함.

4) 선사(繕寫) : 잘못을 바로잡아 다시 고쳐 베낌.

5) 사자관(寫字官) : 조선시대 승문원(承文院)과 규장각(奎章閣)에서 문서를 정서(正書)하는 일을 맡아보던 벼슬.

그제야 월사가 불러주니, 사자관은 불러주는 대로 받아썼다. 다 쓰고 난 뒤에 월사가 말하였다.

"자네 안력은 참으로 기이하구먼!"

사자관은 머리를 숙여 종이에 눈을 갖다 대며 말하였다.

"상공께서는 제 머리 뒤에서 보십시오."

월사가 그의 말대로 하고 보니 글자가 모두 또렷하게 보이는 것이었다. 대개 그의 눈빛은 능히 사물을 비춰 또렷하게 할 수 있었던 것이다.

제123화 머리처럼 생긴 향나무

선조대왕 때 명나라 수군 총병 등자룡[1]이 군사를 거느리고 압록강을 건너는데 어떤 물건이 배에 부딪치는 것이었다. 건져서 보니 침향목[2] 한 토막이었는데 완연히 사람의 머리 모양이었다. 가지고 놀기 좋을 것 같아 행장 속에 깊이 넣어 놓고 소중히 여겼다.

그 뒤로부터 자다가 가끔씩 가위 눌릴 때가 있었고, 어떤 때는 그 침향목과 자신이 한 몸뚱이가 되는 적도 있었다.

노량해전에서 등자룡이 전사하였을 때, 그의 몸은 찾았으나 그의 머리는 잃고 말았다. 이에 그 침향목으로 그의 머리를 조각하여 본국으로 실어 갔다.

---

1) 등자룡(鄧子龍) : 정유재란 때 명나라의 원병인 수군도독 진린(陳璘)과 함께 왔던 부총병(副摠兵). 노량해전(露梁海戰)에서 전사하였음.

2) 침향목(沈香木) : 열대지방에서 나는 향나무의 일종으로, 불상을 조각하는 데 쓰임.

제124화 화살 대신 베틀 살

충무공 이순신[1]의 부인 방씨는 어려서부터 경민[2]하였다. 그녀의 12세 때 집에 도둑이 들자, 그녀의 아버지 방진[3]이 도둑을 향해 화살을 쏘다가 화살이 떨어지고 말았다. 방에 있는 화살을 찾아오라고 소리쳤다. 방씨는 대답을 하고 베틀에 쓰는 갖가지의 댓살을 급히 챙겨다가 다락 위로 던졌다. 그 소리가 화살을 흩어 놓는 소리와 같았다. 그 소리를 듣고 도둑들이 놀라 흩어졌다.

---

1) 이순신(李舜臣, 1545-1598) : 조선조 선조 때의 명장. 자는 여해(汝諧), 본관은 덕수(德水), 이정(李貞)의 아들. 광해군 때 영의정에 추증됨. 시호는 충무(忠武).

2) 경민(警敏) : 총명(聰明)하고 민첩(敏捷)함.

3) 방진(方震, 1514-?) : 조선조 선조 때의 무신. 본관은 온양(溫陽), 방중규(方中規)의 아들, 이순신의 장인. 보성군수를 역임하였음.

제125화 금관자 대신 총알

임진년(1592) 한산도 수군 가운데 한 군관이 말하기를,

"나는 지난 밤 꿈에 금관자[1]를 달았다네."

하니 많은 사람들이 치하하기를,

"이는 군공을 세워 가자[2]할 길한 징조일세."

하였다.

이튿날 전투에서 그 군관은 총알이 왼쪽 귀밑에 관통하여 죽고 말았다.

---

1) 금관자(金貫子) : 금권(金圈). 금으로 만든 관자. 조선시대 정2품, 종2품의 벼슬아치가 달았는데, 특히 정2품이 단 것을 '돌이금'이라고 일렀음.

2) 가자(加資) : 조선시대 관원들의 임기가 찼거나 근무 성적이 좋은 경우 품계를 올려 주던 일. 또는 그 올린 품계.

제126화 영국의 군함

선조대왕 갑신년(1584)에 표류하던 영결리국[1]의 배가 흥양[2]에 이르렀다. 배의 모양이 극히 높고 컸으며, 안팎을 철판으로 둘렀다. 우리 군사들이 공격하였으나 능히 깨뜨리지 못하였다. 썰물이 되자 그 배는 드디어 달아나고 말았다.

1) 영결리국(永結利國) : 영국(英國).

2) 흥양(興陽) : 전라남도 고흥(高興) 지역의 옛 이름.

제127화 걸어 다니는 돌

선조대왕 계묘년(1603) 6월에 경강[1] 노량[2]의 큰 돌이 물속에서 일어나 걸어서 언덕 위의 다른 돌 위에 섰다.

자인현[3]의 돌이 수십 걸음을 일어서서 걸었다.

---

1) 경강(京江) : 예전에 서울의 뚝섬에서 양화 나루에 이르는 한강 일대를 이르던 말.

2) 노량(露梁) : 노량(鷺梁). 노들. 한강 남쪽의 나루터가 있던 곳.

3) 자인현(慈仁縣) : 경상북도 경산시((慶山市) 자인면 지역의 옛 이름.

제128화 임금을 곤경에서 구한 역관

선조대왕 때의 역관인 표헌[1]은 사람됨이 명민하였다. 일찍이 중국 사신에게 연회를 베푸는데, 대왕께서 사신에게 읍양[2]하며 말씀하시길,

"왕인[3]은 미관[4]일지라도 서열이 제후의 위에 있는 것이니, 먼저 의자에 앉으시지요."

하였다. 표헌은 한 구절의 말을 첨가하여 통역하기를,

"왕인은 미관일지라도 서열이 제후의 위에 있는데 하물며 귀인께서야."

하였다. 대왕께서는 그의 사령[5]을 가상하게 여기시고 후한 상

---

1) 표헌(表憲) : 조선조 선조 때의 어전통사(御前通事). 자는 숙도(叔度), 호는 심안당(審安堂), 본관은 신창(新昌). 벼슬이 지중추부사(知中樞府事)에 이르렀음.

2) 읍양(揖讓) : 겸손한 태도를 가짐.

3) 왕인(王人) : 임금의 명령을 받들고 온 사람. 여기서는 중국의 사신을 가리킴.

4) 미관(微官) : 지위가 낮은 관리.

5) 사령(辭令) : 남을 응대하는, 반드레하게 꾸미는 말. *임명, 해임 따위의 인사에 관한 명령.

을 내리셨다.

표헌의 아들인 표정로[6]가 또한 역관의 업을 이어받았다. 중국 사신을 맞이하게 되었는데, 사신이 은행을 먹다가 다음과 같은 시 한 구절을 썼다.

> 은행은 껍질 속에 푸른 옥을 간직하였네.
> 銀杏匣中藏碧玉

표정로는 원접사[7]를 대신하여 다음과 같이 대구를 지었다.

> 석류 껍질 속에는 주사[8]가 점점이 박혀 있네.
> 石榴皮裡點朱砂

그러자 중국 사신은 깜짝 놀라 칭찬을 아끼지 않았다.

---

6) 표정로(表廷老) : 조선조 광해군 때의 역관. 본관은 신창(新昌), 표헌(表憲)의 아들. 벼슬이 지중추부사(知中樞府事)에 이르렀음.

7) 원접사(遠接使) : 조선시대 중국의 사신을 맞아들이던 임시 벼슬. 또는 그 벼슬아치.

8) 주사(朱砂) : 단사(丹砂). 붉은 색의 광물질인 황화수은. 전통의학에서 약으로 썼음.

제129화 우리가 당하는 게 다행

광해군 때 정백창[1]이 여러 대신들과 함께 연회를 벌이고 있는데 때마침 조보[2]가 이르렀다. 인목대비[3] 김씨를 쫓아내자는 폐모론[4]이 실려 있었다. 여러 대신들이 술잔을 물리치며 탄식하였다.

"《시경》에 '부자아선 부자아후'[5]라 하더니, 이런 불행한 일

---

1) 정백창(鄭百昌, 1588-1635) : 조선조 인조 때의 문신. 자는 덕여(德餘), 호는 현곡(玄谷)·곡구(谷口)·대탄자(大灘子)·천용(天容), 본관은 진주(晋州), 정효성(鄭孝成)의 아들.

2) 조보(朝報) : 기별(奇別). 조지(朝紙). 저보(邸報). 저장(邸狀). 저지(邸紙). 난보(爛報). 한경보(漢京報). 조선시대 승정원에서 재결 사항을 기록하고 베껴서 반포하던 관보(官報).

3) 인목대비(仁穆大妃, 1584-1632) : 조선조 제14대 임금인 선조의 계비(繼妃). 연흥부원군(延興府院君) 김제남(金悌男)의 딸. 영창대군(永昌大君)의 어머니.

4) 폐모론(廢母論) : 1617년(광해군9) 이이첨(李爾瞻)·정인홍(鄭仁弘) 등 대북세력들이 영창대군(永昌大君)의 생모인 인목대비를 폐서인하여 궁에서 쫓아내자고 한 논의. 인목대비가 아버지 김제남과 역모를 꾸민다는 투서를 보내 공포 분위기를 조성하고 시전상인들을 동원해 폐모론을 주장하였음.

5) 부자아선 부자아후(不自我先 不自我後) :《시경》 소아(小雅) 정월(正月)장과 대아(大雅) 첨앙(瞻卬)장에 보이는 말로, "우리보다 먼저도 아니요, 우

이 우리 앞 시대에 일어나든가 아니면 우리 뒷시대에 일어날 일이지 하필이면 우리 눈앞에서 이런 꼴을 보게 될 줄이야 누가 알았겠소?"

그러자 문득 정백창이 말하였다.

"《시경》의 그 시를 지은 사람은 깊이 생각하지 못한 듯하오. 나는 적정[6]함이 다행이라 생각하오."

그러자 여러 대신들이 악연[7]하여 물었다.

"그게 무슨 말씀이오?"

"만일 우리 선대에 이런 일이 있었다면 우리 조상님들께서 부진지탄[8]을 하셨을 것이요, 우리 후대에 이런 일이 있었다면 우리 자손들이 부진지탄을 하게 될 것이오. 우리 선대에 이런 일이 있었더라면 하는 사람은 불효라는 혐의를 받을 것이요, 우리 후대에 이런 일이 있었더라면 하는 사람은 자애롭지 못한 선조라는 잘못을 저지르게 되는 것이오. 그런 이유로 나는 우리 자신이 이런 일을 당하는 것이 다행이라고 여기는 것이지요."

그 말을 듣고 여러 대신들은 눈물을 닦고 다시 웃음을 되찾았다.

리보다 뒤지지도 않았네."라는 뜻임.

6) 적정(適丁) : 때마침. 때맞추어 닥침.

7) 악연(愕然) : 몹시 놀라 정신이 아찔함.

8) 부진지탄(不辰之歎) : 때를 잘못 타고 태어났다는 한탄.

제130화 숟가락만 커도 역적 혐의

광해군 때에 위옥[1]이 매우 많아서 상변[2]하여 공 세우기를 바라는 자들이 없는 날이 없었다. 어느 한 사람이 붙잡혀 들어갔는데, 아무 것도 모르는 시골 백성이었다. 옥관[3]이 묻기를,

"너는 어찌하여 불궤[4]한 일을 저질렀느냐?"

하니 그 백성이 되물었다.

"불궤라는 게 무엇을 말하는 건가요?"

"역적모의를 말하는 것이다."

"역적모의는 무엇을 말하는 건가요?"

"나라님이 되려는 것이다."

그 백성은 깜짝 놀라 벌떡 일어서며 말하였다.

"시골에 사는 가난한 백성이 나무를 해다 팔아서 입에 풀칠

---

1) 위옥(僞獄) : 죄가 없는 사람을 죄가 있다고 잡아가두는 일.

2) 상변(上變) : 고변(告變). 반역 행위를 고발하는 일.

3) 옥관(獄官) : 옥리(獄吏). 감옥에서 죄수를 감시하던 구실아치나 형벌에 관한 일을 심리하던 벼슬아치.

4) 불궤(不軌) : 반역을 꾀함. 법이나 도리를 지키지 아니함.

하는 것도 늘 모자라서 쩔쩔매는데 어찌 감히 나라님이 되어 나라를 차지할 마음을 품었겠어요?"
하고 드디어 하늘을 우러러 맹세하기를,
"제가 그런 마음을 품었다면 개새끼, 쇠새끼요!"
하니 그 말을 들은 사람들이 슬퍼하였다.

유몽인[5]이 쓴 소설[6]에 이르기를,
'숟가락이 남보다 조금이라도 큰 것을 보면 바로 고변을 하고야만다.'
하였는데, 이는 사실을 기록한 것이었다.

---

5) 유몽인(柳夢寅, 1559-1623) : 조선조 광해군 때의 문신. 자는 응문(應文), 호는 어우당(於于堂)·간재(艮齋)·묵호자(默好子), 본관은 흥양(興陽), 유충관(柳忠寬)의 손자, 유당(柳樘)의 아들. 시호는 의정(義貞).

6) 소설(小說) : 오늘날의 서사양식인 '소설'을 말하는 것이 아니라, 패관(稗官)들에 의하여 채집되어 제왕이나 통치자의 참고자료가 되는 시정이나 길거리에서 얻어들은 말이나 이야기를 뜻함. 구체적으로 여기서는 유몽인이 저술한 《어우야담(於于野談)》을 말함.

제131화 김시양의 예지몽

광해군 병진년(1616) 무렵, 김시양[1)]이 북새[2)]에 귀양 가 있을 때였다. 어느 날 그의 꿈에 원종[3)]이 반정을 일으키는 것이었다. 그는 이상하게 여겨 일기에,

'옥부거화호년사(玉孚擧火虎年事)'

라고 기록해 두었다.

대개 원종의 휘[4)]인 부(琈)자는 구슬 옥(玉)자와 미쁠 부(孚)자

---

1) 김시양(金時讓, 1581-1643) : 조선조 인조 때의 문신. 처음 이름은 시언(時言), 자는 자중(子中), 호는 하담(荷潭), 본관은 안동(安東), 김인갑(金仁甲)의 아들. 시호는 충익(忠翼).

2) 북새(北塞) : 북쪽에 있는 국경이나 변방. 여기서는 함경북도 종성(鐘城)을 가리킴.

3) 원종(元宗) : 조선조 제16대 왕인 인조의 부친. 이름은 이부(李琈, 1580-1619). 본관은 전주(全州), 선조(宣祖)의 아들로 어머니는 인빈 김씨(仁嬪金氏), 좌찬성 구사맹(具思孟)의 딸을 맞아 인조 및 능원대군(綾原大君)·능창대군(綾昌大君)을 낳았음. 1587년 정원군(定遠君)에 봉해지고, 1604년 임진왜란 중 왕을 호종(扈從)하였던 공으로 호성공신(扈聖功臣) 2등에 봉하여졌음. 인조반정을 계기로 대원군(大院君)에 추존되었다가, 다시 많은 논란 끝에 1627년(인조5) 왕으로 추존되었고, 그의 부인은 인헌왕후(仁獻王后)로 추존되었음. 시호는 공량(恭良), 능묘는 김포의 장릉(章陵).

가 합쳐진 것이고, 중종대왕께서 병인년(1506)에 정국[5]하신 까닭에 이렇게 은어[6]로 적어 두었던 것이다.

그로부터 2년 뒤에 원종은 상선[7]하시고, 계해년(1623)에 인조대왕께서 원종의 적사[8]로 반정에 성공하셨다.

---

4) 휘(諱) : 돌아가신 어른의 생전의 이름.

5) 정국(靖國) : 어지럽던 나라를 태평하게 함.

6) 은어(隱語) : 암호(暗號). 특정인들만 알도록 뜻을 숨겨 쓰는 말.

7) 상선(上仙) : 귀한 사람의 죽음을 높여 이르는 말. *하늘에 올라 신선이 됨.

8) 적사(嫡嗣) : 적자(嫡子). 정식 부인의 소생으로 대를 이을 아들.

제132화 임금을 모신 꿈

광해군 무오년(1618), 오성부원군 이항복이 함경도 북청의 유배지에 있을 때였다. 어느 날 꿈에 선조대왕께서 임헌[1]하시고, 대신인 유성룡[2], 김명원, 이덕형이 모두 모시고 있었다. 선조대왕께서 광해군을 거명하며 하교하시기를,

"광해가 무도하여 골육을 장해[3]하고 모후[4]를 유집[5]하였으니 어쩔 수 없이 쫓아내야겠다."

하시니, 이덕형이 아뢰기를,

"이항복이 아니면 이런 의논을 결정할 수가 없사오니 취명선소[6] 하옵소서."

---

1) 임헌(臨軒) : 임금이 어좌(御座)에 앉지 않고 평대(平臺)에 앉음.

2) 유성룡(柳成龍, 1542-1607) : 조선조 선조 때의 문신. 자는 이현(而見), 호는 서애(西厓), 본관은 풍산(豊山), 유중영(柳仲郢)의 아들. 풍원부원군(豊原府院君)에 봉해짐. 시호는 문충(文忠).

3) 장해(戕害) : 살해(殺害).

4) 모후(母后) : 임금의 어머니. 여기서는 인목대비(仁穆大妃)를 가리킴.

5) 유집(幽縶) : 유폐(幽閉)함.

6) 취명선소(趣命宣召) : 임금이 급히 명을 내려 신하를 부름.

하는 것이었다.

이항복은 송연[7]히 꿈을 깨어 자제들에게 이르기를,

"내가 이 세상에 오래 있지 못할 것 같다."

하였는데, 이틀이 지나 세상을 떠났다.

7) 송연(竦然) : 송연(悚然). 두려워 몸을 옹송그릴 정도로 오싹 소름이 끼치는 듯함.

제133화 관상을 볼 줄 안 중국 사신

광해군 때 중국에서 온 사신이 역관들에게 말하기를,

"이이첨과 허균은 그대 나라의 중신들인데, 이이첨은 '가을 바람에 울고 있는 계집'의 상이요, 허균은 '결박당한 늙은 여우'의 상이며, 그 밖의 재상들 관상이 모두 불길하고, 조정의 벼슬아치들 가운데 살기를 띤 사람이 매우 많으니 그대 나라가 어찌 무사하겠는가?"

하였다. 과연 오래지 않아 인조대왕께서 반정을 하시자, 이이첨과 허균 등 관상이 좋지 않던 사람들이 모두 귀양 가거나 죽음을 당하였다.

제134화 공중에서 떨어진 국문 편지

광해군 임술년(1622) 겨울에 창경궁 통명전[1]에서 국문으로 쓴 편지가 공중에서 떨어졌다. '이어속속(移御速速)'[2]이라는 네 글자를 써서 날마다 수십 차례나 떨어지다가 이듬해 3월 12일이 되어서야 그쳤다. 그 이튿날 인조반정이 일어났다.

---

1) 통명전(通明殿) : 서울시 종로구 와룡동 창경궁(昌慶宮)에 있는 조선 후기의 전각.

2) 이어속속(移御速速) : 임금의 거처를 빨리 옮기라는 말.

제135화 태어난 해로 지은 이름

광해군 말기 평양에 한 기생이 있었다. 나이 열예닐곱에 몸을 정결하게 가지고 항상 말하기를,

"아무리 기생이 천하다고 할지라도 마땅히 한 지아비를 위해 정조를 지키다가 죽는 것이 옳다."

하였다. 평양 감영의 비장이나 책객[1]이 그녀의 자색을 탐내 가까이 하고자 하여도 말을 듣지 않아 형장을 치고 칼을 씌워 옥에 가두어도 끝내 마음을 바꾸지 않았다. 영읍[2]의 사람들이 모두들 그녀를 괴물이라고 일컬었다.

그녀의 부모가 사윗감을 고르려고 하면 그때마다 말하기를,

"지아비는 제 평생을 맡길 사람이니 제가 스스로 고르겠어요."

하였다. 이 말이 한번 전파되자 풍문을 듣고 찾아오는 자들이 하나같이 미남자에 풍신[3]이 좋았다. 부유하고 귀한 사람들이

---

1) 책객(冊客) : 책방(冊房). 고을 수령의 비서 일을 맡아보던 사람. 관제(官制)에는 없는데 사사로이 임용하였음.

2) 영읍(營邑) : 영문(營門)과 고을을 아울러 이르는 말.

3) 풍신(風身) : 풍골(風骨). 풍채(風采). 풍채(風彩).

밤낮으로 그녀 집 문전을 드나들었으나, 그녀는 모조리 퇴짜를 놓았다.

하루는 그녀가 대동문 누각에 앉아 대동문 밖에서 한 노총각이 나뭇짐을 지고 오는 것을 보고는 아버지에게 집으로 데려다 달라고 말하였다. 그녀의 아버지는,

"네 심정은 실로 이상하구나. 사람들마다 모두 너의 자색을 탐내어, 위로는 감사나 본관사또의 별실[4]이 될 수도 있을 것이요, 중간으로는 호방 비장이나 책객의 수청기생이 될 수도 있을 것이요, 아무리 못 되어도 아무개 도령이나 아무개 도령을 놓치지는 않을 텐데 하나같이 마다하고 천하의 흉악한 거지를 얻고자하니 이것이 무슨 속내인지 모르겠다."

하고 책망하였다. 그러나 딸의 성정을 아는지라 어찌할 수가 없어서 그 총각아이를 맞아다가 짝을 지어 주었다.

그 뒤, 그녀는 신랑에게 말하기를,

"여기는 우리가 오래 있을 만한 곳이 아니니 당신과 함께 한양으로 올라가 생계를 꾸렸으면 해요."

하고 드디어 상경하여 서대문 밖에다 주점을 차리고 장안 제일의 색주가[5]가 되었다. 그러자 도성 안팎의 부자나 양반집 자제들이 폭주[6]하지 않을 적이 없었다.

---

4) 별실(別室) : 소실(小室). 작은집. 첩(妾).

5) 색주가(色酒家) : 젊은 여자를 두고 술과 함께 몸을 팔게 하는 집. 또는 그곳에서 몸을 파는 여자.

그때 대여섯 명의 주당이 드나들며 술을 마셨는데, 주인은 술값이 있고 없고를 따지지 않고 달라는 대로 차려 내곤 하였다. 그러다 보니 상당한 술값을 갚지 못하게 되었다. 그들이 염치가 없다고 말하면, 그녀는 말하곤 하였다.

"나중에 많이 갚아주시면 될 텐데 뭘 그러십니까?"

그 주당은 곧 묵동[7]의 김 정언[8]과 이 좌랑[9]의 무리였다. 그녀는 김 정언에게 조용히 말하였다.

"이 동네가 생소한 게 많아 장차 남촌으로 이사를 하려 하는데, 나리마님께서 뒤를 좀 보살펴 주세요."

"좋지. 우리도 멀리 와서 술 마시기가 괴로운데 자네가 만일 가까이 온다면야 우리가 뒤를 잘 봐주겠네."

이리하여 그녀는 묵동으로 이전하였다. 어느 날 김 정언을 보고 말하기를,

"제 지아비는 목불식정[10]하고, 또한 언문도 깨치지 못하여 외상 술값을 적어 놓는 데도 무무[11]할 때가 많으니, 나리마님

---

6) 폭주(輻輳) : 폭주병진(輻輳幷臻). 수레의 바퀴통에 바퀴살이 모이듯 한다는 뜻으로, 한곳으로 많이 몰려듦을 이르는 말.

7) 묵동(墨洞) : 서울시 중랑구에 있는 동네.

8) 정언(正言) : 조선시대 사간원(司諫院)에 속한 정6품 벼슬.

9) 좌랑(佐郎) : 조선시대 육조(六曹)에 속한 정6품 벼슬.

10) 목불식정(目不識丁) : 아주 간단한 글자인 '정(丁)'자를 보고도 그것이 '고무래'인 줄을 알지 못한다는 뜻으로, 아주 까막눈임을 이르는 말.

11) 무무(貿貿) : 교양이 없어 말과 행동이 서투르고 무식함.

께서 어린아이들이 하는 공부라도 가르쳐 주셨으면 해요. 그렇게 해주시면 마땅히 선생님으로 대접하여 하루에 술 한 병씩 차려 올리겠습니다."

하는 것이었다. 김 정언은 그 자리에서 허락하였다.

"그러지. 내일 식전에 책을 챙겨서 보내게."

그녀는 남편더러 《통감》[12]몇 째 권을 사오게 하여 그 중간에 표를 붙여주며,

"이 책을 가지고 김 정언 댁에 가서 가르쳐 달라고 하세요. 선생님은 반드시 첫째 장부터 가르치려고 할 테니, 그 말대로 하지 말고 반드시 여기 표해 놓은 데를 가르쳐 달라고 하세요."

하고 당부하였다.

남편은 그녀의 말대로 이튿날 아침에 책을 가지고 갔다. 김 정언은,

"《천자문》[13]인가, 《유합》[14]인가?"

---

12) 《통감(通鑑)》: 《통감강목(通鑑綱目)》. 중국의 주희(朱熹)가 지은 사서(史書). 《자치통감(資治通鑑)》을 강(綱)과 목(目)으로 나눈 것으로, 주희가 손수 만든 한 권의 범례에 의거하여 조사연(趙師淵) 등이 전편(全篇)을 작성하였음.

13) 《천자문(千字文)》: 중국 양(梁)나라 주흥사(周興嗣)가 지은 책. 사언(四言) 고시(古詩) 250구로 모두 1,000자(字)로 되어 있으며, 자연 현상으로부터 인륜 도덕에 이르는 지식 용어를 수록하였고, 한문 학습의 입문서로 널리 쓰였음.

14) 《유합(類合)》: 조선조 성종 때에, 서거정(徐居正)이 지은 한문 학습서. 《천자문(千字文)》이나 《훈몽자회(訓蒙字會)》와 같이 각 자(字)마다 음(音)

하고 물었다.

"《통감》제4권입니다."

"이 책은 자네에게 맞지 않으니 모름지기 《천자문》을 가져 오게."

"기왕에 가져왔으니 이 책을 배우고 싶습니다."

"이 책도 글이니 무방하겠지."

하고 첫 장부터 가르치려 하니, 그는 손으로 표해 놓은 장을 펼치며 말하였다.

"여기서부터 배우고 싶습니다."

"반드시 첫 장부터 배워야 할 것이야."

그가 끝내 듣지 않고 표해 놓은 데를 고집하자, 김 정언은 화가 나서 책을 집어 던지며,

"천하에 못난 자식 같으니라고! 도무지 제 여편네 말만 듣는구먼."

그는 몹시 원망하며 집으로 돌아가서 아내에게,

"앞으로 김 정언에게는 술을 주지 말게! 양식을 주기는커녕 도리어 쪽박만 깨지 뭐야."

하며 투덜거렸다. 그녀는 빙긋이 웃으며 말하였다.

"당신의 인물이 만일 잘났으면 어찌 이런 모욕을 받았겠소?"

조금 있더니 김 정언이 와서 그녀의 손을 잡으며 물었다.

과 훈(訓)을 달았음.

"자네가 사람인가, 귀신인가?"

"저희들 같은 사람도 때를 만나면 양반이 될 수도 있겠지요?"

"그저 기다려 보게."

하고는 술을 달라고 하여 다시 마셨다.

대개 그 책에 표해 놓은 데는 곽광[15]이 창읍왕[16]을 쫓아낸 일을 기록한 곳이었다.

이른바 김 정언은 바로 승평부원군 김류[17]이고, 이 좌랑은 곧 연양군 이귀였다. 그녀는 그들의 반정 모의가 장차 성공할 것을 알아채고 일부러 《통감》제4권을 가지고 가게 하여 앞서 그들의 뜻을 떠본 것이었다. 김류도 또한 자신들이 모의하는 일을 그녀가 눈치 챈 것을 알았다.

며칠 뒤, 김류 등이 과연 인조대왕을 추대하여 반정을 일으켰다. 그 공을 논할 때에 먼저 그녀의 외상 술값을 말하니 모든 이들의 의견이 순동[18]하였으나, 그 지아비의 이름을 아는 사

---

15) 곽광(霍光) : 중국 전한(前漢)의 장군(?-B.C.68). 무제(武帝)를 섬기다가 무제가 죽자 실권을 장악하여 어린 소제(昭帝)를 보좌하여 대사마 대장군(大司馬大將軍)이 되었으며, 소제가 죽은 뒤 창읍왕(昌邑王)을 폐위시키고 선제(宣帝)를 즉위시켜 20여 년 동안 권력을 누렸음.

16) 창읍왕(昌邑王) : 중국 전한(前漢) 유하(劉賀)의 봉호(封號). 무제(武帝)의 손자. 소제(昭帝)의 뒤를 이어 즉위했으나, 향연과 음란을 일삼다가 곽광(霍光)에 의하여 즉위한 지 27일 만에 폐위되었음.

17) 김류(金瑬, 1571-1648) : 조선조 인조 때의 문신. 자는 관옥(冠玉), 호는 북저(北渚), 본관은 순천(順天), 김여물(金汝岉)의 아들. 인조반정 후 승평부원군(昇平府院君)에 봉해짐. 시호는 문충(文忠).

람이 없었다. 김류는,

"내가 들으니 그가 기축생이라 하더군. 육갑으로 이름을 짓는 것은 아주 고상한 것이니 동음을 취하여 기축(起築)[19]으로 짓는 것이 어떻겠소?"

하니 모두들,

"그럽시다."

하므로 드디어 3등 공신으로 녹훈[20]하여 한성부윤[21] 벼슬을 제수하였다. 그 뒤 그는 벼슬이 병조참판[22]에 이르렀다.

---

18) 순동(詢同) : 한가지로 일치함.

19) 이기축(李起築, 1589-1645) : 조선조 인조 때의 무신. 자는 희열(希說), 본관은 전주(全州), 효령대군(孝寧大君)의 8대손. 시호는 양의(襄毅).

20) 녹훈(錄勳) : 훈공(勳功)을 장부나 문서에 기록함.

21) 한성부윤(漢城府尹) : 한성판윤(漢城判尹). 조선시대 한성부의 정2품 으뜸 벼슬.

22) 병조참판(兵曹參判) : 조선시대 병조의 종2품 벼슬.

제136화 태평의 꿈

인조대왕께서 일찍이 꿈에 한 여자를 보셨는데, 자신을 장유[1]의 딸이라고 하며 '태평'이라는 두 글자를 써서 올리는 것이었다. 꿈에서 깨신 뒤 이상하게 여기시어 비밀리에 수소문하여 보니, 장유라는 진사에게 과연 딸이 있었다.

그녀를 후궁[2]으로 들이신 뒤 시험 삼아 글씨를 쓰게 하셨더니, 그녀는 천하태평춘(天下太平春) 다섯 글자를 써서 올리는 것이었다.

꿈과 부합되었으나 그 밖의 다른 이상은 없었다.

1) 장유(張留, 1601-1650) : 조선조 인조 때의 문신. 자는 계우(季遇), 호는 만연재(曼衍齋), 본관은 덕수(德水), 장경해(張慶海)의 아들. 장녀가 인조(仁祖)의 귀인(貴人)이 됨.

2) 후궁(後宮) : 장유(張留)의 딸로서, 1635년(인조13) 8월 23에 숙의(淑儀)로 간택되었음. 1638년 12월 21일에 소의(昭儀)로 진봉되었으며, 1640년 8월 27일에는 귀인(貴人)이 되었음.

제137화 외가 재산 나누기

인조반정 초에 궁금[1)]을 숙청[2)]하고 여러 신하들이 대궐 안에 흩어져 거처하고 있었다. 이해[3)]가 한 곳에 혼자 앉아 있는데, 심기성[4)]이 다가와 말하였다.

"대궐 안에 거두어 둔 물건들을 모든 공신들에게 나누어주라는 상감의 명이 있었는데 어찌 자네와 함께 가서 나누지 않을 수 있겠나?"

이해가 사양하고 가려 하지 않자, 심기성은 이해의 소매를

---

1) 궁금(宮禁) : 궁궐(宮闕). 대궐(大闕).

2) 숙청(肅淸) : 숙청궁금(肅淸宮禁). 대궐 안에 잡인의 출입을 금하던 일.

3) 이해(李澥, 1591-1670) : 조선조 현종 때의 문신. 자는 자연(子淵), 호는 농옹(聾翁), 본관은 함평(咸平), 이효원(李效元)의 아들. 인조반정에 가담하여 정사공신(靖社功臣) 2등에 책록되고 함릉군(咸陵君)에 봉하여졌다가 효종 때 함릉부원군으로 진봉되었음. 시호는 충민(忠敏).

4) 심기성(沈器成, ?-1644) : 조선조 인조 때의 문신. 본관은 청송(靑松). 인조반정 때 유생으로 적극적으로 가담하여 정사공신(靖社功臣) 2등에 녹훈되었음. 1644년(인조22)에 좌의정(左議政) 심기원(沈器遠)·광주부윤(廣州府尹) 권억(權憶) 등과 함께 회은군(懷恩君) 이덕인(李德仁)을 왕으로 추대하려는 역모를 꾸미는데 동참하였다 하여 심문을 받던 중 옥사하였음.

잡아끌며 억지로 권하는 것이었다. 그러자 이해는 분연[5]히,

“자네 외가 재산이라도 나누는가? 자네가 가면 가는 것이지, 어째서 나를 억지로 잡아끄는가?”

하였다. 이 이야기를 들은 사람들이 절도[6]하였다.

---

5) 분연(奮然) : 떨쳐 일어서는 기운이 세차고 꿋꿋한 모양.

6) 절도(絶倒) : 포복절도(抱腹絶倒). 배를 그러안고 넘어질 정도로 몹시 웃음.

제138화 까치가 전한 기쁜 소식

광해군 때 광산부부인 노씨[1]가 제주에 귀양살이를 한 지 10여 년이 되었으나 살아서 돌아갈 희망이 전혀 없었다.

어느 날 까치 한 마리가 처마 끝에 날아와 깍깍 울어대는 것이었다. 부인은,

"집안이 망하고 사람이 죽었는데 무슨 기쁜 일이 있을까?"

하고 한숨지었다.

제주 섬에는 까치가 없었으므로 사람들이 모두 기이하게 여겼다. 그런 지 얼마 지나지 않아 승지가 부인을 맞이하기 위해 조천관[2] 앞에 배를 댔다.

대개 이때 인조대왕께서 반정을 하시고 즉시 사신을 보내 부인을 맞아 오게 하였던 것이다. 사신이 탄 배가 전라도 해남에서 출발할 때에 까치가 돛대 위에 날아와 앉더니, 제주도의 나루터에 가까워지자 홀연 남쪽으로 날아 먼저 부인에게 가서 기쁜 소식을 전하였던 것이다.

---

1) 광산부부인 노씨(光山府夫人盧氏) : 인목대비(仁穆大妃)의 어머니.

2) 조천관(朝天館) : 제주도 제주시 조천읍의 조천포에 있던 건물.

제139화 돈 대신 대포

정충신[1]의 봉호는 금남군으로, 인조대왕 때의 이름난 무신이었다.

처음에 선사포[2] 첨사에 임명되어 여러 대신들에게 두루 작별 인사를 드리러 갔다.

한 원로대신이 은근히 환대하며 말하기를,

"나는 자네가 무한한 장래성이 있는 사람임을 알고 있네. 또한 자네가 아직도 가정을 꾸리지 않고 있다는 것도 알고 있지. 내 소실의 몸에서 낳은 딸 하나가 있는데, 자네의 소실로 삼아 건즐[3]을 받들게 함이 어떻겠는가?"

---

1) 정충신(鄭忠信, 1576-1636) : 조선조 인조 때의 무신. 자는 가행(可行), 호는 만운(晩雲), 본관은 광주(光州), 고려의 명장 지(地)의 후손. 이괄(李适)의 난 때 진무공신(振武功臣) 1등으로 금남군(錦南君)에 봉해졌음. 시호는 충무(忠武).

2) 선사포(宣沙浦) : 평안북도 철산군(鐵山郡) 백량면(柏梁面)에 있었던 포구(浦口).

3) 건즐(巾櫛) : 수건과 빗을 아울러 이르는 말로, 처첩(妻妾)을 가리키기도 함. '건즐을 받든다'는 말은 처첩이 남편의 시중을 드는 것을 말함.

정충신이 그 뜻에 감격하여 허락하자 노대신이 말하였다.

“그렇다면 남의 이목을 번다하게 할 수는 없으니 자네가 떠나는 날 홍제교 다리 앞에서 기다리게나.”

정충신이 응낙하고, 떠나는 날 행장을 갖추어 홍제교 앞에 이르니 과연 어떤 이가 말이 끄는 가마 한 채를 몰고 날렵하게 다가와 선사포로 가는 행차인가를 확인하는 것이었다.

정충신이 드디어 그 부인을 맞아 보니, 구각[4]이 몹시 큰 데다 말투도 무뚝뚝하였다. 자신이 속았다는 생각에 한숨이 나왔으나 약속한 것을 물리치기도 어려워 마지못해 데리고 선사포로 향하였다.

선사포에 도착한 뒤에도 그녀는 다만 정충신이 먹고 마실 음식을 주관할 따름이고, 아내로서 남편을 곰살갑게 대할 생각이 전혀 없는 듯하였다.

어느 날 저녁 감영에서 비관[5]이 도착하였다. 뜯어보니,

‘군사적인 일로 상의할 것이 있으니 급히 달려오라.’

라는 내용이었다.

드디어 저녁을 재촉하여 먹고 소실과 작별을 하려는데 그녀가 말하였다.

“대장부가 난세를 당하여 어떠한 판단을 내릴 즈음에 그 일의

4) 구각(軀殼) : 몸의 껍질이라는 뜻으로, 온몸의 형체 또는 몸뚱이의 윤곽을 정신에 상대하여 이르는 말.

5) 비관(秘關) : 상관이 아랫사람에게 비밀리에 보내는 공문.

기미를 미리 헤아리지 못한다면 어떻게 그 일을 처리하겠어요?"

정충신은 그녀의 말이 예사롭지 않다고 여겨 무슨 말이냐고 물었다. 그녀는,

"반드시 이러저러한 일이 생길 것이니, 그 대책으로 이러저러하게 처리하세요."

하고는 붉은 비단으로 지은 철릭[6]을 꺼내 입혀주었다. 마치 잰 듯이 몸에 꼭 맞으므로, 정충신은 놀라는 한편 기이하게 여겼다.

정충신이 감영에 달려가니 감사는 주위 사람들을 물린 뒤 말하였다.

"지금 중국에서 온 사신이 돌아가는 길에 평양성에 머물면서 은전 일만 냥을 마련해 달라며, 만일 들은 대로 시행하지 않으면 효수[7]하겠다고 을러대고 있네. 이 일을 어찌 조처해야 할지 모르겠고, 은전도 그렇게 많이 마련하기가 어려운 일이잖나. 아무리 생각해도 자네가 아니면 사태에 맞추어 대처할 수 없을 듯해서 오라고 하였네."

정충신이 그 말을 들어보니, 과연 소실이 한 말과 꼭 들어맞았다.

이에 정충신은 연광정에 나가 앉아 감영의 장교들 가운데 영리한 사람을 불러다 한동안 귓속말을 한 뒤 돌려보냈다. 그런

---

6) 철릭(*天翼) : 무관이 입던 공복(公服). 직령(直領)으로서, 허리에 주름이 잡히고 큰 소매가 달렸는데, 당상관은 남색이고 당하관은 분홍색이었음.

7) 효수(梟首) : 죄인의 목을 베어 높은 곳에 매달아 놓음. 또는 그런 형벌.

뒤 즉시 감영의 기생들 가운데 슬기롭고 인물이 고운 사람 네댓을 골라 노래도 부르게 하고 춤도 추게 하며 질펀하게 술자리를 벌였다. 그러다가 감영의 장교를 다시 불러 귀엣말로 이르기를,

“지금 은전을 내지 못하면 사또나리께서 돌아가시게 되고 평양성 전체가 어육이 될 것이니, 자네가 나가 평양성 안의 집집마다 화약을 꽂아놓고 연광정에서 대포 소리가 세 번 울리거든 불을 지르게.”

그 장교가 명을 받들고 물러갔다가 돌아와 아뢰었다.

“화약을 집집마다 빠짐없이 꽂아 두었습니다.”

그 말을 들은 정충신은 포수에게 대포를 한 방 쏘라고 하였다. 대포 소리가 나자, 주변에서 몰래 듣고 있던 기생들은 크게 두려워서 거짓으로 집에 일이 있다고 핑계를 대고 하나씩 자리를 빠져나가 각기 자기 집에 곧 평양성이 불바다가 된다고 전하였다. 그러자 삽시간에 온 평양성 사람들이 다 알고 아버지, 어머니를 부르며 처자를 데리고 성 밖으로 다투어 빠져나가는 바람에 그 아우성치는 소리로 지축이 울렸다.

중국 사신은 처음 울리는 대포소리를 듣고 몹시 의아해 하다가 사람들의 아우성치는 소리가 또 들려오자 놀라 벌떡 일어나 감영의 장교에게 무슨 일이냐고 물었다. 한 장교가 대답하기를,

“선사포 첨사가 이러저러하게 일을 벌이고 있는데, 만일 대포를 한 방만 더 쏘면 온 평양성이 장차 잿더미가 될 것이오.”

하는 것이었다. 사신은 정신과 넋이 조망[8]하여 신발도 미처 신지 못하고 연광정으로 달려가서 정충신의 손을 잡고 부디 목숨만 살려 달라고 애걸하였다. 정충신은 사리에 근거하여 꾸짖었다.

"그대가 황제의 칙명을 선포하러 사신으로 왔기에 오가는 길에 모시는 신료들이 각별한 접대를 게을리 하지 않았거늘, 전례에도 없는 돈을 책출[9]하려 하니 이는 행부득지정[10]이오. 이렇든 저렇든 평양성의 온 백성들이 죽기는 마찬가지이니, 차라리 잿더미 속에서 함께 죽으려는 것이오."

"내 목숨이 대인의 손에 달려 있소. 마땅히 즉각 오늘밤에 말을 쏜살같이 달려 사흘 안에 압록강을 건너갈 것이니, 제발 마지막 한 발의 대포는 멈추어 주시오."

"사신이 무례하니 나는 그 말을 믿을 수가 없소."

하며 연달아 포수를 불러댔다. 그러자 사신은 정충신을 붙들고 천 번 만 번 애걸하였다.

정충신이 마지못하여 하는 수가 없다는 듯이 허락하니, 사신 일행은 일제히 말에 올라 풍치전매[11]하여 과연 사흘 안에 압록강을 건너갔다.

---

8) 조망(錯忙) : 조망(措忙). 창황망조(蒼黃罔措). 너무 급한 나머지 어찌할 수가 없음.

9) 책출(責出) : 책립(責立). 필요한 인원, 마소 따위를 책임지고 차출하던 일.

10) 행부득지정(行不得之政) : 행할지라도 이룰 수 없는 일.

11) 풍치전매(風馳電邁) : 바람과 번개처럼 빠르게 달려감.

감사는 크게 기뻐하며 잔치를 베풀어 치사하였다. 이로 말미암아 정충신의 이름이 온 세상에 진동하였다.

선사포의 본진으로 돌아온 정충신이 그 뒤로부터는 무슨 일이든 소실에게 물어보며, 소실을 마치 신의 사자처럼 대접하였다.

제140화 아아, 그대는 만리로 가고

유희분은 광해군 왕비의 오라버니가 되는 사람이었다.

젊은 시절 남의 옛 집터를 지나가다가 나막신을 벗어 자기 앞에 두고 주춧돌에 올라서서 오줌을 눈 뒤에 돌아보니 나막신 위에 홀연히 혈서로 다섯 자가 쓰여 있었다.

'아아, 그대는 만리로 가고.'

그는 마음속으로 이상하게 여겼다.

임진왜란 때 어가를 호종하여 평안도로 향할 적에 왜적이 총탄이 복부를 관통하였으나 마침내 목숨은 보전할 수가 있었다.

그 뒤, 누이가 광해군의 왕비가 되고, 자신은 문창부원군이 되었다. 벼룻집에 새 편지지를 모아 두었다가 어느 날 열어 보니 붉은 글씨로 다음과 같은 당시가 쓰여 있었다.

함께 귀양 갔다가 광해군은 더 멀어져,

만리나 떨어진 청산에 외로운 한 척 조각배 신세.
同作逐臣君更遠 青山萬里一孤舟

그는 깜짝 놀라 괴이하다는 생각을 떨쳐버릴 수가 없었다.

인조대왕의 반정이 일어난 뒤에 유희분은 만리현[1]에서 피살되었고, 그때 폐주 광해군과 폐비 유씨[2]는 강화도로 보내졌다가, 폐주는 다시 제주도로 옮겨 갔다.

처음에 광해군의 장인이 된 유자신[3]의 부귀와 복록은 고금에 견줄 데가 없었다. 매양 풍악을 울리고 잔치를 벌이곤 하였는데, 어느 날 환락이 극에 달하였을 때에 문득 반공중에서 박수를 치며 여러 사람들이 웃는 소리가 나더니,
"성대한 잔치로다, 성대한 잔치야!"

---

1) 만리현(萬里峴) : 만리재. 서울시 중구 만리동과 마포구 공덕동 사이에 있는 고개. 조선조 세종 때 학자 최만리(崔萬里)가 살았다 해서 만리재 · 만리현이라 부르게 되었다고 함.

2) 폐비 유씨(廢妃柳氏, 1576-1623) : 조선조 제15대 왕인 광해군의 왕비. 본관은 문화(文化), 유자신(柳自新)의 딸. 문성군부인(文城郡夫人)이었다가 왕비가 됨. 인조반정 때 폐주 광해군과 함께 강화도로 보내졌다가 그곳에서 사망하였음.

3) 유자신(柳自新, 1541-1612) : 조선조 제15대 임금인 광해군의 장인. 자는 지언(止彦), 본관은 문화(文化), 유잠(柳潛)의 아들. 문양부원군(文陽府院君)에 봉해졌으나 인조반정 때 관작과 봉호가 추탈되었음.

하는 소리가 들렸다.

그 잔치에 참석하였던 부인이 일어서서 신을 신으니 또 웃음 소리가 들리며,

"발이 어찌 그리도 큰가?"

하는 것이었다. 온 집안사람들이 기뻐하며 모두들 이르기를,

"하늘이 큰 복을 내려주시니, 귀신도 또한 기쁨을 돋우는구나!"

하였다.

또 자물쇠를 채워 둔 다락 안에 새로 잡은 말의 다리가 있어서 흐르는 피가 흥건하였는데, 그 집안에서는 불휼[4]하더니 마침내 복망[5]하고 말았다.

---

4) 불휼(不恤) : 돌보지 않음. 걱정하지 않음. 개의(介意)치 않음.

5) 복망(覆亡) : 나라나 집안이 망함.

제141화 명나라 도독 원숭환

도독 원숭환[1]은 명나라 말기의 명장이다. 그는 산해관[2]에 주둔하여 건노[3]를 막고 있었는데, 그 당시의 나이가 겨우 20여 세였다.

인조대왕 때의 역관 한원[4]이 사신을 따라 중국에 들어가다가 원숭환을 만났다. 원숭환은 반갑게 맞아 사신과 함께 바둑을 두었다. 옹용[5]한 한담과 우스갯소리가 손에 잡힐 듯하였다. 그 당시 성 안은 요격[6]하여 사람이 전혀 없는 듯하더니, 날이

---

1) 원숭환(袁崇煥, 1584-1630) : 명나라 말기의 명장. 자는 원소(元素), 호는 자여(自如). 후금(後金)의 침략에 맞서 요동(遼東) 방어에 공을 세웠지만 모반(謀反)의 누명을 쓰고 처형되었음.

2) 산해관(山海關) : 중국 하북성(河北省) 동북쪽 끝, 발해만(渤海灣) 연안에 있는 진황도시(秦皇島市)에 속한 요새지.

3) 건노(建虜) : 명나라 사람들이 여진족(女眞族)인 후금(後金)을 낮추어 부르던 말.

4) 한원(韓瑗, 1580-?) : 조선조 인조 때의 역관. 자는 백옥(伯玉), 본관은 신평(新平), 한언침(韓彦忱)의 아들. 벼슬이 종2품 가선대부(嘉善大夫)에 이름.

5) 옹용(雍容) : 마음이나 태도 따위가 화락하고 조용함.

한낮 가까이 되자 장교 한 사람이 원 도독 앞으로 달려와 아뢰기를,

"누르하치[7]가 10만 군사를 거느리고 30리 밖에 와서 주둔하였습니다."

하였다. 원 도독이 바둑판에서 눈을 떼지 않은 채 대답하였다.

"알았네. 알았어!"

사신이 말하였다.

"지금 적의 대군이 접경지역에 이르렀거늘 어찌하여 방어책을 쓰지 않으십니까? 바둑은 그만 두시지요."

"겁낼 것 없소. 이미 조처를 해두었소."

하고는 여전히 바둑만 두는 것이었다.

잠시 후에 장교가 또 아뢰었다.

"적이 20리 밖에 이르렀습니다."

잠시 후에 또 아뢰었다.

"10리 밖까지 이르렀습니다."

그러자 원 도독은 사신과 함께 누대에 올라 살펴보았다. 한눈에 들어오는 평야에 청군의 기마대가 개미떼처럼 몰려오고 있었는데, 흑운[8]이 참담[9]하고 삭풍[10]이 석력[11]하였다.

---

6) 요격(寥闃) : 고요하고 쓸쓸함.

7) 누르하치(努爾哈赤, 1559-1626) : 중국 청(淸)나라의 초대 황제. 재위 1616-1626. 건주여진(建州女眞)의 추장으로 여진족을 병합한 뒤 후금(後金)을 세워 청나라의 기초를 마련하였음.

사신이 성 안을 돌아다보니 각 보루[12] 위에는 깃발을 세워 허장[13]을 하였을 뿐이고, 군사 또한 채 3천 명이 되지 못하였으므로 몹시 두려웠다.

원 도독은 장교 한 사람을 부르더니 귀엣말로,

"이리저리 하라."

하였다. 장교는,

"네. 알겠습니다."

하고 물러갔다. 그런 뒤에 원 도독은 술잔을 기울이면서 담소를 하였다.

잠시 후 홀연 성루에서 포성이 터지자 삽시간에 하늘이 무너지고 땅이 갈라지는 듯한 소리가 들리며 화염이 들판에 가득 차고, 적진이 모두 잿더미 속으로 들어가 피비린내가 코를 찔렀다.

사신은 비로소 지뢰포를 미리 설치하였던 것을 들어서 알게 되었는데, 참으로 천하의 장관이었다.

날이 이미 저물어서야 연기가 다 사라져서 바라보니, 산기슭

---

8) 흑운(黑雲) : 검은 구름. 매우 암담한 상태나 정세를 비유적으로 이르는 말.

9) 참담(慘淡) : 참담(慘憺). 끔찍하고 절망적임.

10) 삭풍(朔風) : 겨울철에 북쪽에서 불어오는 찬바람.

11) 석력(淅瀝) : 바람이 나무를 스치어 울리는 소리. 비나 눈이 낼는 소리.

12) 보루(堡壘) : 적의 침입을 막기 위하여 돌이나 콘크리트 따위로 튼튼하게 쌓은 구축물.

13) 허장(虛張) : 허장성세(虛張聲勢). 실속 없이 허세를 부림.

에 등불을 깜박이며 달아나는 것이 있었다. 원 도독이 탄식하며,

"천운이로다!"

하고 한 장교를 불러 말하였다.

"저 등불 빛은 누르하치의 것이다. 너는 술병을 가지고 말을 달려가서 내 말을 전하라. '노장이 10년 동안 군사를 길렀는데 하루아침에 잿더미가 되었으니 어찌 애석하지 않으랴? 내가 박주[14]로 달래노라.'라고."

장교가 그와 같이 가서 전하니, 누르하치는 술을 받아 통음하고 달아나다가 만에[15]로 죽고 말았다.

---

14) 박주(薄酒) : 남에게 대접하는 술을 겸손하게 이르는 말.

15) 만에(懣恚) : 분(忿)에 북받침.

제142화 화부의 보은

역관 한원이 일찍이 사신단을 수행하여 북경으로 가다가 옥전현[1]에 이르렀다. 그곳 객관의 화부가 손에 《주역》을 들고 읽고 있으므로 괴이하게 여겨 물으니,

"가난한 선비로 생계를 꾸려 갈 수가 없어서 객관의 화부로 고용되었습니다."

하는 것이었다. 가엾은 생각이 든 한원은 은전 30냥을 꺼내 그에게 주었다.

그 뒤, 한원은 사신 이흘[2]을 수행하여 뱃길로 북경에 가다가 각화도[3] 앞바다에 이르러 구풍[4]을 만나 등주[5] 해안에 표박하

1) 옥전현(玉田縣) : 중국 하북성(河北省) 당산시(唐山市)의 서북부에 있는 고을.

2) 이흘(李忔, 1568-1630) : 조선조 인조 때의 문신. 자는 상중(尙中), 호는 설정(雪汀)·오계(梧溪), 본관은 경주(慶州), 이천일(李天一)의 아들. 1629년 진하사(進賀使)로 중국에 갔다가 병사함. 원문의 흘(迄)은 잘못임.

3) 각화도(覺華島) : 중국 요녕성(遼寧省) 흥성시(興城市)에 속한 섬. 도화도(桃花島), 국화도(菊花島) 등의 별칭이 있음.

4) 구풍(颶風) : 맹렬한 폭풍(暴風).

였다. 그곳 해안을 지키는 군졸들이 사신 일행을 구타하며 상륙을 허락하지 않고 즉시 뱃머리를 돌리라고 하여, 일행이 모두 어찌할 바를 몰랐다.

문득 한 관리가 교자를 앉아 일산을 쓰고 지나가다가 한원을 보고 쫓아와 한동안 바라보다가 손을 덥석 잡으며,

"그대는 저의 은인이 아니시오? 저는 옥전현 객관에서 화부로 있던 사람입니다. 그대가 주신 돈에 힘입어 진사에 급제하고 등주의 수령으로 와 있었는데 오늘 그대를 만나다니, 이건 천운이오."

하고 함께 등주성에 들어가서 양식과 찬거리를 넉넉히 공급해주고, 군문에 청하여 제주[6]를 받아서 북경에 보내주었다. 또한 백금 3백 냥과 채색 비단 3백 필을 전날의 은혜에 대한 보답으로 주었다.

사신 일행은 여순[7] 어귀로 도로 돌아가서 또 회오리바람을 만나 모든 배가 침몰하였으나, 한원은 겨우 위기를 모면하고 홀로 살아서 임금께 복명하였다. 상감께서는 술을 먹여주시고 옥관자를 하사하셨다.

---

5) 등주(登州) : 중국 산동성(山東省) 용구시(龍口市) 지역의 옛 이름.

6) 제주(題奏) : 임금에게 올리는 글인 제본(題本)과 주본(奏本)의 통칭. 제본은 공사(公事)에 관한 상주서(上奏書)이고, 주본은 사사(私事)에 관한 상주서임. 여기서는 명나라 황제에게 올리는 조선의 국서(國書)를 말함.

7) 여순(旅順) : 중국 요녕성(遼寧省) 요동 반도(遼東半島)의 남단부에 있는 항구 도시.

제143화 서양과의 첫 교통

인조대왕 갑자년(1624)에 대마도 사람이 밀서를 보내 알리기를,
'이른바 야소종문[1]이라는 자들은 일본의 반적입니다. 중국 사람들 사이에 섞여 연해에 출몰하므로, 일본에서는 근심이 깊습니다.'
하였다. 이것은 서양인이 일본에 처음 와서 대중을 많이 모으다가 일본에서 초멸[2]된 것을 가리키는 것이다. 서양이 중국과 통한 것이 만력[3] 연간이므로, 그때로부터 겨우 50년 뒤의 일인 셈이다.

그 당시 외국으로는 서양이 어떤 나라이며 야소가 누구의 이름인지도 알지 못하였는데, 그들이 다른 나라에 들어와 이처럼 신도들을 모아 난을 일으켰으니 어찌 두렵지 않았겠는가?

---

1) 야소종문(耶蘇宗門) : 예수교 신도(信徒). 원문의 종문(宗文)은 종문(宗門)의 잘못임.

2) 초멸(剿滅) : 초제(剿除). 외적이나 도적의 무리를 무찔러 없앰.

3) 만력(萬曆) : 중국 명나라 신종(神宗)의 연호. 1573-1619년. 이탈리아의 예수회 선교사 마테오리치(1552-1610)는 1583년 중국 광동(廣東)에 들어와 1601년에 명나라 신종을 만나고 북경에 정착하였음.

서양인들은 늘 말하기를,

"해외에 두루 다니면서 존중 받지 않은 곳이 없었는데, 유독 일본에서만 실패를 맛보았다."

라고 하였다.

제144화 제주도에 표착한 박연

인조대왕 무진년(1628) 9월에 남만[1] 사람 박연[2]이 제주도에 표착하였다. 사람됨이 탁락[3]하고 식견과 사려가 있으며, 이야기하는 것이 가끔 남들보다 몇 등급이나 높았다. 선악과 화복의 이치를 말하면 문득 이르기를,

"주님께서 심판하실 것입니다."

하였다.

문자를 알지 못하여 그 나라의 발음대로 적어 성명을 박연이라고 일컬었다.

그 나라의 풍속을 물으니 박연이 대답하기를,

"땅이 매우 따스하여 겨울에도 서리나 눈이 내리지 않으므로 옷에 솜을 두지 않으며, 때때로 날이 음매[4]하여 이슬이 내리면

---

1) 남만(南灣) : 화란(和蘭). 네덜란드.

2) 박연(朴淵) : 조선조 인조 때에 귀화한 네덜란드인. 일본을 향하던 중 제주도에 상륙하였다가 체포되었고, 이후 조선에 귀화하여 여생을 마쳤음. 본명은 얀 얀스 벨테브레(Jan. Janse. Weltevree).

3) 탁락(卓犖) : 남들보다 두드러지게 뛰어남.

그곳의 노인들은 서로 말하기를, '이런 날은 중국에 눈이 내리지.'라고 한답니다."

또 말하기를,

"저는 변두리에 살아서 우리나라의 서울에도 가보지 못하였고, 임금님의 위의도 알지 못합니다. 국법에 도둑질을 하는 사람은 경중을 막론하고 반드시 참형에 처하는 까닭에 나라에 도둑이 없답니다."

하였다. 또 말하기를,

"우리나라에 날씨를 잘 점치는 사람이 있어서, 아무 날 바람이 불고 아무 날 비가 온다는 것을 아는 까닭에, 항해하는 사람이 반드시 그를 찾아가 묻는답니다. 저는 그가 일러주는 말을 따르지 않다가 결국 표류하게 되었습니다."

하였다.

박연은 본국에 있을 때에 일본과 유구와 안남 등 여러 나라를 왕래하며 무역을 하였다. 또한 소인국에도 가 보았는데, 그 나라 사람들의 키는 중국의 8-9세 된 어린아이와 같았으나 다만 머리의 크기는 예사 사람과 같고 비단을 잘 짠다고 하였다.

그가 또 말하기를,

"제가 우리나라에 있을 때에 들으니, 고려인은 인육을 구워 먹는다고 하더군요. 제가 제주에 표착했을 때 마침 날이 저물

---

4) 음매(陰霾) : 음산(陰散)함.

었지요. 사또께서 많은 횃불을 준비하여 오시는 것을 보고 배에 타고 있던 사람들이 모두 말하기를, '저 불로 틀림없이 우리를 구우려는 것일 게야.' 하며 통곡하는 소리가 하늘을 꿰뚫을 듯했는데, 오래 있다 보니 그렇지 않다는 것을 비로소 깨달았습니다."

하였다. 대개 그 나라의 풍속은 밤길을 다닐 때 모두 등불을 사용하고 횃불을 쓰지 않는 까닭이었다.

비록 한겨울에도 솜옷을 입지 않는 것은 그 나라의 습속이 그러하다고 하였다.

박연은 키가 크고 몸집이 비대하며 푸른 눈에 얼굴이 희고, 누런 수염이 배를 지나갈 길이였다. 조선의 여자에게 장가들어 아들과 딸 하나씩을 두었다.

제145화 주천석과 만산장

인조대왕 때 일본이 유구국[1]을 침공하여 그 왕을 잡아갔다. 유구국의 세자가 부왕을 찾아오기 위해 국보를 배에 싣고 일본으로 가려다가 제주에 표착하였다.

제주목사 이기빈[2]이 군사들을 동원하여 가서 검문을 하는데, 말이 통하지 않으니 세자는 다음과 같은 시 한 편을 써서 보여주었다.

> 하늘이 비와 이슬[3]을 계속 내려주매 인민이 임금[4]을 받들고,
> 땅은 중국과 왜국에 인접하여 도리는 동방에 있네.

---

1) 유구국(琉球國) : 중세시대 일본의 오키나와 현(沖繩縣)에 있던 나라.

2) 이기빈(李箕賓, 1563-1625) : 조선조 인조 때의 무신. 자는 응설(應說), 호는 송사(松沙), 본관은 전주(全州), 이노(李櫓)의 아들. 1609년(광해1)에 제주목사(濟州牧使)가 되었음.

3) 우로(雨露) : 우로지택(雨露之澤). 비와 이슬이 만물을 기르는 것처럼, 넓고 크게 내려주는 임금의 은택.

4) 북(北) : 북신(北宸). 궁궐(宮闕). 대궐(大闕). 여기서는 대궐에 거처하는 임금을 말함.

고국의 그 누구라 종거[5]가 변한 것을 애달파 하랴,
낯선 땅에서 이름을 알리게 됨이 적이 부끄럽소.
天連雨露人尊北 地接華夷道在東
故國誰憐鍾簴移 殊邦窃愧姓名通

이기빈은 세자를 매우 후대하고 바람이 자기를 기다려 출발하게 하였으나, 그의 수하 관속들은 세자 일행이 가지고 있는 보화를 빼앗자고 권유하였다. 마침내 이기빈은 군사들을 거느리고 다시 가서 배 안에 있는 것이 무엇이냐고 물으니, 주천석과 만산장이 있다고 대답하였다.

주천석은 하나의 네모 난 돌이었다. 가운데 오목한 곳이 있는데, 거기에 물을 부어 두면 바로 술로 변하는 것이었다.

만산장은 거미줄에 약을 물들여 짠 것으로, 작게 펼치면 집 한 칸을 덮을 수가 있고 크게 펼치면 태산도 덮을 만큼 넓은데 비가 쏟아져도 새지 않는 것이었다.

이기빈이 세자에게 그 두 가지를 달라고 청하였으나 거절하였다. 드디어 세자 일행을 둘러싸서 잡으려고 하니, 세자는 주천석과 만산장을 바다에 던져 버렸다.

이기빈은 나머지 보화들을 모두 몰수하고 배에 있던 사람들을 모조리 죽였다. 세자는 죽음에 임하여 다음과 같은 시 한

5) 종거(鍾簴) : 종묘(宗廟)에 설치하는 악기(樂器)로, 여기서는 종묘사직(宗廟社稷)의 뜻임.

편을 지었다.

요[6] 임금의 말씀으로도 걸왕[7] 같은 사람을 깨우치기 어려운데,
죽음을 앞둔 몸이 어느 겨를에 푸른 하늘 보고 호소하랴.
무덤에 들어간 어진 선비 세 사람[8] 뉘라서 속전[9]을 낼 것이며,
두 아들이 배를 탔다가[10] 어질지 못한 사람에게 해를 당했네.
백골은 모래밭에 드러나 무성한 풀에 얽혀 있고,
넋이 고국에 돌아가도 불쌍히 여겨 줄 부모도 안 계시네.
죽서루 아래 넘실대며 흐르는 강물은
분명 남은 원한을 품고 만춘[11]을 목메어 울며 흐르리.
堯語難明桀服身 臨刑何暇訴蒼旻
三良入穴誰能贖 二子乘舟賊不仁
骨暴沙場纏有草 魂歸故國弔無親

---

6) 요(堯) : 중국 고대의 성군(聖君).

7) 걸왕(桀王) : 중국 고대 하(夏) 왕조의 마지막 임금. 폭군(暴君)으로 널리 알려졌음.

8) 삼량(三良) : 중국 춘추시대 진 목공(秦穆公)의 신하인 자거씨(子車氏)의 세 아들인 엄식(奄息), 중행(仲行), 침호(鍼虎)를 말함. 이들은 진 목공이 죽었을 때 순장(殉葬)되었음.

9) 속전(贖錢) : 죄를 면하기 위해 바치는 돈.

10) 이자승주(二子乘舟) : 《시경(詩經)》 패풍(邶風)의 시 제목. 춘추시대 초기 위 선왕(衛宣王)이 아들 급(伋)의 아내가 될 선강(宣姜)을 빼앗아 살며 수(壽)와 삭(朔)이라는 두 아들을 낳았는데, 선강은 급을 미워하여 제거하려고 齊(제)나라에 사신으로 보내고 도중에 살해하려고 하였음. 수는 착한 사람이라 급을 취하도록 술을 먹이고 자신이 사신으로 가서 죽으니, 급이 이를 알고 수를 구하러 갔다가 자신도 죽고 말았음.

11) 만춘(萬春) : 만년(萬年). 오랜 세월.

竹西樓下滔滔水 遺恨分明咽萬春

이기빈은 세자를 죽인 뒤 제주 경내에 침범한 도둑이라고 거짓 장계를 올렸다. 후일에 그 일이 탄로되어 거의 죽을 뻔하였다가 겨우 목숨을 건졌고, 그의 아들 이란[12]이 마침내 죄를 범하여 오사[13]하였다.

12) 이란(李瀾, 1582-1628) : 조선조 인조 때의 무신. 자는 자하(子河), 본관은 전주(全州), 이규빈(李奎賓)의 아들. 1628년(인조6) 1월 춘신사(春信使)로 심양(瀋陽)에 갔다가 통역관(通譯官) 박경용(朴景龍)의 부당한 통역으로 투옥되어 옥중에서 사망하였음.

13) 오사(誤死) : 형벌이나 재앙으로 제 목숨대로 살지 못하고 비명에 죽음.

제146화 장만이 볼 만 이괄이 꽹과리

인조대왕 때 일어난 이괄[1]의 난에 도원수 장만[2]이 평안도로부터 반란군의 뒤를 밟아 경기도 파주에 이르렀다. 그곳에서 반란군이 이미 서울로 진입하고 어가가 충청도 공주로 파천하였다는 소식을 들었다.

장만이 강화도로 들어가서 군사들을 쉬게 하려고 하자, 병마절도사 정충신이 말하였다.

"이미 사세가 위급하게 되었는데 이기든 지든 한 판 맞서 싸워야지 어찌 그만둘 수가 있겠습니까? 지금 우리가 먼저 도성 북쪽의 산을 점거하여 도성 안을 굽어보며 공격하면 적군은 반드시 패할 것입니다."

하고 채찍을 휘둘러 쏜살같이 말을 내달리니, 군사들이 그 뒤

---

1) 이괄(李适, 1587-1624) : 조선조 인조 때의 무신이자 반란자. 자는 백규(白圭), 본관은 고성(固城), 이육(李陸)의 후손.

2) 장만(張晩, 1566-1629) : 조선조 인조 때의 문신. 자는 호고(好古), 호는 낙서(洛西), 본관은 인동(仁同), 장기정(張麒禎)의 아들. 1624년(인조2)이괄(李适)의 난 평정에 공을 세워 옥성부원군(玉城府院君)에 봉해졌음. 시호는 충정(忠定).

를 따라갔다. 길마재에 이르자 경기도 관찰사 이서[3]가 장만에게 다음과 같은 편지를 보냈다.

'지금 적을 치기가 쉽지 않으니 남쪽의 군사들이 도착하기를 머물며 기다리면 만사가 안전할 것입니다.'

장만도 그렇게 여겨 정충신의 말을 따르지 않고 이수일[4], 김기종[5] 등과 더불어 고개에 올라 진을 치고, 수십 명의 군사를 보내 경기 감영을 지키고 있던 적병들을 먼저 죽였다.

이괄은 그 소식을 듣고 크게 노하여 군사들을 출동시켜 의부앙공[6]하였다. 이때 동풍이 급히 불고 화살과 탄환이 빗발처럼 쏟아져서 아군이 흉구[7]하던 차에 바람의 방향이 갑자기 바뀌어 서북풍이 적진을 향해 부니, 반란군들은 눈을 뜰 수가 없었고 입으로 숨을 쉴 수도 없었다.

---

3) 이서(李曙, 1580-1637) : 조선조 인조 때의 무신. 자는 인숙(寅叔), 호는 월봉(月峰), 본관은 전주(全州), 효령대군(孝寧大君)의 10대손, 이경록(李慶祿)의 아들. 인조반정으로 완풍 부원군(完豐府院君)에 봉해짐. 시호는 충정(忠正).

4) 이수일(李守一, 1554-1632) : 조선조 인조 때의 무신. 자는 계순(季純), 호는 은암(隱庵), 본관은 경주(慶州), 이란(李鸞)의 아들. 평안도 병마절도사를 역임함. 이괄(李括)의 난을 진압하고 계림부원군(鷄林府院君)에 봉해짐. 시호는 충무(忠武).

5) 김기종(金起宗, 1585-1635) : 조선조 인조 때의 문신. 자는 중윤(仲胤), 호는 청하(聽荷), 본관은 강릉(江陵), 김철명(金哲命)의 아들. 이괄의 난 평정에 공을 세워 영해군(瀛海君)에 봉해졌음. 시호는 충정(忠定).

6) 의부앙공(蟻附仰攻) : 개미떼처럼 달라붙어 위쪽으로 공격함.

7) 흉구(洶懼) : 분위기가 술렁술렁하여 매우 어수선하고 두려움.

그러던 중에 반란군의 선봉장 한명련[8]이 화살에 맞았다. 이괄이 자리를 바꾸려고 깃발을 흔들자 쟁을 들고 있던 군사들이 싸움을 그치라는 명으로 잘못 알고 쟁을 울려 군사를 거두어 물리고 말았다.

이때를 놓치지 않고 아군들이 큰소리로 외치기를,

"이괄이 패하여 달아난다!"

하며 힘을 떨쳐 일으키며 나아가 싸우니, 반란군의 무리가 크게 흩어져 달아났다.

이를 두고 도성 사람들이 노래를 지어 부르기를,

"장만이 볼 만이요, 이괄이 꽹과리라."

하였다.

8) 한명련(韓明璉, ?-1624) : 조선조 인조 때의 무신. 본관은 청주(淸州). 이괄의 난 때 반란군의 선봉장으로, 길마재[안현(鞍峴)]의 싸움에서 패배하여 도주하던 중 부하 장수의 배반으로 살해되었음.

제147화 초역으로 친 점괘

인조대왕 때 북병사 이괄이 반란을 일으켰다는 소식이 이르자 교리 오숙[1]이 《초역》[2]으로 '건지진'[3]이라는 점괘를 얻었다. 주[4]에 이르기를,

'흉한 것을 피하여 동쪽으로 달아나다가 도리어 화를 향해 들어가서 조아[5]에게 붙잡혀서 뼈가 잿더미가 된다.'

라고 하였다.

---

1) 오숙(吳䎘, 1592-1634) : 조선조 인조 때의 문신. 자는 숙우(肅羽), 호는 천파(天坡), 본관은 해주(海州), 오사겸(吳士謙)의 아들. 명나라 사신 황손무(黃孫武)의 접반사로 가도(椵島)에 갔다가 돌아오는 도중 송도에서 죽었음.

2) 초역(焦易) : 《초공역림(焦貢易林)》. 《초공역림(焦贛易林)》. 중국 한(漢)나라 때 초연수(焦延壽)가 《주역(周易)》을 바탕으로 쓴 역서(易書). 64괘를 겹쳐 4096개의 변괘(變卦)를 만들어 풀이함.

3) 건지진(蹇之晉) : 《주역》의 64괘 중 39번째인 건괘와 35번째인 진괘가 겹쳐진 괘. '건괘'는 높은 산과 깊은 물에 가로 막혀 앞으로 나아갈 수 없는 어려운 상황을, '진괘'는 해가 땅으로부터 밝게 떠오르는 모습을 나타냄.

4) 주(繇) : 점사(占辭). 점괘를 풀이한 말.

5) 조아(爪牙) : 손톱과 어금니를 아울러 이르는 말. 매우 쓸모 있는 사람이나 물건을 비유적으로 이르는 말. 적의 습격을 막고 임금을 호위하는 신하를 비유적으로 이르는 말.

그 뒤, 반란에 실패한 이괄은 동쪽으로 달아나다가 경기도 이천에 이르러 자신의 휘하 장수에게 참살되었다.

제148화 죽고 사는 것이 다 운명

사람이 죽고 사는 것은 운명으로 말미암은 것이므로, 스스로 하지 않아도 되는 것이 있다.

인조대왕 때 이민구[1]는 도원수의 종사관으로 평안도에 머물고 있었다. 그는 당시 평안도 정주 출신의 기생을 마음에 두고 심닐[2]하였다.

평안도의 각 고을을 순시하고 장차 병영에서 열병을 할 계획이었다. 그는 아무 날 그 기생과 병영에서 만나기로 약속을 하였다. 병영으로 가던 길에 평안도 구성 고을에 이르러 들으니, 그 기생은 지름길로 평안도 가산 고을에 와 있다는 것이었다.

그가 그녀에 대한 정을 못 이겨서 다시 가산 방향으로 발걸음을 돌려 미처 5리를 못 갔을 때였다. 이괄이 반란을 일으켜 돌진하는 기병을 구성 고을으로 파견하여, 반란군에 가담한 부사 한명련을 잡으려고 온 금오랑[3]과 선전관[4]을 죽였다는 것이

---

1) 이민구(李敏求, 1589-1670) : 조선조 현종 때의 문신. 자는 자시(子時), 호는 동주(東洲), 본관은 전주(全州), 이수광(李睟光)의 아들.

2) 심닐(甚暱) : 매우 가까이함.

었다.

가령 이민구가 만일 곧장 병영으로 갔든지 혹은 한 식경이라도 구성에 머물러 있었으면 이괄에게 살해되었을 것이었다.

문회[5]가 이괄의 반란을 고변할 때에 정호선[6]은 안변부사로 있었는데 고변하는 문서에 그의 이름이 들어 있어서 서울로 붙잡혀가게 되었다. 강원도 김화에 이르러 그를 압송하던 금오랑에게 갑자기 급한 병이 생겨 반나절을 지체하다가 보니 미처 서울에 닿기 전에 이괄의 반란을 알리는 문서가 조정에 이르렀다. 조정에서는 급히 명령을 내려 먼저 체포되어 감옥에 있던 자들을 모조리 참수하였다.

정호선은 그 이튿날에야 비로소 도착한 까닭에 죽음을 면하고 하옥되었다가 그의 아우 정호서[7]가 평안도 정주목사로 이괄

---

3) 금오랑(金吾郞) : 금부도사(禁府都事). 조선시대 의금부(義禁府)에 속하여 임금의 특명에 따라 중한 죄인을 신문(訊問)하는 일을 맡아보던 종5품 벼슬.

4) 선전관(宣傳官) : 조선시대 선전관청(宣傳官廳)에 속한 무관 벼슬. 또는 그 벼슬아치. 품계는 정3품부터 종9품까지 있었음.

5) 문회(文晦) : 조선조 인조 때의 문신. 자는 자명(自明), 호는 석정(石亭), 본관은 남평(南平). 1624년(인조2) 전임 교수(敎授)의 신분으로 이우(李佑)·김광숙(金光肅)과 함께, 윤인발(尹仁發) 등이 인성군 공(仁城君珙)을 추대하는 역모를 꾸민다고 고변하여 기자헌(奇自獻)·김원량(金元亮) 등 40여 인이 투옥되었으며, 곧 이괄(李适)의 난이 터지자 그 대부분이 처형당하였음. 그 공으로 오천군(鰲川君)에 봉해졌음. 시호는 충정(忠貞).

6) 정호선(丁好善, 1571-1633) : 조선조 인조 때의 문신. 자는 사우(士優), 호는 동원(東園), 본관은 나주(羅州), 정윤복(丁胤福)의 아들.

이 반란 동참을 종용하려 보낸 사람을 죽이고 근왕병을 일으켰던 공로가 있었으므로, 그 때문에 유독 정호선만 사면되었다.

7) 정호서(丁好恕, 1572-1647) : 조선조 인조 때의 문신. 자는 사추(士推), 사초(士樵), 호는 남애(南崖), 본관은 나주(羅州), 정윤복(丁胤福)의 아들, 정윤지(丁胤祉)에게 입양됨.

제149화 춘의와 춘화

중국 북경의 풍속에 남녀가 성교하는 모습을 그림으로 그리기도 하고 새기기도 하였는데, 새긴 것은 '춘의(春意)'라고 하고 그린 것은 '춘화(春畫)'라고 하였다.

인조대왕 때 중국의 사신이 가져온 예물 가운데 상아에 새긴 춘의가 하나 있었다. 대왕께서는 망측하게 여기시고 부숴 버리라는 명을 내리셨다. 조신 가운데 한 사람이 그것을 손에 쥐고 구경하였는데, 그는 그 일로 인하여 청망[1]을 해치고 말았다.

---

1) 청망(淸望) : 맑고 높은 명망(名望).

제150화 꾀꼬리가 울지 않고

인조대왕 병인년(1626)에 중국에서 사신으로 온 강씨와 왕씨[1] 두 사신이 평안도 의주부윤으로 있던 홍서봉[2]에게 이르기를,

"이번 길에는 길가에서 꾀꼬리 우는 소리를 전혀 듣지 못했소. 두공부의 시에 '수풀 속의 꾀꼬리 드디어 울지 않네.[임앵수부제(林鶯遂不啼)]'라는 구절이 있는데, 이는 전쟁이 날 조짐이라더군요."

하였는데, 이듬해에 과연 정묘호란[3]이 일어났다.

---

1) 강왕양인(姜王兩人) : 1626년(인조4) 사신으로 왔던 한림원 편수(翰林院編修) 강왈광(姜曰廣)과 공과 급사중(工科給事中) 왕몽윤(王夢允)을 가리킴.

2) 홍서봉(洪瑞鳳, 1572-1645) : 조선조 인조 때의 문신. 자는 휘세(輝世), 호는 학곡(鶴谷), 본관은 남양(南陽), 홍천민(洪天民)의 아들. 시호는 문정(文靖).

3) 정묘호란(丁卯胡亂) : 조선 인조 5년(1627)에 후금의 아민(阿敏)이 인조반정의 부당성을 내세우고 침입하여 일어난 난리.

제151화 기이한 승려

인조대왕 정묘년(1627) 정월 초이렛날 한 노승이 지팡이를 짚고 평양 감영 문에 이르러 지팡이로 문을 두드리며 말하기를,

"화기[1]가 박두했는데, 내 말 한 마디를 들으면 무사하리라."

하였다. 문지기는 미친 중이라고 생각하여 쫓아버렸다.

오래지 않아 정묘호란이 일어났다.

그 노승은 반드시 예사롭지 않은 사람이어서 미재[2]할 재주가 있으므로 장차 알려주려 하다가 뜻을 이루지 못하였으니, 참으로 애석한 일이다.

---

1) 화기(禍機) : 재앙(災殃)이나 재난(災難)이 일어날 소지가 있는 기틀.

2) 미재(彌災) : 재앙을 그치게 함.

제152화 뒤가 터진 창의

인조대왕 때 조정의 벼슬아치들이 처음으로 창의[1]를 만들어 입으니, 당시 사람들이 모두 그 옷을 본떠서 지어 입었다. 학식이 있는 사람들이 우려하기를,

"반드시 북방의 우환이 있으리라."

하였다. 창의라는 옷의 뒤가 터져 있으므로 그렇게 말한 것이었다.

1) 창의(氅衣) : 예전에 벼슬아치가 평상시에 입던 웃옷. 소매가 넓고 뒤 솔기가 갈라져 있음.

제153화 청어의 이동

선조대왕 병술년(1586)과 정해년(1587) 사이에 동해에서 잡히던 청어가 서해로 옮겨 나더니 요동에까지 이르렀다. 요동 사람들은 처음 보는 물고기였으므로 새로운 물고기[신어(新魚)]라고 불렀다. 그 뒤 임진년(1592)에 왜란이 동쪽에서 일어나 서쪽에 이르렀다.

인조대왕 갑자년(1624)과 을축년(1625) 사이에는 서해에서 잡히던 청어가 동해로 옮겨가서 잡혔다. 그 뒤 병자년(1636)에 호란이 서쪽에서 일어나 남쪽으로 내려왔으니, 이 또한 기이한 일이었다.

제154화 글자 모양으로 자란 수수

인조대왕 을축년(1625) 무렵, 평안도 선천 땅에 수수 줄기가 저절로 글자 모양을 이루어 '동왕춘(董王春)' 세 글자가 되었다. 글자의 색이 붉어서 주사를 물들인 것과 같았다. 도원수 장만이 그 수수를 채취하여 가지고 왔다.

정묘년(1627) 봄에 청나라의 기마대가 장구[1)]하며 살상과 약탈을 무수히 하니, 양서[2)] 지방이 궁핍해져서 풀만 무성하였다. 동(董)자는 풀어 쓰면 '천리초(千里草)[3)]'요, 왕춘[4)]은 정월을 뜻하는 말이니, 정묘호란의 재앙이 비로소 들어맞은 셈이다.

평양에 수수가 나서 병자년(1636)에는 '금산산(金山山)' 세 글자 모양으로 된 것이 있었고, 정축년(1637)[5)]에는 '고월망어어양

---

1) 장구(長驅) : 말을 몰아서 쫓아감.

2) 양서(兩西) : 황해도와 평안도를 아울러 이르는 말.

3) 천리초(千里草) : 천리에 걸쳐 풀만 무성하게 되었다는 뜻임.

4) 왕춘(王春) : 봄 석 달(정월, 2월, 3월) 가운데 우두머리 달, 곧 정월(正月)을 가리킴.

5) 정축년(丁丑年) : 인조가 삼전도(三田渡)에서 청 태종(淸太宗)에게 항복한 해. 원문의 정해년은 정축년의 잘못임.

(古月亡於魚羊)' 여섯 글자 모양으로 된 것이 있었다. 금(金)[6]은 오랑캐의 국호요, 산산(山山)은 출(出)자이니, 청나라 군사가 출병한다는 뜻이다. 고월(古月)은 호(胡)자이고, 어양(魚羊)은 선(鮮)자이니, 오랑캐인 청나라가 조선을 망하게 한다는 뜻이다.

6) 금(金) : 청(淸)나라의 처음 국호는 후금(後金)이었음.

제155화 마 진인

인조대왕 때 명나라 장수 모문룡[1)]이 가도[2)]에 있을 때였다. 마 진인이라고 하는 사람이 섬에 드나들며 스스로 말하기를,

"나는 섬라국[3)] 사람으로 나이는 170세이며, 이무기나 호랑이와 표범을 잡아 가두고 귀신을 잡아서 쫓아내기도 하여 변화가 헤아릴 수 없다."

라고 하니, 섬 안에 있던 사람들이 모두 숭배하고 받들어 신으로 여겼다.

---

1) 모문룡(毛文龍, 1576-1629) : 명나라 말기의 장수. 절강(浙江) 인화(仁和) 사람. 호는 진남(振南). 도사(都司)로 조선(朝鮮)을 구원하러 갔다가 요동(遼東)에 머무르게 되었음. 요동을 잃어버리자 해로(海路)로 달아나 빈틈을 보아 청나라 진강수장(鎭江守將)을 습격해 죽여 총병(總兵)에 임명되었음. 만력(萬曆) 33년(1605) 무과에 급제, 처음에는 요동총병관 이성량(李成梁) 밑에서 유격 활동을 했음. 천계(天啓) 원년(1621) 누르하치가 요동을 공략하자 광녕순무(廣寧巡撫) 왕화정(王化貞)의 휘하로 들어갔음. 그 뒤 전횡을 일삼다가 산해관 군문 원숭환(袁崇煥)에게 참살되었음.

2) 가도(椵島) : 평안북도 철산군 백량면에 속한 섬. 피도(皮島)라고도 함.

3) 섬라국(暹羅國) : 태국(泰國). 타일랜드. 인도차이나 반도 가운데에 있는 입헌 군주국.

제156화 임금을 살린 말

병자호란 때 인조대왕께서 남한산성으로부터 강화도로 향하고자 하시어 말을 타고 성문을 나설 때였다. 문득 어마가 벌벌 떨며 땀을 흘리고 채찍질을 하여도 앞으로 나아가지 않는 것이었다. 대왕께서 말씀하시기를,

“이 말이 매우 이상하니 강행해서는 안 되겠다.”

하시며 고삐를 당겨 말머리를 산성 쪽으로 돌리고 채찍질을 하시니, 말은 쏜살같이 달려갔다.

대왕께서는 남한산성으로 돌아가 계셨는데, 나중에 들으니 청나라 장수가 대왕께서 강화도로 가실 것을 짐작하고 요로에 군사들을 매복시키고 기다렸다는 것이었다. 말이 강화도로 가지 않은 것은 천행이었다.

제157화 얼음 성

병자호란으로 인조대왕께서 남한산성에 계실 때였다. 청나라 군사들이 대포를 연달아 쏘아 성첩[1] 한 쪽이 무너졌다. 관향[2]이 빈 가마니 수백 장에 흙을 담아 무너진 곳을 가리고 물을 부어 꽁꽁 얼어붙게 하니 철석같이 견고하게 되었다.

---

1) 성첩(城堞) : 성가퀴. 성 위에 낮게 쌓은 담. 여기에 몸을 숨기고 적을 감시하거나 공격하거나 함.

2) 관향(管餉) : 관향사(館餉使). 조선 후기에 지방의 군량(軍糧)을 관리하던 벼슬. 인조 1년(1623)에 설치하여 초기에는 전국적으로 파견하였으나, 이후 평안도 지역에 치중하여 파견하였고 평안 감사가 겸임하였음.

제158화 총만 걸어놓고

인조대왕 병자호란 때 평안도 병마절도사 유림[1]이 5천의 군사를 거느리고 가다가 강원도 김화현의 백전에서 청나라 군사들을 만나 격퇴하였다.

날이 저물고 화살이 바닥이 나서 진영을 남한산성 쪽으로 이동하면서 군중에 명령을 내렸다.

망가진 총을 모두 거두어 탄약을 장전하고 화승[2]을 길고 짧은 것으로 각기 길이가 다르게 묶어 잣나무 숲에 여기저기 걸쳐 놓은 뒤 화승 끝에 불을 붙이고 떠나라는 것이었다. 그러자 탄약 터지는 소리가 연발하여 밤새도록 그치지 않았다. 그래서 적병이 감히 접근하지 못하였다.

날이 밝은 뒤에 적병이 한꺼번에 몰려와서 보니, 유림의 군진은 이미 텅 비어 있었다.

---

1) 유림(柳琳, 1581-1643) : 조선조 인조 때의 무신. 자는 여온(汝溫), 본관은 진주(晉州), 유회(柳淮)의 아들. 시호는 충장(忠壯).

2) 화승(火繩) : 불을 붙게 하는 데 쓰는 노끈. 대의 속살을 꼬아 만든 것으로, 옛날 총열에 화약과 탄알을 재고 이 노끈에 불을 댕겨 귀약통에 대어 폭발시켰음.

제159화 말로만 척화

인조대왕 때의 정묘호란과 병자호란에 당시 조정의 의논이 청나라와의 강화를 배척하는 것은 '깨끗한 의논[청의(淸議)]'라고 하고, 강화를 주장하는 것은 '도리에 어긋나는 의논[사론(邪論)]'이라고 하였다.

그러나 기실 우리나라의 수비가 적고 약하였으며, 백성들의 심정이 위태로움에 겁을 집어먹고 있었다. 그리하여 비록 강화를 배척하는 사람들도 겉으로는 큰소리를 쳤으나 속마음으로는 강화가 이루어지길 바라고 있었다.

조위한[1]이 일찍이 이를 빗대어 말하기를,

"수비하고 방어할 방책이 없으면서 다만 말로만 척화를 주장하는 자들은 어린아이들의 법곡[2]과 같다."

---

1) 조위한(趙緯韓, 1567-1649) : 조선조 인조 때의 문신. 자는 지세(持世), 호는 현곡(玄谷)·서만(西巒)·소옹(素翁), 본관은 한양(漢陽), 조양정(趙揚廷)의 아들. 〈유민탄(流民嘆)〉을 지었다고 함. 원문에 조위한(趙緯漢)이라고 한 것은 잘못임.

2) 법곡(*法曲) : 빼꾹놀이. 빼꾸기놀이. 숨바꼭질. 술래잡기. 아이들이 숨바꼭질을 할 때, 술래가 숨은 아이를 찾지 못하고 엉뚱한 곳에서 헤매면 숨어

하였다.

대개 '법곡'이라 하는 것은, 어린아이들이 놀이를 할 때 한 아이는 숨고 다른 한 아이는 숨은 아이를 찾되 찾아내지 못하면 숨어 있던 아이가 도리어 무료하여 스스로 '내가 여기 있다.'라는 뜻으로 '빼꾹빼꾹!'하는 소리를 내는 것이다.

조위한이 말로만 척화를 부르짖는 사람들을 빼꾹놀이에 빗댄 것은 잘된 형용이라고 하겠다.

있던 아이가 "빼꾹빼꾹!"하여 숨어 있는 곳을 알려주는 데서 유래한 말임. 권응인(權應仁)은 《송계만록(松溪漫錄)》에서 다른 꿍꿍이속을 가지고 강호(江湖)에 들어와 마치 귀거래(歸去來)를 한 양 떠벌이는 사람을 '빼꾸기 은사(隱士)'라고 하였는데, 표리부동(表裏不同)한 사람을 가리키는 말임.

제160화 푸를 '청' 자를 쓴 가리개

인조대왕 병자년(1636) 봄에 신사[1]가 청나라로부터 돌아오는데, 청 태종[2]이 둥근 가죽을 주며 말하기를,

"이것은 너희 나라 홍화문[3]에 달려 있는 북의 가죽이다."

하는 것이었다. 돌아와서 맞춰 보니 과연 홍화문 북의 가죽이었다. 적국의 첩자가 북의 가죽을 훔쳐가는 지경에 이르도록 관리들이 전혀 알지 못하고 있었으니, 그 당시의 사태를 알 만하다.

또 청 태종이 가리개의 한 면에 '푸를 청(靑)'자를 큰 글씨로 써서 우리 사신에게 주며 말하기를,

"너희 나라의 모신[4]에게 보여주라."

---

1) 신사(信使) : 사신(使臣). 사절(使節). 나라를 대표하여 일정한 사명을 띠고 외국에 파견되는 사람.

2) 청 태종(淸太宗) : 만주족(滿洲族)이 세운 청나라의 제2대 황제. 이름은 애신각라황태극(愛新覺羅皇太極, 1592-1643). 누르하치(努爾哈赤)의 여덟 번째 아들. 재위 1626-1643.

3) 홍화문(弘化門) : 서울시 종로구에 있는 창경궁(昌慶宮)의 정문.

4) 모신(謀臣) : 모사(謀事)에 뛰어난 신하.

하였다. 여러 신하들이 다들 보고 생각하였으나 그 뜻을 알 수 가 없었다.

그 해 12월에 병자호란이 일어났는데, 대개 '푸를 청'자를 쪼개 보면 십이월(十二月)이 된다.

제161화 변발을 면함

청나라가 처음 일어날 때에 조선인을 포로로 잡으면 바로 머리를 깎아 변발[1)]을 만들어 주었었다.

병자호란 때 항복을 하고 맹약이 이루어진 뒤에 여러 사람들이 청 태종에게 권하기를,

"저의 나라에서도 머리를 깎게 해주십시오."

하였다.

청 태종은 여러 부락에 비밀리에 이르기를,

"조선은 예로부터 예의의 나라로 일컬으며 두발을 머리보다도 더 아끼는데, 지금 만일 억지로 깎게 한다면 우리 군사가 돌아간 뒤에 반드시 우리와 다시 맞서게 될 것이다. 그들의 풍속에 따라 예의로 구속하는 것만 못하지. 저들이 만일 도리어 우리 풍속을 익혀 말 타고 활 쏘는 일에 숙달된다면 우리에게 이로울 것이 없다."

하고는 드디어 머리 깎는 일을 그만두었다.

---

1) 변발(辮髮) : 몽골인이나 만주인의 풍습으로, 남자의 머리를 뒷부분만 남기고 나머지 부분을 깎아 뒤로 길게 땋아 늘임. 또는 그런 머리.

제162화 얼굴 모양의 우박

인조대왕 병인년(1626) 5월, 평안도 창성 땅에 우박이 떨어졌는데, 사람의 얼굴처럼 눈과 코가 다 갖추어져 있었다. 그러더니 정묘호란 때 창성부 첨절제사 김시약[1]이 그 땅에서 전사하였다.

을해년(1635) 7월에 강원도 김화 땅에 내린 우박이 또한 사람 얼굴 모양이더니, 병자호란에 평안감사 홍명구[2]가 그곳에서 전사하였다.

---

1) 김시약(金時若, ?-1627) : 조선조 인조 때의 무신. 자는 손오(巽吾), 호는 금헌(琴軒), 본관은 안동(安東), 김충갑(金忠甲)의 아들, 김시민(金時敏)의 서제. 정묘호란 때 평안도 창성부 첨절제사로 순절하였음. 시호는 충숙(忠肅).

2) 홍명구(洪命耈, 1596-1637) : 조선조 인조 때의 문신. 자는 원로(元老), 호는 나재(懶齋), 본관은 남양(南陽), 홍서익(洪瑞翼)의 아들. 병자호란 당시 평안감사로 김화 싸움에서 전사하였음. 시호는 충렬(忠烈).

제163화 의춘대길이 새겨진 황금조각

인조대왕 신사년(1641)에 경상도 함양 사람 표연[1]이 밤에 보니 신계서원[2]에 서광이 비치는 것이었다. 즉시 그곳에 가서 땅을 파 보니 독이 나왔다. 독의 위쪽에는 '일천년'이라는 세 글자가 새겨져 있었다. 독을 꺼내 살펴보니 황금 열네 조각이 들어 있었다. 황금 조각 위에는 '의춘대길'[3]이라는 네 글자가 새겨져 있었다.

조정에서는 사재정[4] 이완[5]을 파견하여 그 황금을 청 태종에

---

1) 표연(表年) : 조선조 인조 때 함양(咸陽)의 백성. 생몰년 및 자세한 행적 미상. 《승정원일기》인조19년 5월 3일(정축)조에는 원연(元年)으로 되어 있고,《인조실록》인조19년 6월23일 (정묘)조 및 《연경재전집(研經齋全集)》외집 권60. 〈난실담총(蘭室譚叢)〉에는 원연(元連)으로 되어 있음.

2) 신계서원(新溪書院) : 경상남도 의령군(宜寧郡) 부림면(富林面) 신반리(新反里)에 있던 서원.

3) 의춘대길(宜春大吉) : 의령 땅이 크게 길함. '의춘'은 경상남도 '의령'의 옛 이름.

4) 사재정(司宰正) : 사재감정(司宰監正). 궁중에서 쓰는 생선·고기·소금·땔나무·숯 따위를 공급하던 관아인 사재감의 정3품 당하관 벼슬.

5) 이흔(李俒) : 조선조 인조 때의 문신. 《연경재전집(研經齋全集)》외집 권

게 바쳤으나, 청 태종은 돌려보냈다.

신계서원은 신라 때 절터이므로, 생각하건대 신인이 새겨서 파묻어 둔 듯한데 그 뜻을 알 수가 없다.

60. 〈난실담총(蘭室譚叢)〉에는 사재감정(司宰監正)으로, 《연려실기술(燃藜室記述)》별집 권5. 〈공헌(貢獻)〉에는 역관(譯官)이라고 하였음.

제164화 소현세자를 따라온 중국 여인들

소현세자[1]는 인조대왕의 사자[2]이자 효종[3]대왕의 형이다. 병자호란 후에 바로 청나라의 도읍인 심양에 인질로 잡혀가서 질관[4]에 머물렀다. 을유년(1645)에 청나라 세조[5]가 중원으로 도읍을 옮기면서 세자를 본국으로 돌려보내 주었다. 이때 회저, 긴저[6], 유저[7] 등 중국 여인들이 따라왔다.

---

1) 소현세자(昭顯世子, 1612-1645) : 조선조 인조의 장남. 이름은 왕(汪). 어머니는 인열왕후(仁烈王后) 한씨(韓氏), 빈은 강석기의 딸 민회빈(愍懷嬪). 병자호란 후 심양(瀋陽)에 인질로 잡혀갔다가 귀국한 뒤 급서하였음. 부왕과의 갈등으로 독살되었다는 설이 있음.

2) 사자(嗣子) : 사(嗣). 대를 이을 아들.

3) 효종(孝宗, 1619-1659) : 조선조 제17대 임금. 재위 1649-1659년. 이름은 호(淏), 자는 정연(靜淵), 호는 죽오(竹梧), 인조의 둘째 아들. 어머니는 인렬왕후(仁烈王后) 한씨(韓氏), 비는 장유(張維)의 딸 인선왕후(仁宣王后). 능호는 영릉(寧陵)으로 경기도 여주시 능서면 영릉로(왕대리)에 있음.

4) 질관(質館) : 인질로 잡혀 간 사람이 거처하는 집.

5) 청 세조(淸世祖) : 청나라 제3대 황제인 순치제(順治帝). 이름은 복림(福臨, 1638-1661), 청 태종의 아홉째 아들. 1644년 숙부인 예친왕(睿親王) 도르곤(多爾袞)의 보좌로 명나라를 멸망시키고 북경에 입성하였음.

6) 긴저(緊姐, ?-1707) : 명나라 재상의 후처로 청군의 포로가 되어 심양의

회저의 성은 최씨[8]이며, 중국 산동성의 청주 수광현 출신이다. 수재[9] 장구소의 아내가 되었는데 임오년(1642)에 청나라 사람들에게 붙잡혀 세자의 질관에 오게 되었다. 그림을 잘 그리고 수를 잘 놓았으며, 사람됨이 명투[10]하여 모르는 우리말이 없었다. 그녀는 항상 명나라 말기에 일어난 괴이한 재앙에 대해 말하곤 하였다.

일찍이 흰 개가 산에서 내려와 사람처럼 서서 말하기를, "천자가 어지럽다!"라고 하였다는 것이다.

또 어떤 남자가 남의 집에 날아 들어가서 스스로 신선이라고 하며 차를 달라고 해서 마시고 도로 날아갔는데, 머리를 세 갈래로 땋은 것을 그녀가 직접 보았다고 하였다.

긴저는 명나라 재상의 후처였는데, 연수명미[11]하여 화장과 빗질을 잘하고 선비 집안의 멋과 아름다움이 있었다.

질관에서 소현세자를 섬기다가 세자를 따라 한양 도성에 가서 살다가 죽었음.

7) 유저(柔姐, ?-1680) : 명나라 사람으로 청군의 포로가 되어 심양의 질관에서 소현세자를 섬기다가 세자를 따라 한양 도성에 가서 살다가 죽었음.

8) 최회저(崔回姐, 1625-1705) : 중국 산동성(山東省) 수광(壽光) 출신. 최운부(崔雲溥)의 딸로 청군의 포로가 되어 심양에 인질로 잡혀 있던 소현세자의 시중을 들다가 환국할 때 따라가서 숙종의 배려로 상궁이 되었음. 경기도 양주 향화촌(香花村)에 묻힘.

9) 수재(秀才) : 예전에 미혼 남자를 높여 이르던 말.

10) 명투(明透) : 속속들이 꿰뚫어 앎.

11) 연수명미(娟秀明媚) : 얼굴이 아름답고 빼어남.

유저는 다만 수놓는 것만 알았다.

이들은 궁중에서 살아서 문자를 알지 못하였으므로 성명과 출신지를 다만 그녀들의 발음에 따라 우리말로 기록하였다.

긴저는 정해년(1707)에 죽고, 유저는 경신년(1680)에 죽었는데, 유언에 따라 모두 화장하였다. 회저는 강희제 을유년(1705)에 죽었는데, 그때 나이가 80세였다. 경기도 양주의 향화촌[12]에 장사지냈다.

또 굴저[13]라는 여인은 명나라 황궁의 궁녀였다. 본디 강소성 소주 사람으로 7세 때 입궁하였다. 갑신년(1644)에 명나라가 망하자, 청나라 세조가 그녀를 가려 소현세자의 질관으로 보냈다. 드디어 소현세자의 눈에 들어 승은[14]하였는데, 당시 나이가 22세였다. 그녀는 일찍이 이런 말을 하였다.

명나라 말기에는 기강이 크게 무너져, 관리들 사이에 뇌물이 공공연히 횡행하였고, 재주와 인물이 있는 여자들은 모두 지방 관리들에게 협탈[15] 당하였다. 이 때문에 그녀의 어머니는 딸

---

12) 향화촌(香花村) : 경기도 양주군 수락산(水落山) 서쪽 기슭에 있던 마을. 원문의 화향촌(花香村)은 잘못임.

13) 굴저(屈姐, 1622-1692?) : 중국 강소성(江蘇省) 소주(蘇州) 출신. 7세 때 명나라 황궁의 궁녀로 들어가 주 황후(周皇后)를 모시다가 청군에 의해 북경이 함락되자 황궁을 빠져나와 있다가 붙잡혀 소현세자의 질관에 보내졌음. 세자의 환국 때 수행하여 만수전에서 장렬왕후를 섬겼음. 사후에 경기도 고양의 대자동(大慈洞)에 장사지냈음.

14) 승은(承恩) : 여자가 임금의 총애(寵愛)를 받아 임금의 잠자리를 모시는 일.

15) 협탈(脅奪) : 협박(脅迫)하여 빼앗음.

을 낳으면 모두 죽였다. 그녀가 태어났을 때에는 그녀의 외할머니가 때마침 왔다가 데려다 키움으로써 죽음을 면하였다고 하였다.

그녀가 소주에 살 때에는 한 마을이 모두 같은 성을 가진 사람들이었다. 그녀가 궁녀로 있을 때에 반름기[16]를 보았는데, 자신의 이름의 첫 글자가 척(尺)자 모양과 같고, 그 음이 규(圭)라고 기록되어 있었다는 것이다. 그래서 우리나라 사람들이 '규저'라고 불렀는데, 그 후 연경에 가는 역관을 시켜 청나라에 알아보았더니 굴(屈)씨라는 것이었다.

굴저가 죽었을 때 경기도 고양의 대자동에 장사를 지내고, 임창군 이혼[17]이 묘지를 지어 묻었다. 이혼은 바로 소현세자의 손자다.

---

16) 반름기(頒廪記) : 예전에 관리나 궁인들에게 녹봉(綠峰)을 지급한 문서.

17) 이혼(李焜, 1663-1724) : 조선조 숙종 때의 문신이자 종친. 본관은 전주(全州), 소현세자(昭顯世子)의 손자, 경안군 이회(慶安君 李檜)의 아들. 임창군(臨昌君)에 봉해졌음.

제165화 영리한 종 논학

인조대왕 때 참판 박로[1]의 종 논학은 영리하여 사리를 잘 판단하였다.

효종대왕께서 심양에 계실 때에 그를 매우 아끼셨다. 현종[2]대왕이 탄생하시자, 효종대왕께서는 논학에게 추명자[3]에게 가서 휴구[4]를 물어 오라고 하셨다. 논학이 돌아와서 묵묵히 아무 말이 없으므로, 효종대왕께서 여러 차례 물으셨다. 그러자 논학은 나지막한 목소리로,

"마땅히 왕이 되실 것이라 하더이다."

---

1) 박로(朴簬, 1584-1643) : 조선조 인조 때의 문신. 자는 노직(魯直), 호는 대표(大瓢), 본관은 밀양(密陽), 박이서(朴彝敍)의 아들. 1642년 병조참판(兵曹參判)을 역임하였음.

2) 현종(顯宗) : 조선조 제18대 임금. 재위 1660-1674년. 이름은 연(棩, 1641-1674), 자는 경직(景直), 효종의 아들, 숙종의 아버지. 어머니는 장유(張維)의 딸 인선왕후(仁宣王后), 비는 김우명(金佑明)의 딸 명성왕후(明聖王后). 능호는 숭릉(崇陵)으로 경기도 구리시 인창동에 있음.

3) 추명자(推命者) : 운명을 점치는 사람.

4) 휴구(休咎) : 길흉(吉凶) 또는 화복(禍福).

효종대왕께서 깜짝 놀라,

"망언하지 말라!"

하셨다.

효종대왕께서는 왕위에 등극하시자 논학을 불러 물으셨다.

"벼슬을 하고 싶으냐?"

"바라지 않사옵니다."

대왕께서는 드디어 담비 가죽으로 만든 갖옷을 벗어 하사하셨다.

논학은 그 갖옷을 번번이 전당 잡히고 술을 마신 뒤 그때마다 도로 찾아오며 말하였다.

"상감께오서 내려주신 것을 남에게 줄 수야 없지."

박로가 심양에 있을 때 정뇌경[5]이 죽게 된 것을 구하지 못하자 당시의 여론이 비난 일색이었다.

청나라 사신이 만윤[6] 황일호[7]를 죽일 때에 조정의 모든 관

---

5) 정뇌경(鄭雷卿, 1608-1639) : 조선조 인조 때의 문신. 자는 진백(震伯), 호는 운계(雲溪), 본관은 온양(溫陽), 정환(鄭晥)의 아들. 강홍립의 군사로 갔다가 청나라에 부역하며 온갖 행패를 자행하던 정명수(鄭命壽) 등을 제거하려다 도리어 피살되었음. 시호는 충정(忠貞). 원문의 정뇌향(鄭雷鄕)은 잘못임.

6) 만윤(灣尹) : 조선시대 평안도 의주 부윤(義州府尹)을 달리 이르던 말.

7) 황일호(黃一皓, 1588-1641) : 조선조 인조 때의 문신. 자는 익취(翼就), 호는 지소(芝所), 본관은 창원(昌原), 황척(黃惕)의 아들, 황신(黃愼)에게 입양됨. 1638년 의주부윤으로 있을 때 명나라를 도와 청나라를 치고자 최효

리들이 품계의 차례대로 서 있었다. 논학이 대신들 앞으로 달려 나가 아뢰었다.

"대감들께서는 매번 저의 영감께서 정 필선[8]을 구하지 못했다고 책망하시더니, 이제 조정 대신들께서 잔뜩 모여 계시면서 어찌 의주부윤 황공을 구하지 못하십니까?"

그 말을 듣고도 대신들은 서로 쳐다볼 뿐 아무도 말을 하지 못하였다.

효종대왕 신묘년(1651)에 청나라의 황족[9]이 구혼을 해왔으므로 종친의 딸을 공주[10]라 일컬으며 시집을 보내는데, 논학에게 모시고 가라고 명하였다. 가는 길에 통관[11] 정명수[12]를 만

일(崔孝一) 등과 모의하다가 그 사실이 발각되어 1641년 청나라 병사에게 피살되었음. 시호는 충렬(忠烈).

8) 정 필선(鄭弼善) : 정뇌경을 가리킴. '필선'은 세자시강원(世子侍講院)의 정4품 벼슬로, 당시 정뇌경의 벼슬임.

9) 황족(皇族) : 청 세조의 섭정왕(攝政王)인 예친왕(睿親王) 아이신교르 도르곤(愛新覺羅多爾袞, 1612-1650)을 가리킴. 도르곤은 청 태조 누르하치의 14번째 아들임.

10) 공주(公主) : 종친인 금림군(錦林君) 이개윤(李愷胤)의 딸을 의순공주(義順公主)라고 가칭하여 청나라 섭정왕에게 시집보냈음.

11) 통관(通官) : 통역(通譯).

12) 정명수(鄭命壽, ?-1653) : 평안도 은산(殷山) 출신의 민족 반역자. 정환(鄭晥)의 아들. 천인(賤人) 출신으로 1619년(광해군11) 강홍립(姜弘立)의 군대를 따라 청나라에 갔다가 포로가 되어 만주어를 배운 뒤 병자호란 때 청나라 장수 용골대(龍骨大)와 마부대(馬夫大)의 통역으로 입국하여 갖은 행패를 부림. 1653년(효종4) 심양(瀋陽)에서 청나라에 의해 파면된 뒤 성주포수

났는데, 사악[13]이 몹시 심하였다. 논학이 공주의 가마 앞에 서서 공주의 명으로 나장[14]하자, 정명수는 머리를 숙이고 매를 맞았다.

(星州砲手) 이사용(李士用)에게 모살(謀殺)되었음.

13) 사악(肆惡) : 악독한 성질을 함부로 부림.

14) 나장(拿杖) : 몽둥이를 잡음.

제166화 손으로 밥 먹은 처녀

인조대왕께서 일찍이 소현세자를 위해 세자빈을 간택하실 때였다. 용모가 풍성한 한 처녀가 있었는데, 한눈에 덕이 있는 사람이라는 것을 알아볼 수 있었다.

그러나 앉고 일어서는 데 법도가 없고, 빙긋이 웃는 것이 절도가 없었다. 또한 음식을 모두 손가락으로 집어 먹는 것이었다. 궁녀들은 그녀를 가리켜 미쳤다고들 하였다.

인조대왕께서도 병풍[1]한 것이라 의심스럽게 여기셔서 더 이상 살펴보지 않으시고, 드디어 강빈[2]을 세자빈으로 정하셨다.

그 뒤, 그 처녀는 다른 곳으로 시집갔는데, 부덕이 매우 두텁더라는 것이었다. 대왕께서는 돌탄[3]하셨다.

---

1) 병풍(病風) : 병풍상성(病風喪性). 병에 시달려 본성을 잃어버림.

2) 강빈(姜嬪) : 조선조 소현세자(昭顯世子)의 부인인 민회빈(愍懷嬪) 강씨(1611-1645). 본관은 금천(衿川), 강석기(姜碩期)의 딸. 1627년(인조5) 가례(嘉禮)를 올려 소현세자빈이 되었음. 병자호란 뒤인 1637년 세자와 함께 심양(瀋陽)에 볼모로 갔다가 1644년에 귀국하였으나 왕의 수라상에 독을 넣었다는 혐의를 받고 1646년 3월에 사사(賜死)되었음.

"내가 그 아이의 술수에 떨어졌구나!"

3) 돌탄(咄嘆) : 혀를 차며 탄식함.

제167화 화를 불러온 아추

소현세자가 일찍이 심양관에 있을 때에 아추[1] 한 개를 얻었다. 귀국한 뒤에 인조대왕께서 보시고 좋아하시며 부채 대신 벽 위에 걸어 놓으셨다.

이때부터 악몽이 거듭되자 조 소원[2]이 대왕 앞에 나아가 이르기를,

"마마의 침전에 다른 물건이 없고 다만 저 아추만이 새로 들어온 것이옵니다."

하며 그것을 가져다 살펴보니 인형을 새긴 것이 그 속에 가득 차 있었다.

---

1) 아추(牙墜) : 액막이 노리개. 애뮬릿(amulet). 동물의 이빨이나 금속 등 광물질로 만들어 목에 걸거나 몸에 지니는 물건. 부적처럼 재앙을 막아주고 행운을 가져다준다고 믿음.

2) 조 소원(趙昭媛) : 조선조 제16대 임금인 인조(仁祖)의 후궁 조씨. 본관은 순창(淳昌), 병마절도사를 지낸 조기(趙琦)의 서녀. 종4품 숙원(淑媛)으로 책봉되어 정4품 소원(昭媛), 정3품 소용(昭容), 정2품 소의(昭儀)에 이어 종1품 귀인(貴人)까지 올랐으나 1651년(효종2) 김자점(金自點)과의 역모가 드러나 사사(賜死)됨.

조 소원이 드디어 이것으로 참소와 이간을 하여, 마침내 강빈이 폐립되고 사사되는 화를 빚어내게 되었다.

제168화 화를 예고한 가죽 주머니

좌의정 강석기[1]는 소현세자의 빈인 강씨의 아버지다. 그의 집은 낙산[2]의 서쪽에 있었다.

강석기가 죽은 이듬해인 갑신년(1644)에 집 뒷산 아래에 사당을 지으려고 땅을 고르다가 보니 가죽 주머니 하나가 나왔다. 그 크기가 박만 한 것이 쇠처럼 단단하여 몽치로 부수려 해도 깨지지 않았다. 이에 톱으로 가르니 붉은 피가 흘러나왔다. 드디어 땅에 파묻었는데, 오래지 않아 강빈의 옥사가 일어나 온 집안이 망하게 되었다.

---

1) 강석기(姜碩期, 1580-1643) : 조선조 인조 때의 문신. 자는 복이(復而), 호는 월당(月塘)·삼당(三塘), 본관은 금천(衿川), 강찬(姜燦)의 아들, 큰아버지 강돈(姜焞)에게 입양됨. 소현세자의 빈인 민회빈(愍懷嬪)의 아버지. 사후 강빈의 옥사로 관작이 추탈되었다가 숙종 때 복관됨. 시호는 문정(文貞).

2) 낙산(駱山) : 서울시 종로구·동대문구·성북구에 걸쳐 있는 산.

제169화 세 가지 빛깔의 복사꽃

인조대왕 때 남이웅[1]은 이조판서로 있었다. 무릇 관리를 등용할 때, 그는 반드시 서인·남인·북인 등 세 당색의 후보자를 추천하고 삼망[2]이라고 착의[3]하니, 당시 사람들이 '세 가지 빛깔의 복사꽃[삼색도화(三色桃花)]'이라고 일컬었다.

남이웅이 일찍이 인사행정을 보는데 이조좌랑 남노성[4]이 붓을 잡고 있었다. 당시 세자시강원의 필선이라는 자리가 비어 있어서, 그 자리에 충원하여 심양관으로 파견해야만 하였다. 그러나 심양관으로 가는 것은 관리들이 모두 싫어하였다. 처음에 한 사람을 추천하자 남노성은,

"이 사람은 부모님이 연로하셔서 적당하지 않습니다."

---

1) 남이웅(南以雄, 1575-1648) : 조선조 인조 때의 문신. 자는 적만(敵萬), 호는 시북(市北), 본관은 의령(宜寧), 응운(應雲)의 손자. 시호는 문정(文貞).

2) 삼망(三望) : 벼슬아치를 발탁할 때 공정한 인사 행정을 위하여 세 사람의 후보자를 임금에게 추천하던 일.

3) 착의(錯擬) : 잘못 의망(擬望)함. 잘못 추천함.

4) 남노성(南老星, 1603-1667) : 조선조 현종 때의 문신. 자는 명서(明瑞), 호는 운곡(雲谷), 본관은 의령(宜寧), 남호학(南好學)의 아들.

하였다. 다시 한 사람을 추천하자 남노성은,

"이 사람은 몸에 병이 있어서 안 됩니다."

하였다. 그러자 남이웅이 말하였다.

"심양에 가는 것은 역질과 같아서 누구라도 한 번 가는 것을 면치는 못할 걸세. 좌랑은 부모님이 연로하시지도 않은 데다 몸에 병도 없으니 당연히 첫 번째 후보가 되겠구먼."

그러자 남노성은 감히 한 마디 말도 꺼내지 못하고 후보자 명단에 자신의 이름을 적어 넣었다.

제170화 먹 재상

인조대왕 때 사관으로 있던 정유성[1]이 좌의정 홍서봉의 사적을 기록하면서,

'당시 사람들이 '먹 재상'이라고 일컬었다.'

라고 썼다.

홍서봉은 농담 삼아 정유성에게 이르기를,

"내가 참으로 남다를 것 없는 평범한 재상이긴 하지만 탐도[2]에 이르지는 않았는데, 자네가 '먹 재상'이라고 쓴 것은 지나치지 않은가?"

하였다. 당시 사람들은 홍서봉의 넓은 도량에 감복하였다.

---

1) 정유성(鄭維城, 1596-1664) : 조선조 현종 때의 문신. 자는 덕기(德基), 호는 도촌(陶村), 본관은 영일(迎日), 정근(鄭謹)의 아들. 시호는 충정(忠貞).

2) 탐도(貪饕) : 탐람(貪婪). 재물이나 음식을 탐냄.

제171화 유손의 초립

인조대왕 때 유생들이 삼공[1]을 소척[2]하여 이르기를,

'묘당[3]의 모유[4]가 유손의 초립[5]과 같사옵니다.'

하였다. 윤방[6]이라는 재상이 웃으며 말하기를,

"유손이 만든 초립은 그래도 형체는 이루어졌지만, 우리들이 하는 나랏일은 모양도 갖추지 못했지."

하였다. 당시 사람들이 이르기를,

"어른다운 말씀일세."

하였다.

---

1) 삼공(三公) : 조선시대 영의정·좌의정·우의정 등 삼정승을 달리 이르던 말.

2) 소척(疏斥) : 상소(上疏)를 올려 배척함.

3) 묘당(廟堂) : 조선시대 의정부(議政府)를 달리 이르던 말. 조정(朝廷).

4) 모유(謨猷) : 나라를 다스리는 계책.

5) 초립(草笠) : 예전에 주로 어린 나이에 관례(冠禮)를 한 사람이 쓰던 갓. 아주 가늘고 누런 풀이나 말총을 엮어서 만들었음.

6) 윤방(尹昉, 1563-1640) : 조선조 인조 때의 문신. 자는 가회(可晦), 호는 치천(稚川), 본관은 해평, 윤두수(尹斗壽)의 아들. 해평부원군(海平府院君)에 봉해짐. 시호는 문익(文翼).

대개 유손이란 사람은 초립을 만드는 기술자 가운데 솜씨가 없기로 유명한 자였다. 그래서 속담에 겨우 모양만 갖춘 물건은 반드시 '유손의 초립'이라고 하였다.

제172화 첩 덕택에 잡은 역적

인조대왕 갑신년(1644) 무렵에 훈련대장 구인후[1]가 어느 날 밤 첩과 함께 동침하고 있었다. 한밤중에 문지기가 들어와 아뢰었다.

"대문 밖에 어떤 사람 하나가 찾아와 말하기를, '급한 일이 있어서 공을 뵙고 아뢰려고 하오.' 합니다."

구인후는 깜짝 놀라 벌떡 일어나,

"불러들여라!"

하고 재촉하였다. 그러자 그의 첩이 제지하며 말하기를,

"한밤중에 찾아와 평온한 잠을 어지럽히니, 어찌 간세[2]의 무리가 아니라는 것을 알겠습니까? 이처럼 초솔[3]히 불러 보아서는 안 됩니다."

---

1) 구인후(具仁垕, 1578-1658) : 조선조 효종 때의 무신. 자는 중재(仲載), 호는 유포(柳浦), 본관은 능성(綾城), 구사맹(具思孟)의 손자, 구성(具宬)의 아들, 인조의 외종형. 심기원의 모반 음모를 적발하여 능천부원군(綾川府院君)에 봉해짐. 시호는 충무(忠武).

2) 간세(奸細) : 적을 정탐하는 첩자(諜者).

3) 초솔(草率) : 거칠고 엉성하여 볼품이 없음.

하는 것이었다. 그녀의 말을 듣고 구인후는,

"그렇군."

하고 드디어 횃불을 환하게 밝히고 호위병들을 배치한 뒤에 비로소 불러들였다. 과연 그는 옷소매 속에 비수를 감추고 있었다.

대개 청원부원군 심기원[4]이 장차 반란을 일으키기 위해 구인후를 먼저 없애려고 자객을 변장시켜 보냈던 것이었다.

드디어 반란의 전모를 조사하여 밝혀낼 수 있었으니, 구인후의 전화위복은 그 첩의 공로였다.

---

4) 심기원(沈器遠, ?-1644) : 조선조 인조 때의 문신. 자는 수지(遂之), 본관은 청송(靑松), 심간(沈諫)의 아들. 인조반정에 공을 세워 청원부원군(靑原府院君)에 봉해짐. 1644년(인조22) 좌의정으로 남한산성 수어사(守禦使)를 겸임하면서 회은군(懷恩君) 덕인(德仁)을 추대하여 반란을 일으키려다 발각되어 주살됨.

제173화 은혜 갚은 선비

통제사 유진항[1]이 젊은 시절에 선전관으로서 숙직을 하고 있었다. 그 해는 임오년(1762)이었는데, 금주령이 지극히 엄하였었다.

어느 날 달밤에 문득 숙직하는 선전관은 입시하라는 명이 떨어졌다. 유진항이 명을 받들고 입시하니, 영조[2]대왕께서는 장검을 하사하시며 말씀하시기를,

"듣자니 민간에 아직도 술을 빚는 자들이 많다고 하더구나. 네가 이 길로 나가서 사흘 안에 잡아들이되, 만일 그렇게 하지 못하면 네 머리를 대신 가져다 바쳐야 할 것이다."

---

1) 유진항(柳鎭恒, 1720-1801) : 조선조 정조 때의 무신. 자는 수성(壽聖), 본관은 진주(晋州), 유종기(柳宗基)의 아들. 종숙(從叔) 유세기(柳世基)에게 입양(入養).

2) 영조(英祖, 1694-1776) : 조선조 제21대 임금. 재위 1724-1776년. 이름은 이금(李昑), 자는 광숙(光叔), 호는 양성헌(養性軒), 숙종의 4남, 제20대 임금인 경종의 배다른 아우. 어머니는 숙빈(淑嬪) 최씨, 비는 서종제(徐宗悌)의 딸 정성왕후(貞聖王后), 계비는 김한구(金漢耉)의 딸 정순왕후(貞純王后). 능은 경기도 구리시 인창동에 있는 원릉(元陵).

하시는 것이었다. 유진항은 하직 인사를 올리고 집에 돌아와 소매로 얼굴을 가리고 누워 있었다. 그러자 그의 첩이 물었다.

"무슨 까닭으로 이처럼 홀홀불락[3]하십니까?"

"내가 술 마시기 좋아하는 건 자네도 알지 않나? 내 술을 마시지 못한 지 얼마나 오래 되었는가? 너무나 목이 말라 죽을 것 같네."

"제가 술 있는 집을 압니다만, 제가 직접 가지 않으면 사올 수가 없어요."

하고는 술병을 차고 쓰개치마[4]를 뒤집어쓰고 나갔다.

유진항이 몰래 그 뒤를 밟으니, 첩은 동촌의 한 초가로 들어가 술을 사가지고 오는 것이었다. 유진항은 술을 맛보고 달다며 다시 사오라고 하니, 첩은 또 그 집으로 가서 사왔다.

유진항이 술병을 차고 일어나니, 그 첩이 괴이하게 여겨 물으므로 대답하였다.

"아무 데 사는 아무개 친구는 바로 나의 예전 술벗인데, 이제 이렇듯 귀한 물건을 얻어서 어찌 혼자만 마실 수 있겠는가? 가서 함께 마시려고."

유진항은 대문을 나서서 곧장 동촌으로 향해 그 집을 찾아 들어갔다. 수간두옥[5]이 비바람도 제대로 가리지 못할 지경이

---

3) 홀홀불락(忽忽不樂) : 실망스럽고 뒤숭숭하여 마음이 즐겁지 아니함.

4) 쓰개치마 : 예전에 부녀자가 나들이할 때, 내외를 하기 위하여 머리와 몸 윗부분을 가리어 쓰던 치마.

었다.

한 선비가 등불을 밝혀놓고 글을 읽다가 유진항을 보고 괴이하게 여기며 일어나 맞았다.

"손님은 밤이 깊었는데 무슨 일로 여길 오셨소?"

유진항이 허리춤에서 술병을 꺼내며 말하였다.

"이건 이 댁에서 사가지고 온 술이오. 내가 며칠 전에 이러이러한 어명을 받들었는데, 이제 이미 잡았으니 함께 좀 가야겠소."

그는 한동안 말이 없다가 이르기를,

"이미 국법을 어겼으니 무슨 칭탈이야 하겠소마는, 집에 노모가 계시니 잠시 들어가 하직인사라도 드리고 가게 해주시면 어떻겠소?"

"그러시오."

선비는 집안으로 들어가 나지막한 소리로 어머니를 부르니, 그의 어머니가 놀라 물었다.

"진사신가? 무슨 일로 자지 않고 왔는가?"

"전에 이미 말씀드렸습니다만, 사대부가 비록 굶어 죽을지언정 국법을 어겨서는 안 된다고 아뢰었거늘 어머님께서 끝내 듣지 않으시더니, 이제 소자는 붙잡혀서 죽을 곳으로 가게 되었습니다."

선비의 어머니가 흐느껴 울며 말하였다.

---

5) 수간두옥(數間斗屋) : 몇 칸 안 되는 작은 집.

"천지신명이시여! 이게 무슨 일입니까? 내가 몰래 술을 빚은 것은 재물을 탐해서가 아니라 네가 조석으로 마실 죽이라도 마련하고자 한 것인데, 이제 이렇게 된 것은 나의 죄라. 이를 장차 어찌할꼬?"

이럴 즈음에 선비의 아내도 놀라 잠에서 깨어나 가슴을 치며 울부짖었다. 선비는 조용히 입을 열었다.

"일이 이미 이 지경에 이르렀으니 운들 무슨 도움이 되겠소? 다만 내가 아들을 두지 못했으니, 내가 죽은 뒤에 당신은 늙으신 어머니를 내가 살아있을 때처럼 봉양해 주시오. 아무 동네 사시는 형님이 아들을 많이 두셨으니, 그 중 하나를 양자로 삼아 평안히 지내시오."

하고 신신당부한 뒤에 나왔다.

유진항은 측은한 생각이 들어 선비에게,

"이런 광경은 사람이 차마 볼 것이 아니구려. 나는 아들이 둘이나 있고, 또 부모님을 모시고 있는 것도 아니니, 내가 댁을 대신하여 죽으리다."

하고 술병을 꺼내 마음껏 대작한 뒤에 두들겨 깨서 마당에 묻고 다시 입을 열었다.

"노모를 모시고 있는 집안의 살림살이가 말이 아니구려. 내가 이 칼로 한때의 정을 표하려 하니, 꼭 팔아서 노모를 봉양하시오."

하며 차고 있던 칼을 풀어 주었다. 선비가 고사하였으나, 유진

항은 뒤도 돌아보지 않고 떠났다. 이름이라도 알려달라고 하니 말하기를,

"이름은 물어서 어디다 쓰려오? 내가 선전관이라는 것만 알아두시오."

하고는 표연히 떠났다.

그 다음날은 대왕과 약속한 기한이 되는 날이었다. 유진항이 대궐에 들어가서 대죄하고 있으니 대왕께서 물으셨다.

"과연 금주령을 어긴 자를 잡아왔느냐?"

"잡지 못하였나이다.

그러자 대왕께서는 진노하시었다.

"그러면 네 머리는 어디 있느뇨?"

유진항은 부복한 채 아무 말도 하지 못하였다. 한참 만에 대왕께서는 삼배도[6]로 제주에 안치[7]한다는 명을 내리셨다.

유진항이 귀양살이를 한 지 몇 년 만에 비로소 석방되어 10여 년을 낙척[8]하였다가 늦어서야 경상도 초계군수로 복직이 되었다. 몇 년간 고을 수령으로 있으면서 비기[9]만을 일삼으니. 아전과 백성들이 모두 오오[10]하였다.

---

6) 삼배도(三倍道) : 사흘에 갈 길을 하루에 걸음.

7) 안치(安置) : 조선시대에 먼 곳에 보내 다른 곳으로 옮기지 못하게 주거를 제한하던 일, 또는 그런 형벌.

8) 낙척(落拓) : 어렵거나 불행한 환경에 빠짐.

9) 비기(肥己) : 비기윤신(肥己潤身). 자기 몸만 이롭게 함.

10) 오오(嗷嗷) : 여러 사람들이 원망하여 떠드는 모양.

그러던 어느 날 수의[11]가 출두하여 정당[12]에 좌기[13]하고 수향[14] 수리[15]와 창색제리[16]를 한꺼번에 잡아들여 막 형장을 치려 하고 있었다.

유진항이 문틈으로 엿보니, 어사는 분명코 지난날 동촌 술집의 선비였다. 그리하여 어사에게 뵙기를 청하자, 어사는 해괴하다는 듯이,

"본관이 어찌 어사를 만나자고 청한단 말이냐? 정말 염치를 모르는 사람이로구나."

유진항이 곧장 들어가 인사를 올리며 물었다.

"어사또께서는 본관을 모르시겠습니까?"

어사가 정색하고 꼿꼿이 앉아 한동안 말이 없이 앉아 있다가 혼잣말로,

"본관을 내가 어찌 안단 말인가?"

하였다. 유진항이 물었다.

"전날 어사또 댁이 동촌의 아무 동네에 있지 않으셨는지요?"

---

11) 수의(繡衣) : 암행어사(暗行御史).

12) 정당(政堂) : 지방의 관아.

13) 좌기(坐起) : 관아의 으뜸 벼슬에 있던 이가 출근하여 일을 시작함.

14) 수향(首鄕) : 좌수(座首). 조선시대 지방의 자치 기구인 향청(鄕廳)의 우두머리.

15) 수리(首吏) : 각 지방 관아의 여섯 아전 가운데 으뜸이라는 뜻으로 '이방(吏房) 아전'을 달리 이르던 말.

16) 창색제리(倉色諸吏) : 지방 관아에서 창고의 일을 맡아보던 모든 아전.

그 말에 어사가 놀라며 말하였다.

“그건 어째서 묻는가?”

“아무 해 아무 달 아무 날 밤에 어명을 받들고 왔던 선전관을 혹 기억하십니까?”

어사가 다시 놀라 의아해 하며 말하였다.

“과연 그런 일이 있었소. 기억나오.”

“본관이 바로 그 당시의 선전관입니다.”

어사는 황급히 일어나서 유진항의 소매를 잡으며 눈물을 비오듯 흘렸다.

“이 분이 내 은인이로다. 이렇게 만나게 되다니, 어찌 하늘의 뜻이 아니겠소?”

하고는 즉각 여러 죄인들을 한꺼번에 풀어주고, 잔치를 베풀어 풍악을 울리며 밤새도록 회포를 풀었다.

그리고는 포계[17]를 올리니, 대왕께서는 그 치적을 가상히 여기시어 특별히 평안도 삭주부사에 임명하셨다.

그 뒤, 어사는 벼슬이 대신에 이르렀고, 가는 곳마다 그 이야기를 풀어 놓았다. 온 세상 사람들이 화연[18]해서 의롭게 여겼다.

이로 인해 유진항은 단번에 벼슬이 통제사에 이르게 되었다.

---

17) 포계(褒啓) : 각 도(道)의 관찰사나 어사(御使)가 고을 원의 선정(善政)을 포장(褒奬)하는 장계(狀啓).

18) 화연(譁然) : 여러 사람이 떠들썩하게 지껄이는 모양, 또는 그 소리.

그 어사 이야기는 소론[19]에 속한 대신의 실제 사실이었는데, 그의 이름은 기억이 나지 않아서 쓰지 않았다.

19) 소론(少論) : 조선시대 사색당파(四色黨派)의 하나. 서인(西人) 가운데 소장파인 한태동, 윤증 등을 중심으로 한 당파. 숙종 때 경신대출척(庚申大黜陟) 이후 남인(南人)의 숙청에 대한 의견 대립으로 송시열을 중심으로 한 노론(老論)과 갈라졌음.

제174화 형벌은 없을 수 없어

종실인 풍산수[1)]가 우해[2)]하여 숙맥[3)]을 분간하지 못하는 사람이었다. 집에 거위와 오리를 길렀는데 숫자 세는 것을 알지 못하여 오직 쌍으로만 셈하였다.

어느 날 가동[4)]이 오리 한 마리를 잡아먹었다. 풍산수가 짝을 맞추어 세어보니 한 마리가 남는 것이었다. 그는 몹시 화가 나서 가동을 때리며 말하였다.

"네가 오리 한 마리를 훔쳐 먹었으니 반드시 다른 오리로 대신 갚아라."

이튿날 가동은 또 한 마리의 오리를 잡아먹었다. 풍산수가 다시 짝을 맞추어 세어보니 외따로 남는 오리가 없었다. 그는 대단히 기뻐하며 말하였다.

---

1) 풍산수(豊山守) : 조선조 효종 때의 왕족. 자세한 인적사항은 미상.

2) 우해(愚駭) : 어리석음.

3) 숙맥(菽麥) : 숙맥불변(菽麥不辨). 콩과 보리를 아울러 이르는 말. 사리 분별을 못하고 세상 물정을 잘 모르는 사람.

4) 가동(家僮) : 예전에 집안 심부름을 하는 사내아이 종을 이르던 말.

“형벌은 없을 수가 없어. 어제 저녁 종놈을 두들겨 팼더니 그놈이 마침내 물어넣었구나.”

제175화 울다가 갈라진 바위

숙종[1]대왕 을축년(1685) 6월에 경상도 경주의 산 언덕에 있던 큰 바위가 북처럼 울리더니 저절로 갈라졌다. 그 너비가 한 자 남짓한데, 그 안쪽 왼편에 도간황극도도간(都揀皇極都都揀)[2]이라는 글자가 새겨져 있었고, 오른쪽에는 각동(刻洞)[3]이라는 글자가 새겨져 있었는데, 글자마다 분명하였다. 경주부윤이 그 글자를 탁본하여 조정에 보고하였다.

---

1) 숙종(肅宗) : 조선조 제19대 임금. 재위 1674-1720. 이름은 이돈(李焞, 1661-1720), 자는 명보(明普), 현종의 아들, 어머니는 명성왕후(明聖王后) 김씨(金氏), 비는 인경왕후(仁敬王后) 김씨(金氏), 첫째 계비는 인현왕후(仁顯王后) 민씨(閔氏), 둘째 계비는 인원왕후(仁元王后) 김씨(金氏). 능은 경기도 고양(高陽)에 있는 명릉(明陵). 시호는 현의(顯義).

2) 도간황극도도간(都揀皇極都都揀) : 미상.

3) 각동(刻洞) : 미상.

第176화 못생긴 사위

숙종대왕 때 우의정 허목[1]의 호는 미수로, 오리 정승 이원익[2]의 손자사위다.

이 정승이 일찍이 길을 지나다가 미수의 관상을 보고 더불어 집에 돌아와 손녀와의 혼사를 정하였다. 부인이 미수의 문벌을 물으니 이 정승은,

"가난한 선비 집안이오."

하였다. 빈부를 물으니 이 정승이 대답하였다.

"몹시 가난하답디다."

"그렇다면 무엇을 취하여 혼사를 정하셨습니까?"

"사람 됨됨이가 어질고 또 크게 귀하게 될 사람이오."

합근[3]하는 날 부인이 신랑을 보니 얼굴이 검고 눈썹이 길며

---

1) 허목(許穆, 1595-1682) : 조선조 숙종 때의 문신. 자는 문보(文甫)·화보(和甫), 호는 미수(眉叟), 본관은 양천(陽川), 허교(許喬)의 아들. 시호는 문정(文正).

2) 이원익(李元翼, 1547-1634) : 조선조 인조 때의 문신. 자는 공려(公勵), 호는 오리(梧里), 본관은 전주(全州), 억재(億載)의 아들. 완평부원군(完平府院君)에 봉해짐. 시호는 문충(文忠).

생김새가 극히 침루[4]하였다. 부인은 대단히 불쾌하였다. 또 밥상을 가져다주니 벌떡 일어나 손수 받는 것이었다. 이로 인하여 더욱 괴소[5]하며 그 까닭을 물으니 미수는,

“밥이란 사람이 살아가는데 가장 중요한 것인데 어떻게 앉아서 받을 수 있겠습니까?”

미수는 성품이 과묵하여 묻지 않으면 말하는 법이 없었다.

어느 날 이 정승이 물었다.

“생각해보니 자네가 멀리 유람을 해볼 생각이 있는 것 같구먼.”

“그렇습니다.”

이 정승은 이에 말을 세내고 행장을 꾸려 보내주었다. 미수가 석 달 만에 돌아오자 이 정승이 물었다.

“어디를 다녀왔는가?”

“여헌 장현광[6]과 아무개 아무개를 만나보았습니다.”

“응당 그들이 자네에게 준 게 있겠구먼.”

“책 한 권을 주기에 받아왔습니다.”

“마땅히 그랬을 것이야.”

대개 두 사람이 유독 더불어 지기[7]였기 때문이었다.

---

3) 합근(合巹) : 전통 혼례에서 신랑 신부가 잔을 주고받음. 또는 그런 절차. 혼례식.

4) 침루(侵陋) : 인물이 못생김.

5) 괴소(怪笑) : 비웃음.

6) 장현광(張顯光, 1554-1637) : 조선조 인조 때의 학자. 자는 덕회(德晦), 호는 여헌(旅軒), 본관은 인동(仁同), 장열(張烈)의 아들. 시호는 문강(文康).

이 정승은 가족들에게 이르기를,

“삼가 가벼이 여기지 말라.”

하였다. 그러더니 후에 과연 벼슬이 우의정에 이르렀다.

미수가 질혁[8]되기 며칠 전에 곰도 아니요 범도 아닌 이상한 짐승이 그가 거처하는 집 지붕 위에 와서 누워 있었다. 미수가 타계하던 날 저녁에 어떤 사람이 조령[9]에서 미수를 만났는데 이상한 짐승을 타고 있었고, 초립을 쓴 종이 고삐를 끌고 눈 깜짝할 사이에 지나갔다고 하였다.

---

7) 지기(知己) : 지기지우(知己之友). 자기의 속마음을 참되게 알아주는 친구.

8) 질혁(疾革) : 병환이 위급해짐.

9) 조령(鳥嶺) : 새재. 경상북도 문경시(聞慶市)와 충청북도 괴산군(槐山郡) 사이에 있는 고개.

제177화 용꿈으로 과거 급제

참판 이진항[1]이 젊은 시절에 용꿈을 꾸면 반드시 과거에 급제한다는 설을 듣고, 반 칸짜리 좁은 방을 수리하고 청소하여 그 방에 거처하며, 집안일을 돌보는 것과 찾아오는 손님을 접대하는 일을 모두 하지 않았다. 변선[2] 이외에는 종일토록 출입도 하지 않고, 아침저녁의 밥상도 창문으로 받고 내보내며 낮이나 밤이나 오직 용만 생각하였다. 용의 형체를 생각하고, 그 머리와 뿔을 생각하고, 그 비늘을 생각하고, 그 조아[3]를 생각하며, 심지어는 용이 사는 곳과 용이 즐기는 것과 변화하는 것까지 마음속으로 상상하며 지획[4]하여 숨 한 번 쉴 때도 중단함이 없었다. 그러다가 사흘째에 이르러 비로소 용꿈을 꾸게 되었다.

---

1) 이진항(李鎭恒, 1721-1787) : 조선조 정조 때의 문신. 자는 경백(經伯), 본관은 전주(全州), 이용(李墉)의 아들.

2) 변선(便旋) : 용변(用便).

3) 조아(爪牙) : 손톱과 어금니를 아울러 이르는 말.

4) 지획(指劃) : 지시하고 계획함.

한 마리 커다란 황룡을 붙잡아서 오른팔에 감았는데, 용의 몸집이 크고 힘이 세서 이진항은 기력을 소모하고 간신히 감고 있다가 갑자기 놀라서 잠이 깼다.

그는 매우 기뻐하면서 그 뒤로부터는 과거 제목에 합당할 만한 용에 관한 글은 경사잡설[5]을 따지지 않고 모두 제술[6]하였다.

때마침 정시를 보인다는 명이 있었다. 그는 종이를 파는 지전에 친히 가서 시지[7]를 샀는데, 오른손은 소매 속에 감추고 왼손으로 종이 묶음을 펴보면서 가장 품질이 좋은 종이 한 장을 가린 뒤에 오른손으로 빼내었다. 또 생각하기를,

'형제는 한 몸과 같은데 내가 어찌 아우[8]의 시지를 가려서 사다 주지 않으랴?'

하고 드디어 전의 방법과 같이 왼손으로 종이를 골라 오른손으로 빼내었다.

두 장의 시지를 사 가지고 와서 형제가 함께 과거 시험장에 들어갔다. 조금 뒤에 성균관의 관리가 임금이 출제하신 시험 제목을 펼쳐 거는데, '초룡주장(草龍珠帳)[9]'이었다. 드디어 예

---

5) 경사잡설(經史雜說) : 경전(經典)과 사서(史書) 및 대수롭지 않은 여러 가지 잡다한 이야기나 여론.

6) 제술(製述) : 시문(詩文)이나 글을 지음.

7) 시지(試紙) : 시권(試券). 과거 시험의 답안지.

8) 이진형(李鎭衡, 1723-1781) : 조선조 정조 때의 문신. 자는 평중(平仲), 호는 남곡(南谷), 본관은 전주(全州), 이용(李墉)의 아들. 시호는 충간(忠簡).

9) 초룡주장(草龍珠帳) : 포도를 가리킴. 당 현종(唐玄宗) 때 승려인 담소(曇

전 부의 문체로 한달음에 답안을 작성하여, 형제가 두 장의 시지를 차례대로 제출하였다.

급제자의 명단이 적힌 방이 나붙자 장원부터 두세 사람의 이름을 이미 불렀으나 자신의 이름은 아직도 나오지 않았다. 마음속으로 몹시 초조해 하고 있는데 조금 뒤에 동생의 이름을 부르는 것이었다. 스스로 생각하기를,

'나는 비록 급제하지 못하더라도 아우가 이미 급제하였으니, 또한 어찌 한스러워 하리오?'

하고 있는데 이윽고 자신의 이름을 부르는 것이었다. 급제자 여섯 명 가운데 형제가 연달아 급제하여 나란히 경월[10]의 반열에 올랐다.

노년에 그가 후배들을 대하면 그때마다 지성을 다하면 용꿈을 꾼다고 권유하였다.

霄)가 포도곡(蒲萄谷)에서 노닐다가 포도를 먹고는 포도의 마른 덩굴 하나를 가져와 자기의 절에 옮겨 심었는데, 이것이 살아나서 덩굴이 대단히 높고 넓게 뻗어 마치 수레의 휘장이나 덮개처럼 되고, 그 열매 또한 구슬처럼 주렁주렁 열렸으므로, 당시 사람들이 그 포도를 초룡주장(草龍珠帳)이라 불렀던 데서 온 말임.

10) 경월(卿月) : 재상의 지위와 임무를 나타내는 말. 유래는 《서경(書經)》 홍범(洪範)편으로 경사(卿士)가 1년 중의 월(月)을 살피도록 되어 있는 것에서 나옴.

제178화 흉하면 길한 것

김을부[1]라고 하는 늙은 맹인 점쟁이가 광통교 옆에 살면서 점을 쳐서 생계를 꾸리고 있었다. 사람들이 그에게 점을 쳐보았으나 맞지 않을 때가 더 많았다. 그래서 부인네들이 모두들 말하기를,

"광통교 장님이 흉하다고 말하면 길하더라."

하고 조롱하는 별명을 지었다.

참판 김현보[2]의 아들[3]이 과거에 응시하였는데, 김현보가 그 글을 가져다 보고 말하기를,

"네 글이 몹시도 졸렬하니 급제하기는 틀렸다."

하였는데 방이 붙고 나서 보니 그의 아들이 좋은 성적으로 급제하였다. 그러자 동료들이 웃으며 말하기를,

---

1) 김을부(金乙富) : 조선조 성종 때 서울 광통교 옆에 살던 맹인 점쟁이.

2) 현보(賢甫) : 조선조 성종 때의 문신인 김승경(金升卿, 1430-1493)의 자. 본관은 경주(慶州), 김신민(金新民)의 아들. 호조참판을 역임하였음.

3) 김전(金琠) : 조선조 성종 때의 문신. 자는 군서(君瑞), 본관은 경주(慶州), 김승경(金升卿)의 아들. 1477년(성종8), 춘당대시(春塘臺試)에서 을과(乙科) 제1인으로 급제하였음.

"김 참판은 광통교 장님과 한가지로군."
하였다.

제179화 여승이야말로 바라던 바

판원[1] 김효성[2]이 첩을 많이 두자, 그의 부인이 몹시 질투하였다.

어느 날 김공이 외출하였다가 돌아와 보니 부인이 앉아 있는 자리 옆에 먹물을 들인 모시 한 필이 놓여 있었다. 김공이,

"저 모시는 어디에 쓰려는 것이오?"

하고 물으니 부인이 정색하며 말하였다.

"대감께서 여러 첩들에게 미혹되어 항려[3]를 구적[4]과 같이 보시므로 저는 출가하여 여승이나 될까 하여 장삼을 지으려고 물을 들여 놓은 것입니다."

김공이 웃으며,

---

1) 판원(判院) : 조선시대 중추원의 정2품 으뜸벼슬인 판중추원사(判中樞院事).

2) 김효성(金孝誠, 1585-1651) : 조선조 인조 때의 문신. 자는 행원(行源), 본관은 광산(光山), 김수연(金秀淵)의 아들.

3) 항려(伉儷) : 배우자(配偶者).

4) 구적(仇敵) : 원수(怨讐).

"내가 여색을 좋아하여 기녀, 의녀, 양인, 천인으로부터 심지어는 침선비[5]까지 모두 상관하였으나 오직 여승만은 한 사람도 가까이 하지 못했는데, 이제 부인께서 여승이 된다면 이는 진실로 내가 바라던 바요."

하자 마침내 부인은 한 마디 말도 하지 않고 먹물 들인 모시를 가져다 마당에 던져 버리고 말았다.

5) 침선비(針線婢) : 조선시대 상의원(尙衣院)에 속하여 바느질을 맡아 하던 기녀(妓女).

제180화 벌지로 찾은 종이

이지광[1]은 백성들을 잘 다스린 수령으로 유명하였다. 송사를 판결하는 것이 귀신같았다.

그가 충청도 청주목사로 재임할 때였다. 승려 한 사람이 관아에 들어와 진정하기를,

"소승은 아무 데 절의 중으로, 종이를 팔아 생계를 꾸려가고 있습니다. 오늘 장터에 백지 한 덩이를 지고 와서 장터 옆에서 잠시 쉬다가 짐을 벗어놓고 잠깐 뒷간에 다녀와 보니 종이 뭉치가 없어졌지 뭡니까. 사방으로 찾아보아도 찾을 수가 없었습니다. 제발 찾아주셔서 남은 목숨을 살려 주소서."

하는 것이었다. 이 목사는,

"네가 능히 잘 간수하지 못하고 바글거리는 사람들 속에서 잃었으니, 내가 찾아주려 한들 어디 가서 물어보겠느냐? 모름지기 번괄[2]하지 말고 썩 물러갈지어다."

---

1) 이지광(李趾光, 1734-1800) : 조선조 정조 때의 문신. 자는 자응(子應), 호는 행와(行窩), 본관은 전주(全州), 이정윤(李靖胤)의 아들. 충주목사·청주목사 등을 역임하였음.

하고 잠시 후에 기생들과 더불어 10리 밖에 있는 정자에 가서 노닐었다. 날이 저물 무렵에 관아로 돌아오다가 길가에 서 있는 장승을 보고 손으로 가리키며 호통을 쳤다.

"이놈이 무슨 물건이기에 사또 행차 앞에 감히 비딱하게 서 있단 말이냐?"

그러자 따라오던 하례[3]가 말하였다.

"이것은 사람이 아니라 장승이옵니다."

"비록 장승이라 하더라도 너무 거만하니 붙잡아다가 구류하였다가 내일 아침에 대령하라. 밤을 틈타서 도타[4]할 염려가 없지 않으니 삼반[5]의 관속들이 한꺼번에 지킬지어다."

관속과 하례배들이 일제히 대답은 하였으나, 목사가 취중에 망언을 하는 것으로 여기고 남몰래 속으로 웃으며 아무도 지키지 않았다.

밤이 깊어진 뒤에 이 목사는 영리한 통인으로 하여금 몰래 가서 장승을 가져다 다른 곳에 숨겨 놓게 하였다.

다음날 업무를 시작한 이 목사는 나졸들을 호령하여 장승을 붙잡아 들이라고 하였다. 나졸들이 장승이 있던 곳으로 달려가

---

2) 번괄(煩聒) : 번거롭고 시끄럽게 함.

3) 하례(下隷) : 조선시대 지방 관아에 딸린 종.

4) 도타(逃躱) : 도주(逃走)함. 달아남.

5) 삼반(三班) : 조선시대 지방 관아에 딸린 향리(鄕吏)·군교(軍校)·관노(官奴)를 이르는 말.

보니 붉은 수염의 천하대장군이 이미 오유선생[6]으로 바뀌고 말았다. 그제야 의겁[7]이 생겨 원근을 두루 찾아보려 하였으나 사또의 명이 성화와 같이 급하므로 어쩔 수 없어 장승을 잃은 연고를 관아에 들어가 아뢰었다.

이 목사는 짐짓 분노하는 빛을 띠며,

"관속이라는 놈들이 관장이 내린 명을 태만히 하고 수직[8]도 제대로 서지 않아 마침내 장승을 잃었으니 벌을 내리지 않을 수가 없다. 수리[9] 이하로 각기 벌지[10] 한 묶음씩을 즉시 바치렷다. 만일 바치지 않는 자가 있으면 마땅히 곤장 20대로 다스리라."

하고 명하였다.

이에 삼반 이하가 모두 벌지를 납부하여 관아 뜰에 종이 뭉치가 쌓여 있었다. 이 목사는 즉시 어제 찾아와 진정을 올린 승려를 불러 들여 말하였다.

"그대가 잃은 종이가 이 가운데 있을 텐데 가려낼 수 있겠는가?"

그러자 그 승려는 자기가 해둔 안표[11]를 확인하여 손으로 찾

---

6) 오유선생(烏有先生) : 한(漢) 나라 문인 사마상여(司馬相如)의 〈자허부(子虛賦)〉에 등장하는 인물로, 세상에 실재하지 않은 가상적인 인물을 말함.
7) 의겁(疑怯) : 황겁(惶怯)함. 겁이 나서 얼떨떨함.
8) 수직(守直) : 중한 죄를 지은 사람이 도망가지 못하도록 지키는 일.
9) 수리(首吏) : 각 지방 관아의 수석 아전인 이방아전(吏房衙前).
10) 벌지(罰紙) : 지은 죄에 대한 벌을 대신해서 납부하는 종이.
11) 안표(眼標) : 나중에 보아도 알 수 있게 표하는 일. 또는 그런 표.

아냈다. 이에 이 목사는 그 종이가 어떤 경로로 오게 되었는가를 조사하였다.

저잣거리에 사는 한 무뢰한이 그 종이를 절취하여 저의 집에 감추어 놓았다가 마침 벌지 납부로 가상[12]한 때를 만나 마침내 팔았던 것이었다.

이에 그 무뢰한을 잡아들여 그 죄를 징계하고, 그 값을 받아내어 종이를 사온 관속에게 나누어 준 뒤에 그 종이는 승려에게 찾아주고, 나머지 종이는 각기 가져온 관속들에게 돌려주었다.

종이를 찾게 된 승려는 이 목사에게 백배 치사를 하였고, 청주 고을 백성들은 모두들 이 목사의 귀신같은 처결에 감복하였다.

12) 가상(價翔) : 값이 오름.

인명 색인

ㄱ

ㅈ

ㅊ

ㅌ

ㅍ

ㅎ

옮긴이 **김동욱**

성균관대학교 국어국문학과 졸업
한국정신문화연구원 한국학대학원 문학석사
성균관대학교 대학원 문학박사
현재 상명대학교 한국어문학과 교수

저서 : 《고려후기 사대부문학의 연구》, 《고려사대부 작가론》, 《따져가며 읽어보는 우리 옛이야기》, 《실용한자·한문》, 《대학생을 위한 한자·한문》, 《중세기 한·중 지식소통연구》, 《양심적 사대부 시대적 고민을 시로 읊다》

역서 : 《완역 천예록》(공역), 《국역 동패락송》(천리대본), 《국역 기문총화》1-5, 《국역 수촌만록》, 《옛 문인들의 붓끝에 오르내린 고려시》1·2, 《국역 청야담수》1-3, 《국역 현호쇄담》, 《국역 동상기찬》, 《국역 학산한언》1·2, 《국토산하의 시정》, 《새벽 강가에 해오라기 우는 소리》상·중·하, 《교역 태평광기언해》1-5, 《국역 실사총담》1·2, 《교역 오백년기담》(장서각본), 《국역 동패락송》1·2(동양문고본), 《교역 언해본 동패락송》, 《천애의 나그네》(백사 이항복의 중국 사행시집), 《붉은 연꽃 건져 올리니 옷에 스미는 향내》, 《이별의 정표로 남겨 둔 의복》(한유와 태전의 교유를 소재로 한 우리 한시), 《국역 잡기고담》

국역 구활자본 오백년기담(國譯舊活字本五百年奇譚)

2014년 8월 29일 초판 1쇄 펴냄

지은이 최상의
옮긴이 김동욱
펴낸이 김흥국
펴낸곳 도서출판 보고사

책임편집 권송이
표지디자인 윤인희

등록 1990년 12월 13일 제6-0429호
주소 서울특별시 성북구 보문동7가 11번지 2층
전화 922-5120~1(편집), 922-2246(영업)
팩스 922-6990
메일 kanapub3@naver.com
http://www.bogosabooks.co.kr

ISBN 979-11-5516-280-4 93810

정가 21,000원

이 도서의 국립중앙도서관 출판시도서목록(CIP)은 서지정보유통지원시스템 홈페이지(http://seoji.nl.go.kr)와 국가자료공동목록시스템(http://www.nl.go.kr/kolisnet)에서 이용하실 수 있습니다. (CIP제어번호: CIP2014023086)